A REUNIÃO

SIMONE
VAN
DER
VLUGT

A REUNIÃO

Tradução de

Cristiano Zwiesele do Amaral
Maria Júlia Abreu de Souza

EDITORA RECORD
RIO DE JANEIRO • SÃO PAULO
2013

CIP-BRASIL. CATALOGAÇÃO NA FONTE
SINDICATO NACIONAL DOS EDITORES DE LIVROS, RJ

V855r

Vlugt, Simone van der, 1966-
A reunião / Simone van der Vlugt; tradução de Cristiano Zwiesele
do Amaral e Maria Júlia Abreu de Souza.
– Rio de Janeiro: Record, 2013.

Tradução de: De Reünie
ISBN 978-85-01-08796-6

1. Romance holandês. I. Amaral, Cristiano Zwiesele do. II. Souza,
Maria Júlia Abreu de. III. Título.

11-7418

CDD: 839.313
CDU: 821.112.5-3

Título original em holandês:
De Reünie

Copyright © 2004 Simone van der Vlugt

Publicado originalmente por Ambo/Anthos em 2004.

Texto revisado segundo o novo Acordo Ortográfico da Língua Portuguesa.

Todos os direitos reservados. Proibida a reprodução, no todo ou em parte,
através de quaisquer meios. Os direitos morais da autora foram assegurados.

Editoração eletrônica: Ilustrarte Design e Produção Editorial

Direitos exclusivos de publicação em língua portuguesa somente para o Brasil
adquiridos pela
EDITORA RECORD LTDA.
Rua Argentina, 171 – Rio de Janeiro, RJ – 20921-380 – Tel.: 2585-2000,
que se reserva a propriedade literária desta tradução.

Impresso no Brasil

ISBN 978-85-01-08796-6

Seja um leitor preferencial Record.
Cadastre-se e receba informações sobre nossos lançamentos e nossas promoções.

Atendimento e venda direta ao leitor:
mdireto@record.com.br ou (21) 2585-2002.

Prólogo

O restante do caminho, ela vai pedalando sozinha. Acena se despedindo da amiga e volta a atenção para o trajeto diante de si. Cantarola baixinho, a coluna empertigada, o olhar despreocupado.

As aulas terminaram nesta tarde de sexta-feira. Já começou o fim de semana.

Amarra a jaquetinha jeans por detrás, na garupa, em cima da mochila de sarja negra. Sente o calor do sol nos braços descobertos.

Está fazendo um dia lindo; o início de um verão bastante promissor. O céu azul paira alto sobre ela como uma abóbada refulgente.

Chegando ao sinal, ela breca com o freio de mão e apoia os pés no chão. É um sinal afastado, logo à saída do centro da cidade, onde diminui um pouco o fluxo do trânsito de carros, motoqueiros e colegiais de bicicleta.

Ela está totalmente só. Não passa mais nenhum carro, nenhum ônibus. Olha de um lado para o outro, irritada com a inutilidade da espera.

Por detrás dela vem chegando uma van, que para com o motor roncando.

Verde.

A menina se endireita na bicicleta e, pedalando, segue adiante. A van a ultrapassa e a envolve numa nuvem de poeira que sai do seu escapamento. Ela tosse, abana o rosto com as mãos e para de pedalar.

Fazendo chiar os pneus, a van toma a direção das Dunas Escuras,* enquanto a menina pensa no encontro iminente. De repente fica um pouco apreensiva. Talvez tivesse sido melhor escolher um lugar menos afastado.

---

* Dunas Escuras (Donkere Duinen), pequena floresta perto da cidade de Den Helder, na Holanda. Era um pântano que após a Primeira Guerra Mundial foi arborizado com pinheiros escuros, diversas plantas e arbustos; a partir de 1917 passou a ser uma reserva ecológica. (*N. do E.*)

1

Encontro-me no caminho que leva à praia, com as mãos enfiadas nos bolsos da jaqueta, olhando o mar. Hoje é 6 de maio e faz frio demais para a época do ano. A praia se estende diante de mim, deserta, à exceção de um catador solitário que recolhe alguns resíduos deixados pela maré, aqui e acolá. As águas que, crispando, vão ganhando ameaçadoramente mais e mais terra à praia são cor de chumbo.

Mais adiante, uma menina está sentada num banco. Também olha o mar, encolhida no casaco forrado. Está usando uns sapatos grossos à prova de vento e chuva. Sua mochila repousa a seus pés. A alguns metros deixou sua bicicleta, apoiada sobre o arame farpado, com cadeado apesar de ela estar ali perto.

Sabia que a encontraria aqui. Mantém o olhar ausente voltado para o mar. Nem mesmo o vento, que, insistente, lhe puxa a roupa, parece afetá-la. Bate nos cabelos castanho-claros, que esvoaçam sobre o rosto, mas não consegue prender a sua atenção.

Apesar da sua insensibilidade ao vento frio, tem algo de frágil que me toca. Eu a conheço. Ainda assim, hesito em dirigir-lhe a palavra, porque ela própria não me conhece. Mas é muito importante que ela saiba quem sou. Que me ouça. Que aceite o que tenho para lhe dizer.

Vou andando devagar em direção ao banco, com o olhar voltado para o mar como se estivesse aqui para apreciar as ondas agitadas.

A menina olha para o lado, sem qualquer expressão no rosto. Parece a ponto de se levantar, mas se resigna à ideia de invadirem a sua solidão.

Sentadas lado a lado no banco, com as mãos enfiadas nos bolsos, observamos a linha indistinta entre céu e mar.

Tenho que dizer algo. Senão ela vai acabar indo embora sem que tenhamos trocado uma única palavra. Mas o que dizer quando é preciso pesar o significado de cada palavra?

No momento em que respiro fundo e me volto na sua direção, ela olha para mim. A cor dos nossos olhos é a mesma. Assim como, provavelmente, a expressão facial.

Deve ter uns 15 anos. A idade que Isabel tinha quando foi assassinada.

Há alguns anos, frequentei uma escola aqui do bairro. Pedalava 10 quilômetros diários para ir e voltar, às vezes com o vento do mar me empurrando por detrás; em geral, porém, ele batia diretamente no meu rosto.

Vindo do mar, o vento soprava sem encontrar qualquer resistência sobre a superfície plana do pôlder até atingir a minha bicicleta. Com a batalha diária contra o vento do mar, meu corpo ficou mais forte.

A distância que separava a escola de casa, aquela terra de ninguém dominada por pradarias e vento salubre, funcionava como uma zona de transição entre os dois mundos em que eu vivia.

Olho para o mar, que, com a corrente da ressaca, expõe sobre a areia um fluxo de recordações. Eu não deveria ter voltado.

O que me trouxe até aqui? O anúncio no jornal, talvez?

Há duas semanas, lá estava eu com uma caneca de café, de pé ao lado da mesa da cozinha, enquanto folheava às pressas o jornal. Eram 8 horas da manhã. Eu já estava vestida e tinha tomado o café da manhã, mas não me sobrava tempo. Só podia dar uma olhada rápida nas manchetes.

Ao virar uma página, me chamou a atenção um anúncio pequeno numa coluna lateral.

REUNIÃO DA ESCOLA DE ENSINO MÉDIO HELDER.

Li o convite num único correr de olhos. Era onde eu tinha estudado; a minha escola que no meio-tempo se havia fundido com outras escolas secundárias em Den Helder.

Quer dizer que agora pretendem marcar um reencontro de ex-alunos. Eu tenho 23 anos. Meus tempos de escola, felizmente, já fazem parte do passado. A ideia de ir nem me passa pela cabeça.

A menina foi embora. Eu a deixei escapar, mergulhada como estava nos meus pensamentos. Não faz mal, ainda irei vê-la por aí.

O vento sopra os meus cabelos sobre o rosto e às vezes me corta a respiração. Pois é, era assim mesmo antigamente. Eu pedalava contra o vento, enquanto as lágrimas escorriam pelo meu rosto. Eu sempre prendia os cabelos num rabo de cavalo, caso contrário não havia jeito de desembaraçá-los. De noite, ao lavá-los no chuveiro, cheiravam a sal marinho.

O cheiro do mar nunca muda, é claro. Esta familiaridade nos pega de surpresa e reaviva certas recordações e nos fazem penetrar nos recônditos mais escuros da nossa memória.

Por que eu voltei? O que esperava conseguir ao fazê-lo? Será que eu imaginava que teria efeito catártico ou libertador?

Pois não tem. É, na verdade, conflitivo, penoso, confuso, além de um enorme engano.

O único proveito talvez seja esclarecer mais as coisas. Não sei se estou preparada para isso.

Volto, caminhando para onde deixei o carro. O vento levanta poeira à minha frente e bate nas minhas costas, com isso me apresso. Não sou bem-vinda aqui. Não pertenço mais a este lugar.

No entanto, ainda não tenho a intenção de voltar a Amsterdã. Não aperto o passo nem mesmo quando começa a chover mais forte. O meu carro permanece sozinho no terreno amplo do estacionamento, normalmente abarrotado; este verão, porém, realmente nos deixou na mão. Lembro-me das fileiras e fileiras de lataria luzindo ao sol em dias quentes. Era gostoso viver perto da praia. De bicicleta, dava para ultrapassar todas aquelas filas de carros com os seus motoristas suados. Era só jogar a bicicleta contra qualquer cerca de arame farpado, soltar as toalhas de banho dos cordões que as amarravam na garupa e procurar algum lugarzinho onde se instalar ao sol. Ultimamente, em Zandvoort, é preciso chegar à praia até 9 horas da manhã para se conseguir um lugar.

Abro a porta do carro e mergulho agradecida em seu interior. Acendo a calefação, ligo o rádio, e, com um pacote de balas no assento do passageiro, dou partida e me mando dali. Atravesso o estacionamento praticamente deserto em direção à saída e pego o caminho das Dunas Escuras que passa pelo bosque, rumo ao centro.

Debaixo da chuva, Den Helder tem um aspecto desolador. Amsterdã também, mas pelo menos lá há sempre vida. Den Helder parece mais uma cidade abandonada, onde o alarme antiaéreo acaba de soar.

Gosto de cidades que têm uma alma, um núcleo histórico. De velho, em Den Helder, só há os moradores. Os jovens todos vão para Alkmaar e Amsterdã quando terminam a escola. Os únicos que ficam são os marinheiros e os turistas à espera da balsa para a ilha de Texel.

Quase fui parar aí de manhã. Desde que os meus pais se mudaram para a Espanha há cinco anos, jamais voltei a Den Helder, conhecendo a cidade portanto apenas como ciclista, e não como automobilista. Perdi uma saída e fui parar no dique, o que não me deixou outro remédio senão virar à direita, caindo no congestionamento dos veículos, esperando para ir a Texel.

Engatei a ré, mas fiquei presa por um carro cujos passageiros eram uma família em temporada de férias pré-estivais. Só mesmo quando me adiantei bastante foi que pude retornar, escapando das férias não planejadas em meio às ovelhas.

Chegando a Middenweg, tomo a direção da escola onde concluí o ensino médio. Passo pelo pátio de recreio, que está quase deserto. Um grupinho de alunos dispostos a enfrentar o chuvisco se encontra ali, inalando avidamente a dose de nicotina necessária a fim de encarar o dia.

Sigo adiante, dou uma volta em torno da escola e tomo o mesmo caminho em que costumava pedalar para casa. Passo pela base militar rumo a Lange Vliet. A essa altura a força do vento já não me importa; vou sacolejando, mas sigo em frente. Olho para a ciclovia, a mesma que eu tomei anos a fio. Isabel vivia na mesma cidadezinha que eu. Naquele dia nós não voltamos juntas para casa; ela deve ter tomado o caminho que passa por Lange Vliet.

Lembro-me de tê-la visto sair pedalando do pátio da escola, enquanto eu enrolava antes de ir embora. Se eu tivesse saído atrás dela, é possível que nada acontecesse naquele dia.

Afundo o pé no acelerador e passo por Lange Vliet, atingindo o limite máximo de velocidade permitida. Desemboco em Juliana Village e, assim que posso, entro para a esquerda para cair na estrada. Seguindo pelo canal, engato a quinta e aumento o volume do rádio.

Fora daqui. De volta a Amsterdã.

Canto em voz alta, acompanhando as quarenta melhores canções da parada que ressoam pelas caixas acústicas, e vou pegando uma bala atrás da outra do pacote ao meu lado. Só depois de ter deixado Alkmaar para trás é que volto para o presente. Penso em meu trabalho no banco. Na segunda recomeço a trabalhar. Hoje é quinta-feira; portanto ainda tenho três dias para mim mesma. A verdade é que eu não estou com muita vontade de voltar ao trabalho, mas acho que vai ser bom. Eu passo tempo demais sozinha em casa, com a cabeça tecendo visões tanto inesperadas como incompreensíveis. Já está mais do que na hora de eu pertencer ao mundo dos que trabalham. Além disso, começo aos poucos, com um expediente de somente algumas horinhas por dia.

Afinal de contas, foi o próprio médico que recomendou.

2

Ninguém pensou em comprar um bolo para festejar a minha volta, ou em enfeitar o escritório com cartazes de boas-vindas. Não que eu esperasse isso. Ou melhor, talvez até esperasse um pouco. Tentando recuperar o fôlego após subir a escada, parada à soleira da porta, a expectativa vai se esvaindo a cada pontada no meu peito.

É claro que eu poderia ter tomado o elevador, já que faço tão pouco exercício. O meu médico me aconselha a subir pelas escadas com mais frequência. Só que ele não sabe que trabalho no nono andar.

Os meus colegas tardam um pouco em dar pela minha presença, e com uma única olhada vejo todas as mudanças operadas: a minha mesa de trabalho tomada, o tom íntimo de camaradagem com que minha substituta está conversando com os meus companheiros, as muitas caras novas. É como se eu viesse me candidatar ao próprio cargo que ocupo.

Finalmente, meus colegas me veem e se levantam para me cumprimentar. O meu olhar vai de um rosto ao outro, à procura de alguém que não encontro.

— Oi, Sabine, como vai?

— Tem certeza de que já está pronta?

— Bem, pode se preparar, isto aqui está uma loucura.

— Você está com uma aparência ótima!

Com exceção de Jeanine, não cheguei a ver nenhum deles no período em que estive doente em casa.

Renée vem até mim com um copo descartável de café na mão.

— Olá, Sabine! — diz com um sorriso no rosto. — Tudo bem?

Respondo que sim, o olhar voltado na direção da minha mesa de trabalho.

Ela acompanha o meu olhar.

— Vou apresentá-la à sua substituta, Margot — diz. — Ela assumiu todas as suas responsabilidades no período em que você esteve fora, e vai ficar aqui com a gente até você começar a trabalhar em jornada integral.

Dedico um sorriso a Margot, que retribui, sem, no entanto, se levantar para apertar a mão que eu lhe estendo.

— Nós já nos encontramos antes — diz.

Renée mostra espanto.

— Foi durante o coquetel de Natal — acode Margot, refrescando-lhe a memória. Renée faz que sim, lembrando-se.

Faço menção de dirigir-me à minha mesa, mas Renée me detém.

— No fundo há outra mesa, Sabine. Margot já trabalha aqui há tanto tempo que só seria um contratempo trocá-la de lugar.

Paro para refletir que não seria um bom começo criar um drama no meu primeiro dia por algo de tão pouca importância como uma mesa de trabalho.

Sem dizer uma palavra, me dirijo para o canto mais afastado do escritório e me instalo na minha nova mesa, infelizmente longe dos demais, com o olhar pousado na escrivaninha na qual eu costumava me sentar.

— Onde está Jeanine? — pergunto no momento em que a impressora começa a matraquear.

— Café? — oferece Renée num tom enérgico.

— Sim, agradeço.

— Você toma com leite, não é?

Concordo, e ela desaparece.

Respire fundo; trata-se somente de uma mesa de trabalho.

*

Houve uma mudança. Não consigo explicar, mas o ambiente está visivelmente alterado. O interesse pelo meu retorno logo arrefece. Eu tinha me preparado psicologicamente para me entreter batendo papo e pondo os assuntos em dia, principalmente com Jeanine, mas à minha volta só há espaço vazio.

Todos retomam as suas tarefas, e eu sento no meu canto. Retiro um calhamaço da pilha de correspondência e lanço uma pergunta ao ar:

— A propósito, onde está Jeanine? Saiu de férias?

— Jeanine pediu demissão no mês passado — diz Renée sem tirar os olhos da tela do computador. Foi Zinzy quem entrou no lugar dela. Você vai conhecê-la mais para o final da semana, ela tirou uns dias de folga.

— O quê? Jeanine foi embora? — exclamo, perplexa. — Não sabia.

— Foram feitas outras mudanças que você ainda não sabe — responde Renée, com os olhos ainda fixados no computador.

— Como o quê? — pergunto.

Ela se volta para mim.

— A partir de janeiro passei a ser chefe do departamento, nomeada por Walter.

Ficamos olhando uma para a cara da outra.

— Puxa — digo —, eu nem sabia que existia este cargo.

— Alguém precisava assumir a função — responde Renée, voltando a atenção para a tela do computador.

Passam-se tantas coisas pela minha cabeça que nem sei o que dizer. A manhã me parece interminável. A custo, reprimo o desejo de telefonar a Jeanine. Por que ela não me disse que tinha pedido demissão?

Fito a janela até que percebo os olhos de Renée cravados em mim. Só os afasta no momento em que me debruço sobre a correspondência.

Seja bem-vinda de volta, Sabine.

Fiquei impressionada na primeira vez em que pisei na agência central. A imponente entrada se situava em meio a um lindo parque e, quando passei pela porta giratória e entrei num enorme espaço repleto de mármore, encolhi-me involuntariamente, sentindo-me insignificante.

Mas eu gostei. Aqueles ternos e tailleurs executivos enfeitavam pessoas bastante comuns. Renovei todo o meu guarda-roupa, tendo em mente o conselho de minha mãe de que mais vale ter poucas peças básicas caras, mas de boa qualidade, do que sacolas cheias de roupas de preço de ocasião. Eu comprei um novo guarda-roupa. Tailleurs, saias até a altura dos joelhos e meia-calça preta se tornaram o meu uniforme.

Fiquei um pouco decepcionada com as atribuições do meu cargo. Soava bem dizer que era o escritório da agência central do banco, o que implicava uma ótima comunicação e um extenso conhecimento linguístico.

Trabalho na agência central de um grande banco com su cursais no exterior. Não é exatamente o trabalho a que mais aspirava. Me formei para ser professora de holandês e francês, mas acabou sendo difícil encontrar uma boa escola depois de formada. Tenho que reconhecer que desisti facilmente de procurar emprego e enviar currículos. O primeiro conhecimento que travei durante o meu estágio com classes extravasando rebeldia adolescente não foi nada agradável.

Jeanine e eu chegamos juntas aqui, enquanto ninguém ainda ocupava o escritório. O banco acabava de abrir um novo fundo de investimentos, e começava do zero. Então, iniciei já no último ano de estudos um curso de formação de secretariado, no período vespertino, aprendi informática e comecei a procurar outro tipo de função. Mas não havia nascido para repetir frases banais como *"Aguarde na linha, por favor"* e a tarefa de repor o estoque de cola em bastão. Era provavelmente isso o que queriam dizer com o termo "flexibilidade na função". Mas o ambiente no escritório era sempre agradável. Os momentos que eu passava com Jeanine eram ótimos. Fofocávamos sobre a vida dos executivos para quem trabalhávamos e dos colegas aos quais prestávamos apoio; juntas montamos um arquivo mais organizado; e, se uma de nós queria fazer uma pausa de uma meia horinha a fim de fazer compras, a outra se ocupava de atender as chamadas. Eu era independente e tinha um emprego. Minha nova vida havia começado.

Passada a fase inicial, Jeanine e eu começamos a ficar muito atarefadas. O fluxo de gerentes de negócios contratados para cuidar do fundo crescia paulatinamente, nós mal dávamos conta do trabalho do escritório. Tinham que contratar mais pessoas, e rápido.

Jeanine e eu nos ocupamos das entrevistas de seleção. Foi assim que Renée entrou na história. Fazia bem o seu trabalho, mas o ambiente no escritório mudou na hora. Renée sabia como um escritório devia ser administrado. Renée achava que nosso departamento, inclusive eu e Jeanine, éramos irrelevantes. Aos seus olhos, as horas de almoço prolongadas e "sair para fazer uma comprinha rápida" eram pecados capitais. Assim como era pecado capital, aos nossos olhos, que ela tivesse que levar uma conversa particular com Walter a fim de comunicar-lhe a sua insatisfação, ainda que possuísse certa parcela de razão. Porém, ele estava satisfeito com Renée, uma preciosa aquisição para o banco.

— E pensar que fomos nós que a contratamos — disse Jeanine.

Walter era da opinião de que Renée deveria se encarregar de contratar uma quarta secretária. Segundo ele, ela tinha olho para essas coisas.

— Ao contrário de nós — tive que reconhecer.

— É, isso ficou evidente — disse Jeanine.

Renée pôs anúncios nos grandes jornais e telefonou para várias agências de empregos. Esteve tão empenhada na tarefa que todo o seu trabalho sobrou para Jeanine e para mim. Passava tardes inteiras entrevistando moças mais ou menos adequadas para a função, mas ninguém foi contratado.

— É tão difícil encontrar bons profissionais — disse, balançando a cabeça, ao reaparecer da sua sala de conferências.
— Quando você vai ver, está trabalhando com gente que acha que trabalho de escritório não passa de datilografar e passar fax. Agora, vá fazer com que essas pessoas se transformem numa equipe sólida!

E, assim, continuávamos a trabalhar como escravos, porque o fundo só fazia crescer e o trabalho ia se acumulando.

Fazíamos todos os dias horas extras, além de termos que trabalhar durante o horário de almoço. Fiquei esgotada. Não conseguia dormir de noite. Sentia-me agoniada, deitada na cama com palpitações, olhando para o teto. Assim que fechava os olhos, eu era atacada por uma tontura que me arrastava numa ciranda cada vez mais frenética. Aguentei mais alguns meses assim, porém, um ano depois, desabei. Não há nenhum termo que se aplique melhor. Uma sensação de apatia total tomou conta de todo o meu ser, e escureceu o meu mundo.

Em maio, tive que tirar licença médica remunerada, e a primeira ocasião em que voltei a pisar no escritório foi na festa de Natal. Tomei uma taça de vinho, enquanto punha os assuntos em dia com os meus colegas. O melhor, tentei fazê-lo. Isso porque, em linhas gerais, não me dispensavam nenhuma atenção, comentando fatos completamente alheios ao meu conhecimento. Havia muita gente nova. Jeanine tinha ficado em casa, de cama, com gripe.

Eu bebericava o vinho, observando à minha volta. Ainda não se falava da promoção de Renée; o que me chamou atenção foi, sim, o fato de que ela estivesse sempre no centro das atenções. Os empregados que haviam entrado na minha ausência, entre os quais Margot, me ignoravam.

Timidez, pensei.

Eu continuava sorrindo para todos. Mas eles evitavam o meu olhar.

Procurei me enturmar com Luuk e Roy, dois funcionários do departamento administrativo com quem eu sempre havia me dado bem. Respondiam às minhas perguntas pertinentes, mas não se esforçavam por manter a conversa fluindo. Como se estivessem de prévio acordo, se puseram a falar sobre futebol e sobre um cliente chato que constantemente pedia para ter acesso aos dados. Eu ouvia, bebericando o vinho, olhando, acanhada, ao meu redor.

Walter, de pé ao meu lado, ouvia com meia orelha.

Voltei cedo para casa.

Eu não estou exatamente contente de voltar a trabalhar, mas fazer o quê? É só por meio período. Deve dar para aguentar.

Aproximo de mim a pilha de correspondência e me ponho a abrir envelopes e tirar elásticos. Meia hora depois, já perdi toda a paciência. Meu Deus, mas que horas são? Nove horas ainda! O que eu faço para o tempo passar?

Dou uma espiada no escritório. Alguns metros adiante se encontra Margot, a sua mesa encostada contra a de Renée, de maneira que podem falar entre si sem que eu entenda uma única palavra.

Os funcionários do departamento comercial entram e saem com projetos para serem digitados, a correspondência que tem que sair daqui registrada. Renée coordena e delega como um capitão no seu navio. Os trabalhinhos mais chatos, ela dá para mim. E tem uma montanha desse tipo. Dobrar caixas para o arquivo, preparar café para a sala de conferências, ir buscar os visitantes na recepção. E ainda nem passou a metade da manhã. Quando pego a minha bolsa às 12h30, não troquei uma palavra amável com quem quer que seja.

Dirijo-me ao estacionamento, entro no carro e saio do terreno em marcha lenta.

3

CHEGO EM CASA morta de cansaço. Meu rosto está pálido, tenho manchas de suor nas axilas e meu apartamento de dois cômodos está uma bagunça. Depois da rigidez funcional do escritório, mais do que antes, os móveis desordenados, dispostos lado a lado sem qualquer critério, me chamam a atenção.

Jamais consegui fazer com que este apartamento parecesse um lar de verdade, com a marca da minha personalidade. Quando adolescente, sonhava com o momento em que poderia viver por conta própria. Sabia exatamente como queria decorar a casa, que eu via nitidamente diante de mim.

Ninguém havia me dito que o meu salário inteiro iria só para as prestações e para as compras da semana. Que sobraria pouco para eu ficar atualizada com as últimas tendências. Mas sempre que estou na cozinha, tenho de reprimir o ímpeto de arrancar da parede aqueles azulejos marrons e laranja dos anos 1970. Eu poderia simplesmente comprar novos azulejos, mas não sem destruir o equilíbrio harmonioso formado com o armário da pia e o tapete de cor de café com leite sobre o chão. Então deixo como está. A minha exaustão absorve toda energia, faz com que despenque no sofá totalmente esgotada e vazia.

Deixo a minha bolsa sobre a mesa e, caminhando para a cozinha, olho a secretária eletrônica. A luz está piscando na minha direção. Surpresa, me detenho. Uma mensagem?

Curiosa, aperto a tecla de escuta. O bipe revela que quem quer que tenha telefonado não se deu ao trabalho de deixar recado. Aperto com irritação o botão para deletar o aviso de mensagem da tela. Se há uma coisa que eu odeio é quando alguém telefona e desliga depois do bipe. Passo a tarde inteira me perguntando quem telefonou.

A minha mãe não pode ser, porque ela, quando liga, gasta metade da fita para falar o que precisa. Passa a metade do ano com meu pai na casa que têm na Espanha. Eu os vejo raramente.

Provavelmente foi Robin, o meu irmão. Quase nunca telefona, mas, quando o faz, é porque realmente precisa falar comigo. Secretárias eletrônicas o frustram horrivelmente. Raramente deixa mensagem.

Vou à cozinha, pego a tábua de cortar pão, apanho uma tigela de morangos da geladeira, duas fatias de pão do pacote e faço o meu costumeiro almoço. Não há nada mais divino que morangos frescos no pão. Sou viciada. Segundo me parece, me ajudaram até mesmo a superar a depressão. Iogurte com morangos, morangos com chantilly, morangos com torrada. A cada ano, quando os morangos no supermercado passam a perder o gosto, é quando começo a ficar preocupada. Socorro, a época já passou! Chegou o momento da abstinência. Talvez essas frutas, assim como o chocolate — aliás, outro dos meus vícios —, contenham substâncias que causam dependência. Durante o inverno, sempre encho o meu pão com Nutella e engordo quilos.

Enquanto corto os morangos pela metade, volto a pensar na chamada perdida. Quem poderia ter sido? Talvez não tenha sido Robin, mas Jeanine. Mas por que ela me telefonaria, se já faz um bom tempo que não entramos em contato?

Enfio um morango gigante na boca e, mergulhada nos pensamentos, me ponho a olhar pela janela. Se por um lado Jeanine e eu logo nos entrosamos, por alguma razão ou outra, o nosso contato permaneceu restrito ao trabalho. É o que ficou evidente logo que me deram a licença. No início, ela me visitou algumas vezes, mas uma pessoa ensimesmada e apática sentada num sofá não é das companhias mais agradáveis. Fomos perdendo o contato. Apesar disso, estava ansiosa por vê-la. Não a levo a mal por não ter insistido mais, porque o meu estado era mesmo deplorável.

A nossa relação simplesmente não teve oportunidade de crescer, e eu, na verdade, havia partido do pressuposto de que agora continuaríamos do mesmo patamar. Não sou muito boa em manter contatos que levam a uma amizade íntima e duradoura. Apesar de não ser tímida e de não ter dificuldade em lidar com as pessoas e em falar amenidades, nunca chego a um nível de confiança necessário ao desenvolvimento de uma relação mais íntima. No fundo, o que acontece é que falo demais e digo pouco. Não se trata de algo que forçosamente eu queira mudar, já que não há razão para que fiquem sabendo tudo a meu respeito. Mas a consequência desta atitude fechada é que as pessoas não se sentem à vontade para fazer confidências. Já era assim na faculdade. Os meus companheiros de turma gostavam de mim — pelo menos nunca me trataram de uma maneira que não fosse cordial e amistosa —, mas isso não me impediu de passar quatro anos me sentindo uma estranha.

No primeiro ano de faculdade, eu ainda vivia na casa dos meus pais. Creio que só umas duas vezes me pus seriamente a procurar um quarto em Amsterdã. Na rua Rhijnvis Feith estavam anunciando um. Fui atrás, cheia de esperança. Numa rua longa e estreita, apertei a campainha e a porta foi aberta automaticamente, de um dos andares superiores. No topo da escada apareceu um homem gordo de cuecas.

— Quem é? — bramiu ele.

Reparei na barba por fazer e na imensa barriga de cerveja.

— Ninguém! Deixe para lá! — respondi.

O segundo quarto que fui ver era um sótão no bairro do Pijp, na rua Govert Flinck, para ser exata. Era um cubículo triste logo abaixo das traves do teto, com as paredes emboloradas e vista para um pátio interno desleixado, cheio de varais com roupa, uma cozinha comum nojenta e um banheiro em que não se podia dar a descarga.

Olhei à minha volta, tentando imaginar que aquela seria a minha casa. No fundo era tentadora a ideia de não ter que passar duas horas por dia sentada no trem. Já me via feliz da vida pedalando pelo Herengracht, onde se situava o centro de formação de docentes, passando diante das fachadas imponentes refletidas na água do canal, indiferente como o morador de uma cidade grande que considera as ruas e praças apinhadas de gente como sua sala de estar. Era esta a ideia que gostava de fazer de mim mesma, mas, no fundo, eu não passava de uma garota provinciana que não se atrevia a dar o passo em direção ao mundo real.

No final das contas, permanecer na casa dos meus pais não era tão má ideia. Não precisava me preocupar em lavar e passar roupa, o jantar estava todo dia pontualmente na mesa — carne e legumes, em vez da comida nada saudável que a maioria dos estudantes come. Além do mais, era gostoso estar em casa. Deixei de procurar quartos até os meus pais começarem a fazer planos de emigrar. Eu me apavorei quando um dia — eu tinha 19 anos — eles me comunicaram os seus projetos. Os meus pais, o meu apoio, a minha âncora na vida, me viravam as costas! Como foi que chegaram à conclusão de que eu já era adulta, que conseguia ser autossuficiente e de que já não precisava de ajuda? Quem lhes havia metido uma asneira tão grande dentro da cabeça? Jamais poderia ficar sem eles, jamais! Para onde é que eu iria no final de semana, com quem eu poderia contar dali para a frente? Naquele momento, eu estava em casa sentada no sofá — cobri o rosto com as mãos e me debulhei em lágrimas.

Hoje eu me envergonho um pouco de ter dificultado tanto as coisas para os dois. Robin me contou que eles quase mandaram os planos por água abaixo e que ele próprio os havia convencido a restringir a minha influência na vida deles.

— Daqui a pouco ela arranja um namorado e desaparece — ele lhes dizia. — Vocês ainda estão jovens o suficiente para realizar os seus sonhos. Daqui a dez anos, quando Sabine já estiver levando a própria vida, é possível que não queiram mais dar esse passo.

Ajudaram-me então financeiramente a comprar um apartamento em Amsterdã e partiram. Volta e meia retornavam à Holanda para me ver. Mas isso foi só no começo.

Foi uma época solitária, esses meus anos de estudo. Mas depois a coisa não mudou muito. Não mantive contato com nenhum dos meus colegas de faculdade; cada um morava num canto do país, e fora isso eu já não tinha a energia para marcar nada depois do expediente. O meu mundo consistia em cinco longos dias da semana de escritório, com os seus corredores cobertos de tapetes azuis-escuros, os banheiros com lâmpadas econômicas que nos transformava em extraterrestres de olhos encavados. Eu passava os meus horários de descanso ou na cantina, ou junto à máquina automática que vendia guloseimas no décimo andar, onde Jeanine e eu encontrávamos refúgio por volta das 16 horas para fazer uma pausa.

O meu expediente oficialmente terminava às 17 horas, mas, semana sim, semana não, estava de plantão para atender as chamadas telefônicas até as 18 horas. Nesse dia também começava uma hora mais tarde. Chegando então às 18h30 em casa, não tinha mais energia para cozinhar, muito menos a intenção de manter uma rede social de amigos e conhecidos.

A única coisa que eu conseguia fazer — e com muito custo — era desabar na frente da televisão com algum congelado de fácil preparo no micro-ondas. Meditando no banheiro, consultava o relógio e em seguida me lembrava de que estava em casa, de que podia ler com calma as frases engraçadas no calendário de folhas descartáveis, de que não havia nenhuma Renée ostensivamente consultando o relógio no momento em que eu voltava. A minha amizade com Jeanine começou a se esticar para os fins de semana, até eu adoecer. E agora que eu estou melhor ela desapareceu! Por que não continuou no banco?

Jeanine abre a porta de casa com a cabeça envolta em papel de alumínio.

— Sabine! — diz, surpresa.

Entreolhamo-nos, não muito à vontade. Exatamente no momento em que quero pedir desculpas por aparecer ali daquela maneira inesperada, ela abre um pouco mais a porta.

— Eu achava que era Mark. Entre!

Trocamos beijinhos.

— Fica ótimo em você — digo, lançando um olhar ao papel de alumínio nos seus cabelos.

— Eu sei. É que estou pintando os cabelos, daí o roupão velho. As manchas da última vez ainda não desapareceram. Quase morri de susto quando tocou a campainha.

— Nesse caso teria sido melhor não abrir a porta.

— Não diga! Não posso ficar sem saber quem está do lado de fora da porta. Ainda bem que é você.

Interpreto o comentário como um elogio.

— Quem é Mark? — pergunto, atravessando o pequeno corredor em direção à sala.

— É um gato com quem já venho saindo há algumas semanas. Ele já me viu sem maquiagem, viu as minhas calcinhas sujas no cesto de roupa e sabe que eu faço ruído com a língua enquanto como, mas eu ainda prefiro que ele não saiba que pinto os cabelos. — Jeanine dá um sorriso amarelo e se deixa cair no sofá. O roupão está um pouco aberto, revelando uma camiseta rosa, puída, e cheia de buracos.

Se Mark não é bem-vindo hoje à noite, é possível que eu também não seja.

Afundo-me numa cadeira de vime com uma almofada branca mais confortável do que se esperaria.

Nós nos olhamos e sorrimos, acanhadas.

— Quer café? — pergunta Jeanine. — Ou já está na hora de tomar algo mais forte? — Consulta o relógio. — São 20h30. Vinho?

— Primeiro um café — digo, gritando em direção à cozinha, para onde ela se dirige. — E já pode ir deixando o vinho por perto!

Ouço-a rir na cozinha e olho, satisfeita, ao meu redor. Foi uma decisão acertada procurar Jeanine, para falar de amenidades, acompanhada de uma garrafa de vinho na mesa, em vez de passar uma noite no meu apartamento. Exatamente a cena em que eu me havia imaginado quando fui viver por conta própria.

—Você já voltou a trabalhar? — pergunta Jeanine, entrando na sala com duas xícaras de café. Coloca-as sobre a mesa, apanha duas taças de vinho do armário e as dispõe ao lado.

— Hoje foi o meu primeiro dia de trabalho.

— E como foi?

Pego minha xícara de café sobre a mesa e olho a caneca.

— Você também tem leite? — pergunto.

— Ah, tinha me esquecido. Você bebe litros de leite — diz Jeanine. — Não sei como pode gostar. Leite não tem nada a ver com café.

—Aquelas suas misturebas azedas também não me parecem nada saudáveis — digo.

Jeanine faz uma careta, se levanta e vai buscar o leite.

— E aí está, minha senhora... Algo mais? Aliás, eu estava perguntando como foi o trabalho.

— Foi...

Paro para pensar na palavra mais adequada.

— Foi uma merda. Fiquei feliz quando deu 12h30.

— Ou seja, um horror.

— E ponha horror nisso.

Bebemos o café em silêncio.

— Foi por isso que eu fui embora — diz Jeanine, passados alguns segundos. — O ambiente mudou demais. A Renée só contrata pessoas que ela possa manipular. Fiz questão de dizer isso a Walter quando pedi demissão. Mas você sabe como ele é. Ele adora a nossa tirana. Como foi que ela tratou você?

— Para dizer a verdade, praticamente não nos falamos. Ou melhor: não cheguei a falar com ninguém de verdade. Não conhecia a maioria e só a metade se deu ao trabalho de vir se apresentar. Fiquei me divertindo, abrindo correspondência e dobrando caixas.

— Você tem que cair fora assim que for possível.

— E daí eu faço o quê, você pode me dizer? Não tenho economias, não posso me dar ao luxo de pedir demissão. O que eu faço se não encontrar nada?

— Você logo encontra outra coisa. Faz um cadastro numa agência de empregos.

— Nem pensar! Você acha que eu estou a fim de ser mandada para um lugar longínquo para organizar arquivos e preencher listas o dia inteiro? Não, obrigada, já se foi o tempo. O primeiro dia é sempre o mais difícil. Eu vejo o que faço. Aliás, você é que não me contou o que está fazendo!

— Estou trabalhando num pequeno escritório de advocacia — conta Jeanine. — É muito bom! O trabalho é basicamente o mesmo, mas o ambiente é ótimo.

Sinto uma pontada de inveja. Termino o café com o semblante cerrado.

— Vou ficar alerta. Se aparecer qualquer coisa de trabalho eu aviso — promete Jeanine de livre e espontânea vontade. — Você sabe que é muito mais fácil conhecendo gente, e eu falo com tantas pessoas!

— Agradeço se você...

— É claro, sem problemas. Ah, Sabine, por sinal, Olaf ainda trabalha no banco?

— Olaf, qual Olaf?

— Ele foi trabalhar no departamento de informática; um gato! Os computadores estavam funcionando, foi o departamento que desmoronou — diz Jeanine, sorrindo entre os dentes.

— Ainda não o conheci — digo.

— Então seria bom que você desse uma passada no TI — aconselha Jeanine. — Tire a tomada do contato e mande chamar o Olaf.

— Não diga bobagens!

— Renée está doida por ele! — diz Jeanine com um sorrisinho. — Repare nela quando ele entrar na sala. Você vai morrer de rir! — exclama se levantando e faz uma imitação de Renée toda faceira. É muito engraçado mesmo.

— Felizmente ele não demonstra interesse algum — diz Jeanine, satisfeita. — Já terminou o café? Então vamos passar agora para o vinho. Vá enchendo as taças, enquanto eu tiro o papel de alumínio do cabelo. Só que vou ter que dar uma enxaguada, senão amanhã ele estará laranja.

Enquanto Jeanine dá um banho de tinta no banheiro, encho as taças de vinho. Faz tempo que não me sinto tão bem. É ótimo tomar iniciativas. Deveria fazer com mais frequência; ir atrás das pessoas em vez de esperar que elas venham até mim. Quem sabe Renée não se anima a pegar um cinema comigo? Acho graça dessa bobagem e bebo um gole de vinho.

Jeanine volta com os cabelos molhados, de uma cor vermelho-escura. Está vestindo uma camiseta branca e jeans e aparenta alegria e vitalidade. É assim que a conheço, com exceção da cor dos cabelos.

— Gostei da cor — digo, admirada. — Que pulo, hein, daquele castanho para esta cor! Admiro a sua coragem.

— Agora está mais escuro porque está molhado, mas, quando secar, deve ficar com um reflexo cor de bronze. Vamos ver. É que a minha cor natural é tão insossa!

Olho com um pouco de inveja os cabelos espessos e ondulados de Jeanine. Com uma cabeleira dessas, não se precisa ter nenhum reflexo cor de bronze; eu já cometeria um assassinato para ter aquela variante que ela considera insossa. Todos os dias passo horas secando os cabelos e, mesmo assim, nunca obtenho o resultado desejado. Já pensei em cortá-los. Não muito, na altura dos ombros. Um pouco de tintura e a metamorfose estará completa. Mas esse dia ainda não chegou.

Ficamos de papo até tarde da noite. Bebemos, rimos e fofocamos sobre Renée. Jeanine me faz uma descrição nos mínimos detalhes de cada um dos funcionários. A conclusão é de que são normais; o problema é que ninguém percebe como Renée é manipuladora.

— Ela predispôs todo mundo contra você — previne Jeanine. — Não espere que eles venham falar com você, porque eles não vão fazer isso. Vá falar com cada um deles e demonstre o contrário do que Renée afirmou.

— Será que ela falou tão mal de mim? — pergunto, duvidando um pouco.

— Pode acreditar que sim — disse Jeanine em voz alta. — Na opinião dela, alguém só está doente se estiver na UTI ou coberta de gesso dos pés à cabeça. Ela disse certa vez que a pessoa só fica doente o quanto quer e que ela própria simplesmente vai trabalhar, por pior que esteja. O que é verdade. Ela usa uma caixa inteira de lenços Kleenex em meia hora, e no dia seguinte o departamento inteiro está tossindo e fungando. Diz que depressão é dessas coisas que você supera numa boa. Uma questão de força de vontade, o que você, segundo ela, não tem. Foi essa a imagem que ela pintou de você. Eu estava presente, portanto esteja prevenida.

Chuto os sapatos para longe e me sento no sofá com as pernas dobradas para um lado, esquentando os meus pés frios sob as coxas.

— Eu espero que você, pelo menos, acredite em mim! — exclamo, inquieta.

— Claro que acredito.

Jeanine enche outra vez a minha taça e vai à cozinha. Continua falando comigo enquanto mexe no armário, apenas num tom mais alto para que eu continue ouvindo.

— Eu conheço muitas pessoas com sintomas de estresse. O meu tio tem, o meu pai já teve, fora outros tantos no trabalho. O seu caso é estresse, ou não?

Entra outra vez com um pacote de batatinhas fritas na mão.

Faço que sim, supondo que estresse, depressão e crise de nervos acabam sendo, em linhas gerais, a mesma coisa. Jeanine se serve de vinho mais uma vez e se senta de pernas cruzadas em cima do sofá.

— Eu até entendo o lado de Renée: crises de nervos se tornaram epidêmicas nesse meio-tempo, a ponto de o mundo inteiro se queixar, nas mais diversas gradações; é impossível comprovar se uma pessoa ainda não está em condições de trabalhar ou se apenas está a fim de ficar em casa. Sem dúvida nenhuma, há pessoas que se aproveitam, e Renée é desse tipo de pessoa que pensa ser capaz de fazer um diagnóstico. Deve ter estudado medicina numa vida passada. Certa vez em que fiquei gripada e não fui trabalhar, ela foi logo mandando um médico para a minha casa para verificar como eu estava. Em geral eles só fazem visita em domicílio no dia seguinte ou depois de dois dias, mas não, uma hora depois de ter telefonado, já estavam batendo à minha porta. Um pedido especial do meu chefe, como afirmou o rapaz. Adivinhe só quem fez com que Walter ficasse desconfiado...

Tomo um gole do vinho e a olho com incredulidade.

— E por que ela desconfiou de você? Qualquer um pode pegar uma gripe.

— Provavelmente, por eu ter reclamado no dia anterior que tinha muito poucos dias livres. O que aconteceu foi que eu tinha começado a reclamar justamente porque não estava me sentindo bem, o que é lógico, ou não? Eu teria adorado tirar um dia de descanso, mas não podia me dar ao luxo. Naquela noite eu fiquei com dor de garganta e febre e no dia seguinte não fui trabalhar. Ela não acreditou numa palavra. O próprio Walter ainda me telefonou. Supostamente para perguntar como eu estava, mas eu nem me atrevia a pôr o pé na rua para ir à mercearia comprar laranjas: imagine se eu não estivesse em casa quando eles enviaram o médico de controle.

— Que filhos da mãe — digo, ardendo de raiva, apanhando outro punhado de batatinhas fritas. Por alguma estranha razão, um pedaço grande foi parar em algum lugar nas minhas vias respiratórias e ali ficou. Entrei numa tal crise de tosse que as lágrimas me subiram aos olhos, mas a batatinha continuava entalada.

— Tome um gole de vinho! — aconselha Jeanine, estendendo-me a taça.

Ignoro o gesto, porque o acesso de tosse é tão forte que sinto que vou vomitar.

— Por favor, tome um gole de vinho — exclama Jeanine, preocupada.

Abanando as mãos, dou a entender que não posso, mas ela segura a taça diante do meu rosto, insistindo para que eu tome um gole.

— Tome que ajuda a descer — diz ela.

Não seria uma ideia de todo má que ela me desse umas palmadas nas costas e, para convencê-la, demonstro eu mesma o gesto. Baixo demais, mas é que não consigo alcançar as escápulas.

Jeanine se levanta e bate com força na minha coluna. Com muita força e baixo demais.

Levanto a mão para interrompê-la, mas ela interpreta o sinal como um encorajamento e volta a bater, com força redobrada.

— Vamos aplicar a manobra de Heimlich? De pé! — grita Jeanine, no momento em que a famigerada batatinha sai voando da minha boca e finalmente consigo respirar. Tossindo ainda, afundo-me na almofada do sofá, seco as lágrimas dos olhos e tomo um gole de vinho.

— Você é uma imbecil! — digo. — Quase me colocou numa cadeira de rodas.

— Eu salvei você! — exclama Jeanine, indignada.

— Salvou olhando primeiro como eu sufocava e pedindo para eu tomar o vinho, para depois dar porrada na minha coluna? O ponto correto é entre as escápulas. Sabe Deus o que teria acontecido se você tivesse aplicado a manobra de Heimlich! — gritei de volta.

Jeanine me observa, atônita. O meu olhar se encontra com o dela e desatamos a rir.

— Onde foi então que eu bati? — pergunta Jeanine e, soluçando de rir: — Aí? E onde é que tinha que ser? Ah, mas então eu estava perto! — Outra explosão de risos.

Jeanine enxuga as lágrimas dos olhos.

— Talvez seja melhor mesmo eu tomar algumas aulas de primeiros socorros. Lá no meu trabalho ainda estão precisando de voluntários.

Aponto na sua direção a garrafa vazia de vinho, que estava no chão.

— Não seria má ideia. Não mesmo.

Muito bem, já quebramos o gelo, e tudo voltou a ser como antes. Bebemos, batemos papo, rimos, fofocamos e continuamos bebendo. A certa altura, endireito as costas, levantando-me para ir ao banheiro, quando sinto o teto dar voltas, então me deixo cair outra vez no sofá, gemendo.

— E aí, acha que bebemos demais? — pergunto, cochichando.

— Que nada! — diz Jeanine. — Eu ainda só estou vendo duas de você. Costumo ver quatro na maior parte das vezes.

Dá um risinho e eu faço coro.

— Você vai ter que dormir aqui — diz Jeanine, com a voz enrolada. — Não posso pôr você na rua deste jeito. Aliás, que horas são? O quê? Já são 2 horas da manhã!

— Você está brincando!

De repente sóbria, levanto-me com um salto.

— Eu trabalho amanhã!

— Não vá — aconselha Jeanine. — Renée vai dar o maior apoio.

Rindo tanto que as lágrimas nos saltavam aos olhos, encontramos um edredom no sótão, que metemos com forças unidas dentro de uma roupa de cama, improvisando assim uma cama para mim no sofá.

— Boa noite — diz ela, sonolenta.

— Boa noite — resmungo em resposta, enfiando-me debaixo do edredom. Apoio a cabeça na almofada do sofá e mergulho num sono aprazível e suave.

4

ESTÃO FALANDO A meu respeito. Percebo por causa do silêncio repentino que se faz a cada vez que eu entro no departamento carregando a pasta de correspondência, pelos olhares fugazes e pelas expressões culpadas apanhadas em flagrante. Pego o formulário de requerimento de material e marco as opções de tesouras, furadoras e clipes, lançando repetidos olhares ao relógio. Será que o infeliz parou?

Uma voz de barítono interrompe o silêncio no escritório:

— Bom dia! Algum problema por aqui?

Giro na cadeira e me deparo com uma figura de um 1,90m, coroada de cabelos loiros e espessos. Um largo sorriso num belo rosto.

— Ei, Sabine! Mas não é possível! — exclama, atravessando o escritório a passos largos, e vem se sentar na beirada da minha mesa. — Ontem eu bem achei que era você, mas agora tenho certeza. Não me reconhece, não é! Dá para ver na sua cara.

Faço uma tentativa desesperada de lembrar de onde eu conheço esse homem, mas é em vão.

— Hum, deixe-me ver... não foi, quero dizer...

Nesse meio-tempo me dou nitidamente conta dos olhares perplexos e um pouco invejosos dos meus colegas. É provável que agora desconfiem que eu tenho uma vida dupla; durante o dia, a secretária exemplar, de noite sabe lá Deus o quê.

— Olaf! — diz. — Olaf van Oirschot. Amigo de Robin, lembra?

A neblina espessa que envolve o meu cérebro parece se dissipar de repente. Respiro profundamente de alívio. Mas é claro! O grandão do Olaf, um dos amigos do meu irmão. Na época do ensino médio, Robin aprontava e andava com um grupinho de idiotas com mais interesse em piadas cretinas do que nos resultados escolares.

— Conseguiu se lembrar — constata Olaf, satisfeito.

Balanço a cabeça afirmativamente, e me inclino na direção de Olaf a fim de examiná-lo.

— Não foi você que certa vez se fingiu de cego num café?

Olaf ri, acanhado.

— Bem, o que quer que eu diga? Coisas da idade. Aliás, nós já pagamos pelos danos.

Renée parece precisar urgentemente de algo do escaninho abarrotado, coisa que ela costuma ignorar. Volta-se na direção de Olaf, como se só agora tivesse se dado conta da sua presença, e diz com um sorriso:

— Ah, Olaf! Eu estou com um probleminha no meu computador. Quando quero salvar alguma coisa, recebo um monte de mensagens estranhas. Será que você poderia dar uma olhada? — pergunta, puxando Olaf pelo braço até a sua mesa.

— A gente se fala mais tarde, Sabine! — anuncia Olaf se virando para mim.

Tento me concentrar outra vez no requerimento. Não consigo; o confronto inesperado com um período da minha vida que já fazia parte do passado mexeu totalmente comigo. Além disso, ainda estava pasma que aquele adolescente desengonçado de antes tivesse se transformado naquele homem lindo...

Às 12h30, deixando o escritório para finalmente voltar para casa, nos encontramos de novo, no elevador.

— Você também está indo almoçar? — pergunta Olaf.

— Não, estou indo para casa.

— Melhor ainda!

— Só trabalho meio expediente — vejo-me na obrigação de explicar.

— Em princípio, é o que acontece comigo, apesar de ter que passar o dia inteiro no escritório — diz Olaf, abrindo um sorriso.

Está encostado no espelho da parede, os braços cruzados, e me observa descaradamente. A sua presença vai tomando conta do elevador a cada segundo.

Encosto-me na parede do elevador com a mesma atitude indiferente, com os braços cruzados também, mas o olhar arisco saltando de um ponto ao outro. Rio da piada de Olaf, mas o meu riso soa nervoso. Sabine, não se comporte como uma adolescente!, digo a mim mesma. Não passa de Olaf, você já o conhece.

Mas os meus sentimentos não obedecem aos comandos. Pelo menos não enquanto ele estiver me olhando desta maneira. Desesperada, tento dizer da maneira mais espontânea:

— Não faz muito tempo que você trabalha aqui, não é? Quero dizer, nunca te encontrei antes.

— Eu trabalho aqui já faz alguns meses.

O seu olhar atrevido sobe das minhas pernas aos meus seios. A aprovação que percebo nos seus olhos me deixa alvoroçada.

— Estive doente um bom tempo. Estresse.

A palavra "depressão" estereotipa demais.

Olaf estala a língua, compassivo.

— Que chato! Você ficou fora de circuito por muito tempo?

— Bastante.

— E agora está recomeçando aos poucos?

Concordo. Faz-se um silêncio em que ficamos nos olhando timidamente, ou melhor, em que eu o olho timidamente enquanto ele me sorri da maneira mais relaxada. Por que eu o acho tão bonito? O seu rosto é angular e irregular demais para poder ser chamado de bonito, os olhos azul-claros demais para poder contrastar com as pestanas e as sobrancelhas loiras. Os cabelos são espessos, mas desgrenhados, do tipo que nunca fica bem ajeitado. Ele se transformou, e como! Parece bastante surpreso com a minha aparência, apesar de eu achar que praticamente não tenha quase mudado desde o período da escola. Continuo deixando os meus cabelos lisos, castanho-claros, quase não uso maquiagem, só passo um pouco de lápis preto e rímel nos olhos e meu estilo de roupas continua o mesmo. Sigo a moda, em vez de ditá-la. Custa um certo tempo para me acostumar às maiores inovações, para então apreciá-las e, finalmente, vestir-me conforme. Nessa altura, em geral, tudo já mudou de novo. Assim era antigamente e assim continua sendo. Entretanto, Olaf olha para mim como se eu fosse a garota mais deslumbrante que conheceu nos últimos tempos, o que naturalmente é uma grande besteira. O mais provável é que esteja apenas brincando comigo.

— Que coincidência a gente se encontrar aqui! — diz Olaf com um largo sorriso. — Por outro lado, todo mundo parece ter vindo parar em Amsterdã. Você não imagina a quantidade de velhos conhecidos que já encontrei. Mais cedo ou mais tarde, você acaba encontrando com todo mundo. Diga, você tem que ir mesmo para casa ou quer ir almoçar comigo?

Assustada, fico olhando para a cara de Olaf. Almoçar juntos? Com ele, sem tirar os olhos de cima de mim enquanto as minhas mãos tremendo levam o garfo à boca?

— Ah, não dá! Eu tenho que ir. Quem sabe uma próxima vez? — digo baixinho.

O elevador para e as portas se abrem. Vejo, do outro lado, Renée e alguns outros colegas saírem do elevador.

— Não seja desmancha-prazeres — diz Olaf. — Você vai ter que comer de qualquer maneira, não vai? Então por que a gente não faz isso juntos?

Renée olha pasma para mim e para Olaf.

— Bem, já que você insiste... Vai ser bem legal conversar sobre os velhos tempos e pôr o papo em dia — digo rapidamente.

Entramos na cantina da empresa como se tivéssemos mantido contato durante todos aqueles anos.

Olaf e eu apanhamos cada um uma bandeja e nos pomos a estudar os pratos dispostos na vitrina.

— Eu vou pegar um croquete e umas fatias de pão — diz.
— Você também?

— Ah, eu também, sabe.

Engordei cinco quilos no ano passado por conta do Prozac e de todas as barras de chocolate que devorei em busca de conforto. Um croquete a mais ou a menos é que não faria diferença agora.

Escolhemos uma mesinha não longe de onde Renée vem se instalar com o seu séquito. Ela se senta numa posição de onde possa me observar.

Tento adotar a atitude mais relaxada possível e sorrio para Olaf.

— Você chegou a ler sobre a reunião? — pergunta, cobrindo o seu croquete com uma camada de mostarda.

Digo que sim, e então corto o meu em fatias. Nem me passa pela cabeça comer com as mãos. Na primeira mordida, o recheio nunca falha em escorrer elegantemente pelos cantos da boca.

— Você vai? — pergunta Olaf.

Lembro-me do pátio da escola durante o recreio, dos grupinhos de pé, espalhados, da mureta em que eu me encostava, sozinha.

— Não — digo, resoluta, e ponho o garfo na boca.

Olaf desata a rir.

— Eu também não estou com a menor vontade — diz, esmagando o croquete em uma fatia de pão. — Se eu quisesse manter contato com alguém, eu teria feito isso. No entanto, apesar de também não nos termos visto há séculos, é bom nos encontrarmos depois de tanto tempo.

Para ser sincera, ainda não me sinto à vontade ao seu lado. A cada vez que ele me olha, pareço ficar mais consciente do meu cabelo lambido, do meu rosto cansado e pálido e das manchas de suor no pulôver. O meu plano inicial era tomar um bom banho e, depois disso, preparar algumas torradas. Em vez disso, me encontro sentada na cantina do restaurante diante de um cara legal, mostrando o meu lado menos positivo.

Nesse momento, Olaf ataca o sanduíche improvisado como um animal com sua presa. Come com um prazer audível e indisfarçável. Não costumo gostar de homens que deixam que a gente veja exatamente como mastigam a comida. Mas, nesse caso, eu me sinto aliviada e recupero a confiança. Manchas de suor são uma coisa bem chata, mas nada é pior que deixar cair pedaços de croquete da boca.

O estranho, porém, é que Olaf não parece se incomodar. Ele pega com o garfo pedaços caídos do croquete e os enfia na boca. Mal os engoliu, continua falando.

— Pensando bem, até me parece legal ver todas essas pessoas de antigamente. Se você mudar de ideia, basta dizer. Você pode ir comigo de carro. Por sinal, como anda Robin?

— Bem. Está morando na Inglaterra — digo, feliz por ter deixado para trás o assunto "escola".

— É mesmo? — diz, olhando na minha direção, interessado. — O que ele está fazendo lá?

— Ele também trabalha na área de informática — digo.

— Para que tipo de empresa? — quer saber Olaf.

— Vestuário — digo. — Roupas masculinas.

— E ele vai ficar morando por lá? Ou é só temporariamente?

— Espero que seja só por um tempo — digo eu. — Se ele também ficar de vez... Os meus pais já vivem na Espanha, sabe? Robin e eu já estávamos trabalhando e morando em Amsterdã, mas a empresa em que ele trabalha teve que abrir uma nova filial. Se a coisa andar bem, ele volta, espero.

— É, eu me lembro. Vocês sempre tiveram uma boa relação.

Olaf dá uma mordida tão gigantesca no sanduíche que eu, por medida de segurança, desvio o olhar. Só viro outra vez a cabeça quando tenho certeza de ele já ter engolido. Limpa a sujeira dos lábios e enxágua o resto com um gole de café.

— Tenho que voltar à luta. Olhe, adorei! Temos que fazer isso com mais frequência.

— Combinado — digo falando sério, apesar do croquete.

Levamos as bandejas para as prateleiras onde as deixamos com os pratos e os talheres e andamos juntos para o elevador.

— Com certeza, você está indo para casa, não? — diz Olaf.

— Eu acompanho você.

É claro que não precisava fazer isso. Poderia muito bem tomar outro elevador. Sinto um friozinho na barriga. Uma vez no térreo, as portas abertas, Olaf sai comigo do elevador.

Um pouco constrangida, olho para ele. Já sei o que vem a seguir: a fase da exploração. Marcar um encontro como quem não quer nada, fazer rodeios, descobrir se o interesse é recíproco. Eu teria agora que sorrir e paquerar um pouco para fazer com que ele tome a iniciativa, e sou péssima nisso...

— Bem, então a gente se vê amanhã, está bem? Bom trabalho! — digo, animada.

Deslizo a alça da minha bolsa para cima do ombro, levanto o braço e entro na recepção com passos decididos. Não volto a olhar para trás, mas tenho certeza de que Olaf, perplexo, me observa desaparecer de vista.

5

O BRILHO ALEGRE do sol de maio me acompanha ao lugar onde deixei a bicicleta. Também tenho um carrinho, um Ford Ka, mas só uso quando chove. De qualquer maneira, em Amsterdã é mais fácil se locomover de bicicleta, principalmente pela manhã, na hora do rush.

Fico feliz por não ter vindo de carro; necessito urgentemente de uma dose de ar puro. Sinto a cabeça latejar.

Vou pedalando devagar pelo parque Rembrandt, onde a copa das árvores tem um tom verde primaveril. Algumas pessoas passeiam com os cachorros, um grupinho de colegiais fuma e come batatas fritas num dos bancos do parque, os patos grasnam no lago artificial. Pedalo tão devagar que os esportistas fazendo cooper me ultrapassam, sem qualquer esforço aparente. Ah, que beleza não ter que estar dentro de quatro paredes!

Sinto-me como uma prisioneira que acabou de ser solta. Um cachorro me segue por um trecho, correndo e latindo atrás da bicicleta, mas não me intimida; adoro cães. Gostaria até mesmo de ter um. Basta dar-lhes comida, teto, cafuné e um pouco de atenção que eles ficam sendo amigos para o resto da vida. E amam o dono até mesmo quando são vítimas de pontapés e palavrões, com um agradecimento servil por cada palavra amorosa.

Ao que parece, os donos escolhem o mascote que mais se parece com eles, uma hipótese que me parece bastante provável. Se realmente existir reencarnação, e eu voltar para esta vida como um cão, creio que seria um golden retriever. Já o Robin estaria mais para o pitbull. Nós dois não nos parecemos, nem em caráter nem em aparência. Ele é bem mais alto que eu; tem braços de operário, mas sem tatuagens, cabelos escuros cortados rente. Acrescente-se ainda uma personalidade forte e jeito extrovertido, e aí está um tipo com quem ninguém quer arrumar problemas. Para terceiros, pelo menos, vale a regra. Já para mim, ele é o irmão que toda menina gostaria de ter. Sinto mais saudades dele do que dos meus pais.

Eu ainda hoje me lembro de um dia ensolarado de abril, eu tinha 14 anos, voltava da escola para casa de bicicleta atravessando os campos, e os narcisos enfileirados, com as suas campânulas de um amarelo forte, faziam sinal para mim. Imaginei a felicidade de mamãe se eu aparecesse em casa com um maravilhoso buquê de narcisos e, sem me dar conta do que fazia, larguei a bicicleta na encosta, observei rapidamente a casa situada ao lado do campo de flores e saltei por sobre o estreito canal que separava a ciclovia do campo.

Fazer este tipo de coisa não combina comigo. Fiquei apavorada, com medo de que de repente algum camponês enraivecido partisse para cima de mim, mas não aconteceu nada e eu me atrevi a adentrar ainda um pouco mais no campo. No momento em que, como eu temia, vi o proprietário aparecer, era tarde demais, pois aí ele entrou pela lateral do campo, cortando caminho. Paralisada de medo, fiquei quieta em meio aos narcisos. O homem veio na minha direção, gritando que eu deveria pagar por isso. Ele agarrou meu braço, me arrastou até o canal e me jogou dentro da água. Literalmente. Fiquei dias a fio sem conseguir me sentar por causa dos hematomas no traseiro. Minha mãe e Robin estavam no jardim quando cheguei e demoraram para entender o que tinha acontecido.

— Pois é, minha filha, nunca volte a pisar no campo dos outros — disse mamãe. — Imagine só se todo mundo resolvesse também colher um buquê de narcisos...

Um comentário típico de mamãe. É claro que ela tinha razão, mas, no final das contas, os narcisos eram para ela, e eu esperava pelo menos um pouco de compaixão. Mamãe sempre foi racional. Briga com o professor? Provavelmente, eu tinha dado alguma resposta atravessada e, se não, deve ter sido alguma outra coisa errada que eu fiz. Alguém me empurrou da bicicleta no shopping? Quem mandou andar de bicicleta onde não devia? Eu sabia da minha dose de responsabilidade no drama, mas susto é susto, e eu teria recebido com prazer alguma palavra de conforto. Hoje sei que isso teria me transformado numa não me toques e que a mamãe tentava nos incutir força de caráter e uma certa imunidade ao mundo, mas, naquele momento, eu apenas me sentia abandonada.

Então, veio a resposta de Robin! Com indignação crescente, escutando o meu relato, que eu desfiava em meio a soluços, e disse:

— Tudo bem, mas o filho da mãe também não precisava jogá-la no canal a pontapés. A pontapés, veja bem! Que beleza de herói, batendo numa menina de 14 anos. Não dá para ver que ela nem consegue se sentar? Sabine, onde é que o sujeito mora?

Disse o endereço e na mesma hora Robin se levantou e vestiu o casaco de couro.

— O que você vai fazer? — perguntou mamãe.

— Eu vou deixar bem claro que é melhor ele tomar mais cuidado antes de pôr as mãos nos outros — respondeu Robin.

— Você não vai fazer coisa nenhuma — disse mamãe. Na época Robin já tinha 16 anos, era forte para a idade e bastante teimoso. Nós o vimos dar partida na bicicleta motorizada, e lá se foi ele. Durante o jantar, naquela noite, fiquei sabendo o que acontecera. Ele havia entrado na propriedade e, vendo um homem de macacão azul empurrando um carrinho de mão, perguntou se era ele o filho da mãe que tinha jogado uma menina no canal naquela tarde. O camponês confirmou e, antes de terminar de se explicar, Robin já o havia jogado a pontapés na água.

O sujeito não deu queixa, isto era o que mamãe temia, entretanto, no que se refere a mim, passei a venerar o meu irmão ainda mais que antes.

Deixo para trás o parque e vou pedalando ao longo dos trilhos do bonde até chegar em casa. O bairro em que eu moro não é chique, mas é bastante agradável. Adoro a padaria turca dobrando a esquina e a mercearia com as suas prateleiras cheias de bananas-da-terra a dois passos de casa. Tudo isso dá uma certa cor ao local; na verdade, muito mais do que vitrais impecáveis ou arranjos de porcelana diante da janela dos outros moradores. Ou talvez seja ainda exatamente essa combinação que transforma os bairros longe do centro comercial de Amsterdã em algo tão especial. Gosto de morar aqui, jamais voltarei a Den Helder.

Após uma boa luta contra o vento, entro na minha rua, apanho as chaves do bolso do casaco de camurça e abro a porta. Deixo a bicicleta no corredor; felizmente, a senhora que mora no segundo andar, a Sra. Bovenkerk, não faz nenhuma objeção a isso.

Por desencargo de consciência, ponho o cadeado na bicicleta e espio dentro da caixa de correio situada ao lado da porta. Tenho correspondência! E não só um, mas dois envelopes. Tiro-os depressa da caixa para estudá-los. Contas.

Subo as escadas, enfio a chave na fechadura e entro no meu apartamento. O silêncio me dá as boas-vindas. A luzinha da secretária eletrônica não está piscando.

Cubro com morangos uma fatia de pão e como ali mesmo, de pé, na cozinha. Lá fora brilha o sol, mergulhando em luz as casas do outro lado da rua; bem que mereciam uma mãozinha de tinta. Por detrás de todo o verde das árvores, vejo alguém tomando sol, desnudo. Consigo vislumbrar a cena fugazmente quando uma brisa ligeira move os galhos.

Tenho toda a tarde diante de mim, e quero passá-la na segurança do meu ninho. Ou seria melhor sair para passear um pouco no parque? Eu poderia ainda limpar as janelas, que agora, com o brilho do sol, parecem ser feitas de vidro fosco. Neste caso, primeiro teria que tirar tudo dos parapeitos, fazer uma triagem das pilhas de papel e tirar o pó das lâmpadas e bugigangas que ali se encontram. Além disso, precisaria arrastar pela casa um balde com água morna e um produto especial, espanar o pó e a sujeira com movimentos amplos a fim de obter um resultado impecável depois da secagem. Mas isso ainda não é o pior; o pior é ter que limpar depois o lado exterior, o que sempre dá um trabalhão, como ter que fixar a esponja numa haste para alcançar todas as partes, o que não é nada fácil. Certa vez, contratei um limpador de janelas que veio quatro vezes para depois desaparecer por alguma razão desconhecida.

Suspiro fundo, cansada só em pensar. Em vez disso, faço a triagem dos papéis sobre o parapeito da janela e, encontrando contas por pagar, saldo as dívidas imediatamente, pela internet. Espano as estatuetas de madeira branca que representam gatos, jogo fora plantas secas, lavo os vasos vazios e os disponho sobre a pia. Poderia comprar plantas novas, mas, no fundo, para quê? Elas sempre acabam morrendo, porque eu esqueço de molhá-las. Alguns exemplares de plástico poderiam ser a solução. Atualmente, há algumas de plástico lindas, idênticas às originais. Não seria uma boa ideia sair para comprá-las?

Olho para fora, onde o sol brilha sobre as janelas sujas. De repente me sinto tomada por um cansaço absurdo. Caio fundo no sofá e ligo a televisão. Nada de emocionante por um bom tempo, até que começa "As the world turns", a minha novela favorita. Posso contar sempre com o apoio dos meus amigos televisivos, que me ajudam a passar o dia com problemas que acabam obscurecendo os meus próprios. Eu, pelo menos, não engravidei, nem tenho nenhuma doença terminal. Na verdade, não tenho do que reclamar. Pelo menos, se a gente considera uma boa coisa não ter ninguém que possa nos engravidar ou nos apoiar durante as provações de uma doença incurável.

Sem nenhuma razão aparente, começo a pensar em Bart. Por que será? Não penso em Bart há anos. Talvez por ter me encontrado hoje com Olaf? Tudo isso me faz pensar exageradamente nos velhos tempos; desencadeia várias recordações.

Ponho rapidamente um fim às recordações e me concentro na novela. Mas é Bart quem me observa com seriedade do outro lado da tela, e quem assume o papel de Rose é Isabel. Irritada, mudo de canal, mas inutilmente: as lembranças não me abandonam. Pior ainda, vejo flashbacks de cenas já esquecidas há muito tempo. Desligo a televisão, visto um casaco, apanho a minha bolsa vermelha. Plantas de plástico. Onde se compra isso? Provavelmente em qualquer lugar, mas as que eu quero são as bonitas e para isso é necessário ir à Bijenkorf, a grande loja de departamentos. É um bom trecho pedalando até o centro, mas me faz bem. Amsterdã ferve de vida. Os bondes passam trinando a uma velocidade incrível, as calçadas estão repletas de mesas, todas ocupadas, as portas de quase todas as sacadas estão abertas. Na praça Dam, encontram-se os primeiros turistas de braços esticados, alimentando as pombas, com um olhar agoniado, mas com um eterno sorriso forçado no rosto ao posar para a câmera.

Desço da bicicleta e a deixo ao lado das portas giratórias da loja. Do lado de dentro, me misturo à massa de consumidores. Por que as lojas têm que ficar tão cheias, de repente, quando o sol brilha? O que as pessoas buscam dentro de uma loja com um tempo tão bom? O mais provável é que todos tenham se fartado dos seus sofás, cadeiras, roupas, sapatos, pulôveres e calças porque a história se repete em cada departamento. As escadas rolantes me levam até o andar de cima e vejo de imediato o que estou procurando: cravos-de-amor, iguaizinhos aos verdadeiros. Rosas e galhos brancos em vasos de cerâmica fantásticos. Apanho uma cesta no caixa e a encho com uma avidez desconhecida a mim mesma. A minha casa está vazia e triste; necessito de uma compensação. Está mais do que na hora de jogar fora todas as bugigangas! Amanhã vou lavar as janelas, fazer uma boa seleção do armário e jogar fora tudo o que é supérfluo.

Satisfeita, estou com a minha cesta ao lado do caixa e disponho todos os produtos na esteira rolante. A moça registra tudo com suas unhas absurdamente longas e diz, indiferente:

— Cinquenta e cinco euros e dez centavos.

— O quê? — exclamo, assustada.

— Cinquenta e cinco euros e dez centavos — repete ela.

— Tanto assim? — pergunto.

— Isso mesmo.

Cinquenta e cinco euros e dez centavos por uns galhos de mentirinha e alguns vasos? Ridículo! Lembro-me de repente de ter visto um quiosque de flores na esquina da rua Bilderdijk.

— Deixe pra lá! — digo, empurrando os galhos e a lavanda de volta para a cesta. — Eu levo de volta.

— Tudo bem — diz ela.

Com pena, mas também com raiva daqueles preços estupidamente elevados, ponho os galhos e os vasos de cerâmica de volta nos seus devidos lugares e me dirijo, com um sentimento de insatisfação, para as escadas rolantes. Foi para isso que eu pedalei tanto? Eu simplesmente tenho que comprar algo: não posso voltar para casa levando só as flores. Ah, roupas! O departamento de roupas já estava acenando para mim quando subi as escadas rolantes.

Desço, dou uma olhada para uma gôndola com várias saias. Uma vendedora vem, sorrindo, na minha direção. Os seus cabelos são negros, cortados curtos, os olhos tão azuis que, por um momento, me gela o sangue: penso que é Isabel ressuscitada flutuando diante de mim como uma aparição.

Dou meia-volta e fujo em direção às escadas rolantes. Tenho que sair daqui o mais rápido possível. Chego à minha bicicleta, em meio àquela multidão de compradores. Eu quero estar em casa, no meu porto seguro. Pedalo tão rápido quanto posso e chego no meu prédio banhada em suor. Deixo a bicicleta novamente no corredor, com cadeado, subo as escadas e entro no meu lar. A porta se fecha atrás de mim com um clique que me deixa segura.

Não há nenhuma mensagem na secretária eletrônica.

Nem flores.

Somente recordações.

6

Isabel Hartman desapareceu num dia quente de maio, há nove anos. Estava voltando de bicicleta da escola para casa, onde jamais chegou. Um dia, tínhamos 15 anos, ela desapareceu da minha vida. Na verdade, eu já a havia perdido muito antes: desde que as nossas vidas começaram a seguir, pouco a pouco, rumos diversos. Entretanto, ela sempre foi uma referência na minha vida. Ainda hoje, inclusive. Isabel voltou a dominar meus pensamentos.

Desde o início do primário, já era a minha melhor amiga e continuamos inseparáveis nos anos que se seguiram. Passávamos horas a fio no seu quarto. Isabel tinha uma mesa muito legal e cadeiras onde nos entrincheirávamos com Coca-Cola, pacotes de nachos e molho apimentado. Escutávamos música e discutíamos sobre tudo o que nos passava pela cabeça. Histórias de amor, amizade, o seu primeiro sutiã, quem da nossa classe já menstruava e quem ainda não.

Ainda me lembro de como me senti quando fomos nos afastando uma da outra.

Havia sido um verão lindo, em que não tínhamos passado um só dia uma sem a companhia da outra; o mês de setembro também foi quente e ensolarado. Isabel e eu tínhamos 12 anos e estávamos começando o ensino médio. Pedalamos juntas até a escola, e cada uma mergulhou em um mundo completamente diferente. Um mundo no qual eu ia me apagando e ela brilhava cada vez mais. No momento em que ela pisava no colégio, dava para notar uma mudança na atitude dela. Sentava-se com a coluna mais reta, parava com os risinhos. Em vez disso, olhava ao redor com arrogância como se fosse uma rainha. Até mesmo os garotos das classes mais adiantadas não paravam de olhar para ela.

Isabel começou a se vestir de forma diferente. Já usava um sutiã enquanto os meus hormônios ainda dormiam e eu usava um aparelho gigantesco nos dentes. Cortou os cabelos escuros bem curtos, começou a vestir uma jaqueta de couro e calça jeans cheias de buracos, furou o nariz e o umbigo com piercings.

Certo dia, ela se foi para o outro canto assim que me viu chegando ao pátio da escola, deixando a bicicleta a quilômetros de onde eu havia deixado a minha e se dirigindo aos outros com uma autoconfiança retribuída com atenção e respeito.

Eu não me atrevi a segui-la, fiquei só olhando para ela e as outras garotas da minha classe. Eram todas altas e esbeltas e vestiam blusas justas que deixavam a barriga de fora. Os cabelos longos tingidos de loiro ou vermelho enfeitavam os seus rostos, ou então eram presos displicentemente, com a sofisticação de algumas poucas mechas que caíam sobre os rostos bronzeados. Todas fumavam e se comunicavam numa linguagem que eu não compreendia.

Eu me dei conta de que havia perdido algo que elas todas tinham conseguido enxergar a tempo, e a situação era irrevogável.

Isabel sofria de epilepsia, mas, no começo, ninguém sabia disso. Os ataques mais sérios foram reprimidos à base de remédios, porém algumas vezes ela desmaiava ou tinha convulsões mais leves. Eu costumava perceber rapidamente quando ela estava prestes a ter uma crise. Se desse tempo, ela me fazia algum sinal, mas em geral eu me dava conta pelo seu olhar repentinamente fixo ou pelas contrações musculares nas suas mãos.

No começo do curso preparatório para o ensino médio, ainda íamos juntas de bicicleta à escola. Às vezes tínhamos que parar por alguns minutos antes que ela desfalecesse. Eu então me apressava em deixar as bicicletas na beira da estrada e íamos nos sentar no gramado. Se necessário, debaixo de uma chuva torrencial, enroladas nas nossas capas de chuva. Certa vez, após um ataque mais forte, Isabel ficou morta de cansaço e eu tive que empurrá-la de volta para casa.

Essa situação permaneceu assim por um bom tempo, mas a nossa amizade terminava subitamente, assim que entrávamos no pátio da escola.

No dia em que ela desapareceu, na verdade já fazia dois anos que tínhamos perdido o contato. Por isso eu pedalava um bom trecho atrás dela, depois que saíamos da escola. Ela ia na companhia de Miriam Visser, com quem andava muito naquela época, e eu não tinha a menor necessidade de me juntar a elas. Nem elas apreciariam isso. Acontecia simplesmente de eu ter que ir para o mesmo lado, e diminuía o ritmo ao pedalar para não alcançá-las. Isabel e Miriam pedalavam bem devagar, uma segurando a outra pelo braço. Ainda hoje me lembro das costas retas e das vozes alegres e despreocupadas delas. Fazia tempo bom; o verão já estava no ar.

Chegavam a um ponto em que Miriam tinha que dobrar à direita, ao passo que Isabel e eu seguíamos reto. Nessa vez, não só Miriam virou à direita, como foi seguida por Isabel. Decidi ir atrás, sem atinar muito bem por quê, já que não era o meu caminho habitual. Eu cogitava voltar para casa atravessando as dunas, proibidas pelos meus pais por serem muito desertas. O que não me impedia de passar, às vezes, por lá.

Seguimos, eu atrás delas, até chegarmos à avenida Jan Verfailleweg, que levava às dunas. Miriam vivia em uma daquelas travessas; ela virou a esquina, acenando na direção de Isabel, que seguiu sozinha, o que me pareceu estranho; tinha imaginado que Isabel fosse para a casa de Miriam.

A certa distância, ia eu pedalando atrás de Isabel, quando a vi descer da bicicleta em um sinal vermelho num cruzamento. Parei de pedalar, na esperança de que logo ficasse verde. Não queria passar pelo constrangimento de esbarrar com ela e ter que dar alguma desculpa. Felizmente, uma van de entregas parou bem atrás dela e me cobriu quando me aproximei. O sinal ficou verde e a van acelerou em meio a uma nuvem de fumaça saindo do escapamento. Isabel subiu na bicicleta e seguiu adiante. Se eu tivesse ido pelo mesmo caminho teria chegado bem perto dela, o que eu não queria, de maneira que dobrei à direita, fazendo um rodeio para chegar às dunas.

Esta foi a última vez que vi Isabel. As minhas recordações dessa época se perdem nas neblinas do inconsciente. O curioso é que muitos detalhes insignificantes permanecem nítidos, ao passo que os essenciais se perdem. Eu não me lembro, por exemplo, de nenhuma outra particularidade naquele dia além de que pedalava atrás das duas e observava a intimidade com que uma segurava a outra pelo braço. Esqueci-me até mesmo do momento em que me contaram do desaparecimento. Só recordo do que mamãe me contou posteriormente. Os nossos pais mantinham contato antigamente — quando ainda andávamos juntas —, mas esse contato foi se desfazendo assim como a nossa amizade. Parece que a mãe dela telefonou naquela noite, preocupada com o fato de a filha não ter voltado para casa. Mamãe subiu as escadas e se dirigiu ao meu quarto, onde eu fazia os deveres de casa, e perguntou se eu sabia onde estava Isabel. Dei uma resposta negativa, o que não lhe pareceu estranho, já que tinha muito tempo que Isabel não aparecia na nossa casa.

Lembro-me pouco da comoção que provocou o desaparecimento de Isabel. Acabei me inteirando pelo que ouvia à minha volta. Os pais de Isabel chamaram a polícia imediatamente. O agente de plantão só fez dizer que não era estranho que uma jovem de 15 anos fosse passar a noite na casa de alguma amiga. O pai de Isabel passou a noite buscando a filha pelo vilarejo e pelas cercanias enquanto a mãe telefonava para todos que conheciam a menina.

Após dois dias de silêncio, a polícia entrou em ação. Os policiais entrevistaram todo o círculo de amizades de Isabel, mas a mim, que já não pertencia a ele, não fizeram quaisquer perguntas. Eu também não tinha nada de novo para contar, além do fato de que não havia sido Miriam, mas eu mesma quem vira Isabel pela última vez. Mas que diferença fazia? No final das contas, eu havia dobrado à direita prematuramente, sem nem mesmo saber se ela tomara o caminho das dunas.

Com a ajuda da brigada móvel, cães de polícia, helicópteros e radares infravermelhos, passaram um pente-fino por toda a região. Com a ajuda dos vizinhos, a mãe de Isabel pendurou pôsteres de *desaparecida* nas paradas de ônibus, lugares públicos e janelas de casas.

Não se encontrou qualquer rastro de Isabel.

Na escola, naturalmente, ela estava sempre na pauta do dia. Todos falavam sobre o assunto, mas eu me lembro pouco, até mesmo disso. Robin me contou sobre os grupinhos no pátio da escola discutindo as teorias mais ousadas de que ela tinha sido sequestrada, violada, assassinada, ou talvez as três coisas. E, se havia acontecido com ela, poderia acontecer a qualquer um. Ninguém chegou a pensar na possibilidade de Isabel simplesmente ter fugido de casa. Afinal, ela não tinha de que fugir. Era a garota mais popular da escola.

Suspeitou-se dos professores com quem Isabel tivera problemas recentes. Os rapazes que ela havia desprezado recebiam olhares de desconfiança. O leito do Canal do Norte da Holanda foi sondado e um avião procurou algum indício no litoral. Agentes motorizados percorreram todos os caminhos de pedestres que passavam pelas dunas, de Huisduinem a Callantsoog.

Os pais de Isabel recorreram aos programas televisivos "Procuram-se Pistas" e "O Show das Cinco". Depois de cada emissão, as linhas telefônicas eram bombardeadas de dicas, e gente de todo o país se oferecia para participar de um grande mutirão, já que a polícia não tinha oficiais suficientes. Fez-se o mutirão, uma unidade do exército esforçou-se ainda mais, videntes entraram em ação, mas nem sombra de Isabel.

Devia estar absorvida no meu próprio mundo, já que lembro de tão pouco. Finalmente, os ânimos se arrefeceram. Voltaram a prevalecer os problemas cotidianos: a agonia da chegada dos boletins escolares, saber se passaríamos de ano ou não, o novo ano letivo, e outras preocupações de todo tipo. A vida simplesmente seguia o seu curso. Ou seja, precisava continuar de qualquer maneira, mas eu ainda me pergunto o que terá acontecido a Isabel.

O seu caso foi recentemente trazido à tona no programa de televisão "Desaparecidos". Lá estava eu mudando de canal quando tive um choque ao ver na tela o rosto risonho e os cabelos escuros curtos de Isabel. Enfeitiçada, acompanhei a reconstrução do dia do desaparecimento. Encenaram-se situações e desfechos dos mais catastróficos, enquanto Isabel continuava sorrindo para mim no canto direito superior da tela.

— Alguém deve saber mais sobre o sumiço de Isabel Hartman — disse com seriedade o apresentador. — Caso decidam compartilhar o que sabem, as linhas da nossa redação estão abertas. Podem ver o número na parte inferior da sua tela. Se você souber de qualquer coisa, não hesite: apanhe o telefone e entre em contato conosco. Há uma recompensa de vinte mil euros para a informação decisiva que leve à solução do caso.

A reconstrução pôs em funcionamento algum mecanismo desconhecido que me provocou uma tremenda dor de cabeça. Sondo a minha memória o mais profundamente em busca de algo que nem sei se se encontra ali. Não sei o que é; a única certeza que de repente tive é a de que Isabel não está viva.

7

DE NOITE, COM uma garrafa de vinho ao alcance da mão, me sento na frente do computador, entro em alguma sala de bate-papo e desabafo, com amigos que jamais conheci e que nunca verei.

Levo um susto com a campainha. Uma consulta rápida ao relógio me revela que já são 21 horas. Lenta, por conta do vinho, me levanto e aperto o botão para abrir a porta do andar de baixo.

— Sou eu, Jeanine! — grita ela.

Sobe e olha ao seu redor.

— O que você estava fazendo?

— Estava numa sala de bate-papo. Vou me desconectar.

Vou até o computador e saio da sala. Jeanine segue até a cozinha e se detém, espantada.

— Quanto tempo você demorou para consumir tudo isso? — pergunta, perplexa, apontando para as garrafas vazias sobre a pia.

— Não saberia dizer — falo vagamente.

— Acho que não muito tempo — comenta, observando meu rosto com um olhar crítico.

— Qual o problema com você?

— Nada. É que gosto de tomar um copinho de vinho.

— Não diga besteiras. Bebendo tanto assim, não se trata de só gostar de um vinhozinho. Você está é precisando de álcool. E quem precisa de álcool está com um problema.

Não me sinto à vontade diante do olhar inquisidor de Jeanine. Ela me pinta como uma alcoólatra que esconde garrafas debaixo da cama.

— Talvez seja melhor você tentar descobrir por que razão se sente tão mal em vez de enganar a si mesma achando que só gosta de um copinho de vez em quando — diz Jeanine.

Jeanine tem uma expressão tão preocupada que a minha irritação diminui. Faz muito tempo que alguém não me olha dessa maneira, com exceção, claro, da minha psicóloga, paga para fazer isso. Vamos nos sentar à mesa da cozinha, e eu fixo o olhar na superfície de madeira.

— Não acho que a razão seja Renée. Isto ainda deve ter a ver com a depressão — diz Jeanine.

Concordo.

— Mas você está fazendo terapia, não é? Não ajudou?

— Não muito. Chegou um momento em que ela disse que não poderia mais me ajudar. Disse que eu estava melhor, mas que ela não tinha conseguido chegar ao cerne da questão.

Brinco, ausente, com uma fruta na fruteira. Uma fruteira de porcelana linda que me custou um absurdo, certa vez na Espanha. Rio e lhe digo isso.

— Sabine! — diz ela, num tom de censura.

Sem tirar os olhos da fruteira, tento tomar uma decisão. Ergo o olhar e pergunto cuidadosamente:

— Sabe aquele sentimento vago de que tem algo no fundo da memória que a gente não consegue entrever?

— Às vezes — diz Jeanine. — Quando eu me esqueço do nome de alguém. Está na ponta da língua, mas na hora em que você vai pronunciar, parece que se esfuma.

— É verdade. — Apanho uma banana, que aponto na sua direção. — É exatamente isso.

— E o que isso tem a ver? Ou já se esqueceu também? — pergunta Jeanine.

Arranco a ponta da banana e puxo a casca devagar. É quando acontece de novo. Um lampejo. Uma recordação que toca a superfície sem aviso. Permaneço imovel, observando a reprodução de um quadro emoldurado na parede, o tempo necessário para que ela se desfaça outra vez. Frustrada, como a banana.

Jeanine parece não ter se dado conta de nada. Diz então:

— Eu me esqueci de quase tudo de antigamente.

— Eu já cheguei a contar a você sobre o caso de Isabel?

— Contou — diz Jeanine.

— De alguma maneira, tenho a sensação de saber o que aconteceu com ela — revelo.

— Ué, mas se ela nunca foi encontrada... Como você pode então saber o que aconteceu?

— É justamente isso! — digo, cansada. — Não consigo me lembrar.

Naquela noite dormi mal de novo. Desperto com a cabeça cheia de sonhos confusos. Sonhos sobre antigamente, sobre a escola, mas, uma vez desperta, não me lembro mais dos detalhes. A única coisa que me ficou foi o rosto sorridente de Bart perto do meu, e o timbre grave da sua voz nos meus ouvidos. Bart, o meu primeiro grande amor, o primeiro e único rapaz com quem fui para a cama. Não voltei a vê-lo desde o colegial. No entanto, não consigo me lembrar de ter alguma vez sonhado com ele. Por que o passado parece me perseguir de repente com tanta persistência?

— Tenho uma sugestão — diz Renée ao entrar no escritório. Tira o casaco e, com um gesto exagerado, põe um cofrinho em forma de porco, enorme e rosado, sobre a sua mesa. — Falei com Walter a respeito, e ele concorda comigo que se gasta papel demais por conta de erros de digitação. Com uma revisão mais atenta dá para evitar esses erros. Pode acontecer de vez em quando a qualquer um, mas, ultimamente, a cesta de lixo para papéis tem andado um pouco cheia demais.

Ao não olhar para mim, daquela maneira ostensiva, dá a entender que era eu a responsável por essa situação de calamidade.

— Tive então uma ideia: pôr no cofre dez centavos por folha de papel desperdiçada. Com o montante, financiamos o nosso happy hour da sexta à tarde. O que vocês acham? — diz, lançando ao redor de si um olhar de expectativa.

Mal posso acreditar. Estou com a maior dor de cabeça no escritório e aguardo ansiosamente que Olaf apareça. Seria agradável encontrar algum probleminha no meu computador, mas ele funciona normalmente.

— É... — diz Zinzy.

Encontrei-a pela primeira vez esta manhã, e ela me pareceu simpática. É baixa, morena e bastante frágil, mas, de alguma maneira, não parece se deixar intimidar por Renée.

— Acho uma boa ideia — disse Margot, a que menos digitava cartas. — É verdade que se joga fora papel demais.

— Pensem todos sobre o assunto — aconselha Renée num tom enérgico.

Não concordo, mas não tenho vontade de ir contra a corrente. Zinzy também não diz nada.

A fim de evitar o olhar de Renée, dou meia-volta com a cadeira e vejo aparecer na tela do computador um e-mail de Olaf. Clico nele e o abro: *Bom dia, Sabine. Pelo visto, não há nada de errado com o seu computador. Que pena!*

No meu rosto se esboça um sorriso. Respondo imediatamente: *Mas está parecendo bem mais lento que o normal.*

A resposta não tarda: *Vou dar um pulinho aí. Asap.*

Me levanto para ir buscar café e dou de cara com Olaf.

— Isso é o que eu chamo de rápido.

— Eu não disse *Asap?*

— O quê?

— Não sabe do que se trata? *As soon as possible,* em inglês, ou seja, é pra já!

Nós dois começamos a rir, e nos entreolhamos.

— Quer dizer que há algo de errado com o seu PC — diz Olaf.

— Que coincidência você acabar de... — interrompo a frase, mas com um gesto, Olaf me encoraja a continuar.

— Então... O que é coincidência? — pergunta Olaf. — O que você ia dizer?

— Que foi coincidência você ter me mandado uma mensagem logo antes de eu perceber que o computador estava muito vagaroso — explico, indo em direção à máquina de café. Olaf me acompanha e se encosta na bancada da cozinha.

— Não é à toa que sou especialista no que faço. Pressinto o que está por vir.

— Quer café?

— Sim, obrigado. Puro.

Ponho um copo descartável na máquina e aperto o botão adequado. Nenhum dos dois faz menção de voltar ao escritório.

— Você ainda chegou a fazer alguma coisa legal ontem à tarde? — pergunta Olaf, enquanto retira o seu copo da máquina e introduz nela um para mim.

Aperto eu mesma o botão "café com leite" e digo:

— Ia limpar as janelas, mas desisti no último momento. Depois fui comprar plantas artificiais na Bijenkorf, mas acabei desistindo no caixa, tendo que levar tudo de volta ao seu lugar. Cheguei em casa a tempo de ver a novela.

Olaf ri tanto que derrama café no sapato. Nesse momento, aparece Renée, que me olha com insistência por alguns segundos. Dou um passo para o lado de maneira que Olaf cobre o campo visual que me separa da sua expressão azeda.

— E o que você vai fazer hoje? — pergunta, ainda rindo.

— Vou a Den Helder.

Apanho o copo plástico quente e assopro o café com cuidado.

— Den Helder? O que leva você a Den Helder? — pergunta, curioso.

Dou de ombros e sorrio, mas não respondo.

— Os seus pais ainda moram lá?

— Que nada! Faz cinco anos que se mudaram para a Espanha.

— Ah, é! Você tinha dito ontem. Uma decisão acertada.

— Depende de como você vê as coisas. Robin em Londres, os meus pais na Espanha...

— Pobre menina! Quer dizer que foi abandonada por todos. Num gesto espontâneo, Olaf me abraça. De repente, volto a sentir aquele desconforto. O seu braço parece feito de chumbo. Seria de mau gosto simplesmente sacudir os ombros para ele me largar, porém, é o impulso que me domina. A maneira como me acaricia o braço, para me confortar, sugere um laço de amizade que absolutamente não existe. Por enquanto. Pode-se muito bem tratar do primeiro movimento que nos levará a algo completamente impensável. Será que ele está interessado em mim? Seria possível?

— Tenho que voltar para o trabalho — digo, sorrindo sem graça.

— O seu computador não estava lento? — pergunta.

— Não mais lento que eu, e isso não é mau.

Passo o resto da manhã pensando em Olaf. Ergo o olhar a cada vez que alguém entra na sala, e penso escutar a voz dele. A cada dez minutos abro meu e-mail na esperança de encontrar uma mensagem dele. Nada. Bem, por hoje já deu, penso, ao mesmo tempo que a minha insegurança espanta aquelas borboletas no estômago.

Já faz muito tempo que me senti assim pela última vez. A primeira vez que me apaixonei por alguém foi por Bart, numa festa da escola, e a reciprocidade do sentimento me espantou como acontece agora com Olaf. O fato de não ter tido outros relacionamentos tem a ver comigo mesma, porque, para fazer algum tipo de tentativa, é necessário ter coragem, e para ter coragem é necessário autoconfiança, algo que sempre me faltou.

Renée entra no escritório e me apresso em recomeçar a trabalhar. Ainda me lança um olhar gélido, se instala à sua mesa, e a partir daí não deixa um minuto passar sem controlar se eu efetivamente estou fazendo alguma coisa. Bastante aliviada, quando dá 12h30 pego a minha bolsa e vou-me embora sem me despedir de ninguém.

Passo a tarde inteira na frente da televisão, mudando de canal, à espera do início de "As the world turns". O sol se infiltra pelas janelas e evidencia cada partícula de pó sobre os objetos.

Eu tinha proposto a mim mesma fazer uma faxina hoje, mas me falta energia. Até mesmo preparar um chá me dá preguiça, apesar da vontade.

Apanho com os pés um livro da mesa de centro. Na capa aparece uma mulher guerreira com as mãos fincadas na cintura. Tem o título *A mulher assertiva*, em letras ameaçadoras.

Tomei-o emprestado recentemente da biblioteca. Está cheio de dicas úteis e visões psicológicas oferecendo solução para todos os problemas. Basta decorar as frases de assertividade e declamá-las no momento certo.

Isso não é problema meu. / Estou indo, tchau! / E o que é que eu tenho a ver com isso? / Quero que me deixem em paz agora. / Isso eu não aceito. / Vire-se! / Não vou fazer isso. / Simplesmente não estou com vontade. / Sou contra.

Podia usar todas elas com Renée. Decoro-as até ouvir o tema de entrada de "As the world turns".

8

— Vocês chegaram a pensar no assunto? — pergunta Renée na manhã seguinte, logo que todos chegam ao escritório.

Não digo nada e continuo digitando.

— Que assunto? — pergunta Zinzy.

— O de pagar uma multa por folha de papel jogada fora — diz Renée.

— Sou a favor — diz Margot. — Acho a ideia excelente, Renée.

O olhar de Renée oscila entre mim e Zinzy.

— E você, Sabine? — pergunta.

Tenho claras na mente as frases assertivas. Uma mensagem direta com um "eu" cairia bem nesse caso, soa forte e impõe respeito.

— Eu sou contra — digo, com firmeza.

Todos ficam em silêncio.

— Dada a quantidade de erros nas suas cartas, a sua opinião não me espanta, Sabine — replica Renée.

— Sou contra — repito. — A ideia é ridícula.

Margot e Zinzy não dizem nada.

— Zinzy? — diz Renée num tom inquisitivo. — Também é contra?

— Hum, sei lá... Se você acha uma boa... — diz Zinzy, hesitante.

— Todos devem apoiar a ideia — frisa Renée.

De repente me vem à cabeça que essas palavras são de Walter. Giro a cadeira do escritório balançando o corpo e olho Renée no fundo dos olhos.

— Ouça aqui, Renée — digo —, eu venho aqui para ganhar dinheiro e não para financiar o happy-hour das sextas. Além disso, não acho que a gente cometa erros de digitação de propósito, portanto, é suficiente combinarmos que vamos reler melhor o texto no computador antes de imprimir.

Todos me olham boquiabertos. Afinal, sou boa nisso.

— Apesar disso, alguns cometem mais erros que outros — diz Renée, gélida.

— Se incluírem essa cláusula nos direitos trabalhistas, juro que a adoto. Caso contrário, não — respondo, no mesmo tom gélido, e lhe dou as costas.

Renée não se digna a me dirigir a palavra durante o restante da manhã e Zinzy e Margot me evitam. A energia no escritório está tão palpável que todos que entram abaixam imediatamente a voz. Minha pilha de trabalho está lotada de projetos cobertos por post-it. Se Renée precisa se dirigir a mim, manda o recado por Zinzy ou Margot.

— Sabe qual é o problema? — diz Zinzy, hesitante, enquanto fazemos hora ao lado da vendedora automática, onde costumava bater ponto com Jeanine. — Você dá a impressão de não querer continuar trabalhando. Fica com cara de birra na frente do computador. Isso afasta os outros. Pensam que você não passa de uma babaca mal-humorada que prefere ficar em casa vivendo do dinheiro do governo.

— Eu me pergunto quem ou o quê os faz pensar assim — retruco.

Simpatizo com Zinzy. Magra, baixa, de cabelos lisos escuros e olhos castanhos, grandes. Exatamente como eu própria gostaria de ser. Os seus gestos têm algo de vagaroso, e isso a faz parecer insegura, o que absolutamente não é. Afinal, ela acabou de me contar a opinião dos outros a meu respeito.

A prova de fogo de sua independência era: estar parada comigo ao lado da máquina comendo barras de chocolate.

As suas palavras são bastante instrutivas. Ou seja, é assim que eles me veem. Não posso deixar de lhes dar razão: é verdade que estou aqui a contragosto, mas nem sempre foi assim.

— Você me acha mal-humorada?

— Agora não, mas, cada vez que Renée entra, vejo como você endurece toda. Por que tem tanto problema com ela?

Amasso a embalagem vazia do chocolate e a jogo no lixo.

— Você vai descobrir a qualquer hora — digo.

Às 12h30 me dirijo ao elevador. Poderia ir pelas escadas, mas, só de pensar nisso, fico tonta. Os elevadores estão a nosso serviço, portanto é absurdo não se fazer uso deles.

Ouço um sinal e me encaminho para as portas onde pisca acima uma luz vermelha. Chega o elevador, abrem-se as portas. Sou repelida por uma parede de corpos.

— Ah! — digo. — Está lotado.

— Não está não, Sabine! Você cabe aqui dentro! Gente, vamos prender a respiração! — retumba a voz de Olaf em algum ponto ao fundo.

Os seus colegas obedecem exemplarmente e se apertam mais. Entro, as portas se fecham, e me sinto como uma sardinha em lata.

No segundo andar, sou cuspida para fora quando as portas abrem. Olaf me segue com dificuldade enquanto espero, até poder entrar outra vez no elevador.

— De agora em diante, escada! — digo rindo e mantenho as portas abertas com um pé.

— Pois é, quando dá 13h30, as pessoas abandonam na hora o que estão fazendo e irrompem no hall dos elevadores — conta Olaf.

Com um olhar de soslaio, vejo uma longa fila diante do bufê.

— Hum, que cheiro de panqueca! — digo, inalando prazerosamente aquele aroma de gordura e açúcar.

— Você gosta de panqueca?

— Adoro! Principalmente com um pouco de manteiga e polvilhada com açúcar de confeiteiro. Uma delícia!

O seu olhar percorre criticamente toda a minha silhueta.

— Pois não parece.

— É que eu nunca como. Eu me proibi terminantemente.

Olaf sacode a cabeça em sinal de desaprovação.

— Se há uma coisa que eu detesto — diz Olaf — é o fato de as mulheres se proibirem todo tipo de coisas.

— E por quê?

— Porque muitas vezes não tem razão de ser. Tive uma namorada que vivia fazendo regime. Não sabia falar de outra coisa. Diet Shake, dieta dos sucos, barrinhas substituindo refeições e o diabo a quatro. Virei especialista no assunto. Era peso para cá, quilo para lá. Se acontecia de eu preparar um jantar, descobria que ela havia entrado na dieta das cenouras. Fiquei de saco cheio.

Rio, apesar de uma certa pontada que senti quando Olaf falou da ex-namorada.

— Você não está de regime, não é?

— E o que tem isso de mais? Afinal, eu não sou a sua namorada.

— Isso é verdade — diz, lançando-me um olhar enigmático. — De que mais você gosta, além de panqueca?

— De comida grega — respondo. — Sou louca por comida grega.

Olaf balança a cabeça, pensativo, e diz:

— Então qualquer hora a gente vai a um restaurante grego, combinado?

— Combinado — falo, surpresa.

Abanando o braço no ar à guisa de despedida, diz:

— A gente se fala, Sabine. Até mais tarde.

— Até mais tarde — respondo, abrindo um sorriso.

9

MAL CHEGO EM casa a campainha toca, alta e insistente. Olho pela janela e vejo Olaf do lado de fora, e na hora o meu coração vai parar na boca, como se estivesse solto na cavidade do tórax. Aperto o botão no corredor e ouço a porta abrir lá embaixo. Ouço os passos pesados de Olaf vindo para o andar de cima, e segundos depois ele se encontra dentro de casa carregando uma caixa enorme de comida grega de algum restaurante.

— Imaginei que você estivesse com fome — diz, todo animado. — Não era de comida grega que você gostava?

Boquiaberta, olho na sua direção.

— Estava agora mesmo preparando umas torradas.

— Torradas! — exclama Olaf com desdém, entrando. Arruma sobre a mesa as porções de souvlaki, arroz, salada e pão pita, que desprendem um cheiro de gordura que impregna as paredes. Na cozinha, as torradas estão queimando. Corro até lá e tiro a tomada da torradeira.

— Quem é que almoça comida grega?— pergunto, sorrindo.

— Os gregos — diz Olaf. — Sente-se, que a comida vai esfriar.

Comemos juntos à mesa, um diante do outro, com as porções de arroz entre nós.

— Eu sabia que você gostava de espontaneidade de ação — diz Olaf, de boca cheia. — Que tal? Esse grego não é maravilhoso?

— É sim. Uma delícia! Onde você comprou? — pergunto, pegando um pão francês e botando um pouco de tzatziki na borda do prato.

— No restaurante Iridion, dobrando a esquina. Aceita mais vinho? — pergunta Olaf, levantando no ar a garrafa de vinho branco que tinha aberto, e faço que "sim" com a cabeça. Ele enche as nossas taças e se serve uma porção enorme de pão pita. Afasto o meu prato e admiro todo aquele apetite.

— Nossa, como você come!

— Sempre foi assim — confirma Olaf. — A minha mãe me estragou. Fazia minhas comidas favoritas e enchia dois ou três pratões. Adorava cozinhar.

— Como assim? Ela já faleceu? — pergunto, enquanto junto os recipientes de plástico e os enfio na caixa de papelão.

— Não, claro que não, mas é que agora ela nem sempre cozinha. Sou filho único, e o meu pai morreu há cinco anos, de maneira que ela não se dá mais ao trabalho de cozinhar para si mesma. Faz comida uma vez por semana e congela várias porções, que duram vários dias. Come sempre o mesmo. Mas, quando vou almoçar com ela, se esmera, só por mim, embora depois congele o resto outra vez.

Olaf esvazia o prato, destrincha um espetinho com os dentes e o atira para dentro da caixa de papelão. Arrota em alto e bom som e dá umas palmadinhas na barriga.

— Você sempre tem que arrotar assim? — pergunto, não me contendo.

— Sim — diz. — Em muitas culturas é um sinal de boa educação. Enquanto você não arrota, vão enchendo o seu prato, com medo de que ainda não esteja satisfeito.

— Em que culturas? — quero saber.

— Sei lá! No mundo asiático, imagino.

Olaf empurra a cadeira para trás, tira a mesa com destreza e velocidade, leva tudo à cozinha e me levanta da minha cadeira. Ele me segura firme em seus braços e me beija. Grãos de arroz e pedaços de carne caem na minha boca, e engulo tudo. Na realidade, beijar é um ato sujo, penso, enquanto sinto a sua língua se enroscar na minha. É preciso gostar muito da pessoa para aguentar isso.

Ele recua um pouco e diz baixinho:

— Tenho que voltar ao banco, o meu horário de almoço está durando mais do que deveria. Você já tem planos para hoje à noite?

— Tenho. Eu queria ver os episódios mais antigos de "As the world turns", além de terminar o livro que estou lendo, *A mulher assertiva* — digo.

Ele ri e pergunta:

— Vamos sair para comer alguma coisa hoje à noite?

— Combinado — respondo. — Legal! Só não muito cedo, eu estou empanturrada.

— Você não quer me dar o seu telefone para eu ligar, se aparecer alguma coisa no meio-tempo? — Olaf mostra o seu celular e digita os números que vou ditando. Por via das dúvidas, marco o telefone dele também.

— Então eu passo para pegar você às 20 horas. Até lá! — Olaf me beija outra vez antes de desaparecer pela porta. Vou à janela a fim de verificar se ele ainda olha para cima. Acenamos um para o outro e, com um sorriso, me viro.

Tenho um encontro. *Yes!* Além disso, tenho a tarde inteira para arrumar os cabelos e decidir o que vou vestir. Vou correndo até o quarto e inspeciono o guarda-roupa. Num canto escuro e escondido, vejo um vestido que quase chega a ser um vestido de noite. Um pouco pequeno, longo e laranja demais.

Decido prová-lo por desencargo de consciência. Laranja já saiu da moda, apesar da cor forte me cair muito bem. Ou melhor, cairia bem se eu conseguisse fazer com que ele passasse pelo meu quadril. Será que alguma vez eu cheguei a caber dentro dele? Que tamanho, 44? Consulto a etiqueta e descubro que é 46. Eu não caibo em um 46, enquanto, quando eu me formei, vestia tamanho 42? O que aconteceu no meio-tempo para que passasse a 46?

Belisco com os dedos os pneuzinhos na minha cintura e fico horrorizada.

Esse golpe é ainda mais duro que a descoberta de que a minha mesa de trabalho tinha sido usurpada por outra pessoa. Muito pior. Como um filme rebobinado em alta velocidade, vejo-me deitada no sofá com sacos de balas, barras de chocolate, batatinhas fritas e pistaches. Sou louca por pistache. Quando tem algum pacote por perto, eu os liberto um por um das suas couraças com a velocidade da luz.

Tiro o vestido com dificuldade e jogo-o para longe. Com as mãos fincadas na cintura, me posto diante do espelho do armário.

— Tá bom — digo em voz alta às pelancas de gordura que cobrem os laços da calcinha. — Agora acabou a brincadeira! Chega de gordura, chega de desculpas!

Penso com pesar no encontro desta noite.

— Salada também é gostoso — digo, com severidade, à minha imagem no espelho. — Uma boa salada e carne magra. Uma pequena porção de tudo. Um restaurante de vez em quando não pode fazer mal.

Mas o problema do guarda-roupa ainda está longe de terminar. Provo todas as peças do armário e as atiro com horror para cima da cama. Tudo velho, absolutamente fora de moda, monótono e pequeno demais. E apertado. Mais apertado do que deveria.

Finalmente, pego o telefone e ligo desesperada para o celular de Jeanine. Ela está no trabalho, mas logo se mostra toda ouvidos quando conto sobre o encontro com Olaf Oirschot.

— Você não pode estar falando a sério! Aquele gato da informática? Céus, Sabine, como foi que você conseguiu? — exclama, empolgada.

— Barriga para dentro e peito para fora — digo esperta, e desato a rir.

— Sempre funciona, não é? — ri Jeanine, para acrescentar então em tom sério: — E o que você vai vestir?

— Pois é, essa é a questão. Eu não tenho nada. Eu sei que é o que dizem todas as mulheres, mas no meu caso é verdade! Você pode me ajudar?

— Mas é claro! Depois do trabalho eu passo por aí. A gente pode comer juntas, você cozinha, e, depois, vamos ao centro! Hoje as lojas ficam abertas até mais tarde.

— Jeanine, o encontro é hoje.

Silêncio do outro lado da linha.

— Nesse caso eu tiro a tarde livre.

Surpreendida, olho para o telefone na minha mão.

— Eu só preciso de umas dicas por telefone.

— Você sabe que isso é impossível. Preciso dar uma olhada no seu armário para ver se tem alguma coisa que preste. Caso contrário, a gente ainda pode sair para fazer compras. Uma atividade sempre divertida.

Ela parece tão resoluta e entusiasmada que não tenho como protestar. Pelo visto, passar uma tarde no centro não é sacrifício para Jeanine.

— Você é um anjo! — digo.

— Sei disso. Vou ver se consigo tirar a tarde livre. Se houver algum problema, eu ligo.

A campainha toca meia hora depois.

— Deixa eu ver o conteúdo desse guarda-roupa! — ecoa a voz dela nas escadas.

— O conteúdo você encontrará sobre a cama — digo, abrindo a porta.

Jeanine passa por mim, dirigindo-se diretamente ao quarto. Um único olhar sobre a desordem na cama a faz congelar na soleira da porta.

— Meu Deus — diz, olhando para a pilha de camisetas desbotadas, o monte de pulôveres desfiando, jeans gastos pelo uso e alguns conjuntos de saia e casaco bem-comportados, mas insossos. Dirige-se à cama e olha mortificada para uma legging deformada que comprei no ápice da minha depressão por gostar do tecido, o que na época representava para mim uma provação.

A situação começa a ficar constrangedora de verdade quando ela abre o guarda-roupa e dá de cara com uma pilha de calcinhas arreganhadas. Dois sutiãs brancos, ou melhor, brancos num passado longínquo, fraternalmente dispostos ao lado. Nos pontos corroídos, os arames sobressaindo.

— O que vem a ser isso aqui? — pergunta Jeanine, chocada.

Explico que se trata da minha lingerie.

Torce o nariz em sinal de desprezo total.

— Isto aqui, querida, são cuecas — diz, frisando as palavras — e não calcinhas. Você estava certa. Precisa mesmo de ajuda. Pode ir jogando tudo fora. Vamos sair agora mesmo para refazer todo o seu guarda-roupa.

— Todo? Quanto é que isso vai custar? Não se esqueça de que estamos no final do mês! — protesto.

— Então você vai ficar um pouco no vermelho. Isso não pode continuar assim — diz Jeanine. — Que tipo de roupa para a noite você tem?

Penso na camiseta largona com o logotipo do banco, mas não me atrevo a mencioná-la.

— Os meus pijamas, nada mais.

— Pijamas?

— Claro. Você não? — digo, na defensiva. — Ou será que você dorme de negligé com geada do lado de fora?

— Para começar, não está geando. Depois, de noite eu estou na cama e não na rua. É claro, eu também tenho pijamas de flanela, além, óbvio, de um negligé, acessório essencial de qualquer mulher. Chega! Já vi o suficiente. Vamos fazer compras!

O sol brilha do lado de fora. Vejo moças da minha idade de saias coloridas orladas em forma de balão e blusinhas com alças fininhas, e de repente sou tomada de uma vontade irresistível de refazer o meu guarda-roupa inteiro. Também quero uma dessas saias e blusinhas com alças fininhas.

Com um friozinho na barriga de empolgação, pego o bonde da linha número 13 com Jeanine, e vamos até a praça do Dam. Tenho um encontro com um cara. Além disso, uma amiga com quem fazer compras. Até que enfim deixei de ser uma deslocada!

Saímos por fim no ponto da Nieuwezids Voorburgwal e nos deixamos levar pela multidão da Kalverstraat, a rua do comércio.

Faz tanto tempo que não venho aqui! Quando foi que eu perdi o interesse pela aparência? Como isso foi acontecer, se a gente se sente tão melhor quando arrumada? Uma coisa é certa: fico péssima com roupas de escritório. Quem disse que é preciso se vestir necessariamente sem graça no trabalho? E que o melhor é usar saia preta com blusa branca?

— Vamos começar pela lingerie, algo de que você precisa urgentemente! — ordena Jeanine.

Mergulhamos numa loja em que nunca entro, porque, desde que me conheço por gente, só compro calcinhas confortáveis na C&A, e percorremos todas as prateleiras repletas de cetim suave de cor pastel, sutiãs e calcinhas de vermelho provocante ou negras.

Jeanine apanha um cabide de onde pendem uns fiapos de renda transparente, mas que em segunda análise demonstram ser um conjunto de calcinhas minúsculas com o sutiã combinando.

— Este aqui, mais este, e este também você tem que levar! — diz, encantada. Com um único movimento, apanha da prateleira um negligé cor-de-rosa transparente. Observo-o, em dúvida.

— Não é meio vagabunda? — pergunto.

— Querida, sexy é a palavra correta — corrige Jeanine amavelmente. — Dê uma provada. Este é o tipo de roupa que você tem que experimentar — afirma, me empurrando até o provador.

Enquanto tiro a roupa e visto com cuidado a combinação, ela atira mais peças dentro da cabine. Pouco depois, entra e pergunta com interesse:

— E aí, ficou legal?

Olho para a minha imagem no espelho e vejo uma gatinha vestida de tons pastel.

— Não sei não, Jeanine. Não tem muito a ver comigo — digo, pouco à vontade.

— Besteira. Você não se veste pensando no que é, mas no que quer ser. O negligé cai em você como uma luva, Sabine. Você tem mesmo que levar. Não vá colocando de volta! Tome algum tranquilizante e passe o cartão! — insiste Jeanine.

Não consigo resistir a tanto poder de convicção. Tiro a roupa, me visto outra vez, escolho algumas peças a mais de lingerie menos provocantes, mas qualitativamente boas, e me dirijo ao caixa. Quando passo o cartão, faço questão de não olhar para o total, apertando que nem uma desesperada a confirmação da transação.

— Bem — diz Jeanine. — E agora?

Vamos de loja em loja, e nosso empreendimento é o maior sucesso. Não apenas uma ou outra peça, mas toda uma série de camisetas e sainhas de todas as cores. As bolsas de plástico me cortam as palmas das mãos na busca desenfreada por sapatos que combinem com o que comprei. E uma presilha para segurar os cabelos de uma maneira descontraída. Se pelo menos eu estivesse um pouco bronzeada! Passei o mês inteiro embolorando em casa; o que eu tinha na cabeça? De agora em diante quero ir todas as tardes tomar sol no bosque de Amsterdã ou na praia de Zandvoort.

A perfumaria é uma fonte de tentação. Sucumbo a cada aroma diferente em oferta, compro um estojo de maquiagem novo, fivelas de todas as cores e um tubo de óleo autobronzeante. Mais outra bolsa que se junta às demais.

Sapatos. Onde é mesmo que ficava a loja da Manfield? E a Invito?

Em torno de 18 horas, nos sentamos, exaustas, no bonde.

— Eu vou direto para casa, não aguento mais — diz Jeanine quando chegamos diante da porta de casa. — Estou feliz de não ter marcado para sair hoje à noite.

— Eu também estou podre — comento, gemendo.

— Tome um bom banho de chuveiro e massageie os pés que você vai se sentir melhor — aconselha Jeanine. — E não se esqueça de me ligar amanhã! Quero saber tudinho!

E assim nos despedimos. Eu me arrasto escadas acima como se minhas pernas fossem feitas de chumbo e chego ao meu apartamento. Por causa das sacolas pesadas, abro a porta com dificuldade e dou um pontapé para fechá-la, deixando as compras despencarem sobre o assoalho do vestíbulo. Tiro os sapatos e desmaio no sofá com um gemido. Comprem até morrer, dizem os ingleses. Agora, entendo a razão.

Massageio os pés com movimentos vigorosos e, quando acho que já consigo andar, me levanto e vou ao banheiro. Uma ducha morna é do que estou precisando, sempre anima. Sem roupa, apanho as sacolas de compras do chão e as levo para o quarto. Tiro com cuidado as etiquetas dos conjuntos de calcinhas, dos casaquinhos e das saias e vou vestindo tudo um por um. É verdade: uma boa peça de lingerie é outra coisa. Ninguém sabe o que vestimos por baixo, mas já é o suficiente para irradiarmos mais autoconfiança. Pelo menos, comigo funciona assim, é evidente. Faço uma bela pose, afasto as pelancas para não ficarem visíveis, jogo os cabelos para trás e me vejo no espelho com um olhar arrogante de modelo.

Sou uma *femme fatale*, até soltar as gordurinhas que me fazem lembrar de que ainda há algum trabalhinho a ser feito antes de conseguir alcançar tal status. Mas a saia florida disfarça bem, e o casaquinho encobre o problema. No fundo, estou bastante satisfeita com o resultado.

Seco os cabelos recém-lavados e cheirosos e os prendo com aquele toque displicente em cima da cabeça com a presilha. Ainda estou ocupada com a maquiagem quando a buzina toca estridente do lado de fora.

10

IGNORO A BUZINA.

Ela soa outra vez. Levanto as sobrancelhas, vou até a janela e me inclino no parapeito.

Olaf está em um Peugeot preto; as janelas escancaradas, um cigarro no canto dos lábios. Seus dedos tamborilam, descontraídos, no capô, acompanhando o som no volume máximo, o mais recente hit de Robbie Williams. Num piscar de olhos, me dou conta de que Olaf não se deu ao trabalho de se arrumar, só está de jeans e uma camiseta branca.

A minha metamorfose me parece de repente um pouco exagerada. Será que este rosa não é meio infantil, e o detalhe em forma de balão um pouco "demais"? Os sapatos de salto alto com os cordõezinhos ficam uma graça, mas a camiseta com tirinhas está apertada demais no contorno dos seios e os laços não param quietos.

Lanço um último olhar ao espelho. Aplico com esmero uma camada de rímel e ponho uns brincos de cristal. Os cabelos ficaram ótimos com a presilha e assim não caem sobre o rosto. Uma pena que eu esteja tão branca. O autobronzeador deixou a minha perna de cor de cenoura, por isso desisti de experimentar no rosto. Nem passei na outra perna, fiquei com uma delas laranja e a outra branca. De qualquer maneira, no restaurante a gente se senta com as pernas por debaixo da mesa, além do mais, no carro, posso muito bem cruzá-las, cobrindo a perna bronzeada com a branca.

A buzina ecoa contra a fachada das casas. Irritada, olho para fora.

— E aí, está pronta? — grita Olaf com a cabeça para fora da janela.

Faço um gesto como quem diz "Calma!", apanho a bolsa e as chaves e saio pela porta. Tranco-a e, num piscar de olhos, já estou no andar de baixo, mas ele encontra outra ocasião de me encorajar buzinando alto.

— Idiota! — resmungo para mim mesma. Saio para a rua, irritada. Olaf conseguiu fechar a rua estreita, e não se dá ao menor trabalho de manobrar melhor o carro. Abro a porta com um safanão e ordeno:

— Fora daqui neste segundo!

— Seu desejo é uma ordem! Você está linda!

Viro a cara para o outro lado e não digo nada.

— O que foi? Não é o que se diz quando se sai com uma dama? — pergunta Olaf, com um espanto genuíno, pelo canto dos olhos.

— Quando se sai com uma dama, não se fica buzinando na rua como um doido! — digo na mesma hora, mas logo me arrependo. Quero ser jovem e moderna. Não quero que ele pense que é a vovó que está do seu lado, que ele passou para buscar no asilo de idosos a fim de dar uma voltinha. Vejo, porém, na maneira como ele me olha, que é exatamente a sensação que ele tem. Além disso, outra vez não se dá ao trabalho de pisar no acelerador; fica simplesmente parado no meio da rua. — Não teria sido mais fácil tocar a campainha? — sugiro, num tom mais afável.

— Nesse caso eu teria que parar em fila dupla. Você não está vendo todas essas travas na roda dos outros carros?

— Era só ligar para o meu celular. Por que nós estamos aqui parados? Tem cinco carros atrás de nós.

Pouco à vontade, olho por cima dos ombros. Um dos motoristas sai do carro procurando briga, um outro começa a buzinar.

— Ei, seu imbecil, isso não se faz! — grita Olaf pela janela, pisando no acelerador de maneira que saímos chiando os pneus.

Não consigo evitar: desato a rir.

— Aqui você se sente em casa, não é? Inacreditável. Ninguém diria que você foi criado numa cidade da costa.

— Aqui em Amsterdã sou local. Por sinal, você sabe como se chama uma pessoa nascida em Tilburg?

— Não faço a mínima ideia.

— Mijador de bilha. Vem da época em que Tilburg era o centro das indústrias têxteis. Para fabricar o feltro, entre outros tecidos, era necessária a ação da urina. Os próprios habitantes forneciam o material. Recebiam dinheiro para encher uma bilha de urina. Engraçado, não é?

— Hilário — digo.

— Você não tem senso de humor — comenta Olaf, rindo.

— Não, simplesmente estou contente em não ser de Tilburg. Já sei até que apelido você me daria. Como fez no passado.

— Eu?

— Você mesmo. Não se lembra de como me chamava?

— Sabine, talvez?

— Não, de Dona Formiga.

Olaf dá uma pancada no volante e desata a gargalhar.

— O pior é que é verdade! Puxa, você tem mesmo uma memória de elefante. Você era mesmo uma formiguinha. Passava uma imagem de nervosismo.

Viramos no canal de Nassaukade e caímos direto num congestionamento. Olaf olha pelo retrovisor, mas a fila de carros que vem por trás não permite qualquer retorno.

— Merda! — exclama Olaf.

Joga o volante para a esquerda e invade o trilho dos bondes. Atrás de nós, um bonde protesta com a buzina estridente. Olaf indica que já está saindo da faixa, mas continua ainda um bom trecho nela, com a maior calma do mundo. Diante de nós aparece o edifício do Hotel Marriott.

Preocupada, me endireito no assento. Não estou vestida para um lugar tão sofisticado. Quero dizer, não é que eu não esteja bem-vestida, mas esse tipo de estabelecimento pede um pouco mais de estilo.

No entanto, passamos pelo hotel e entramos na praça central, Leidseplein. Quer dizer que será o American Hotel? Puxa vida, se eu pelo menos soubesse! Inspeciono a maquiagem no espelho do painel. Passa. Ainda bem que trouxe lápis para os lábios e batom. Chegando, é só ir correndo ao toalete.

Olaf entra numa rua lateral e estaciona numa vaga para deficientes.

— Está louco? Quando a gente voltar, o seu carro terá sido rebocado — digo.

— Nada disso.

Tira um cartão de licença para deficiente e o deixa sobre o para-brisa.

Apanho o cartão e o examino.

— Desde quando você é deficiente?

— Eu sinto pontadas na lombar quando tenho que andar demais. Um amigo não aguentou me ver assim e me conseguiu este cartão — explica Olaf.

Balanço a cabeça em sinal de desaprovação e jogo o cartão sobre o painel.

— Por acaso o American Hotel não tem estacionamento?

— Deve ter, mas só para os hóspedes — diz Olaf, trancando o carro.

Estou a ponto de atravessar a rua sobre os trilhos do bonde, mas Olaf se vira e acena. Os meus olhos pousam sobre uma colorida barraca de panquecas ao ar livre cercada de mesas e cadeiras de plástico.

— Onde você prefere se sentar? Naquele cantinho? Dá para a gente ver o povo passar.

Olaf vai até o local e puxa gentilmente uma cadeira escarlate. Com um ponto de interrogação no rosto, olha para mim, segurando desajeitadamente a cadeira.

Os seus olhos brilham e, com um sentimento repentino de enternecimento, eu me sento. De repente, a barraca de panquecas me parece mais atraente que o Marriott ou o American Hotel. Pelo menos ninguém precisa se preocupar com o vestuário.

Um garçom vem anotar o pedido. Duas porções enormes de minipanquecas, bastante açúcar de confeiteiro e cerveja.

Olaf se inclina para trás, quase provocando um acidente com a cadeira, e entrelaça as mãos atrás da nuca.

— Adorei a sua ideia de comer panqueca — diz Olaf, satisfeito. — Faz tanto tempo que não como!

— Não me lembro de ter feito nenhuma sugestão.

— Fez sim. Esta tarde, no restaurante. Disse que estava morrendo de vontade de comer panqueca.

— O que eu disse foi que estava sentindo o cheiro delas.

Preocupado, se debruça com um movimento rápido sobre a mesa.

— Prefere ir jantar em outro lugar?

— Não, está ótimo aqui — digo para tranquilizá-lo e me sento mais relaxada, a fim de frisar as palavras.

Faz-se silêncio. Ambos percorremos mentalmente a lista de assuntos para conversa. Isso porque, no fundo, não temos o que dizer um ao outro. O que é que eu sei dele, e o que sabe ele de mim?

— Você gosta de trabalhar no banco? — Que pergunta idiota, Sabine.

— Muito — diz Olaf. — O pessoal do TI é ótimo. Um humor meio vulgar, mas ninguém é perfeito. É o que acaba acontecendo num departamento cheio de homens.

— Vocês não trabalhavam com duas mulheres?

Olaf abre um sorriso amarelo.

— Temo que elas se sintam meio intimidadas com tanta piada masculina. Com vocês acontece o contrário, não é? Só mulheres!

— Pois é.

— E é bom?

— Você nem imagina o quanto!

Ele não registra a ironia no meu tom de voz.

— Eu tenho a impressão que a tal de Renée é meio mandona.

— Renée? De onde você foi tirar essa ideia? Sempre tão compreensiva, amável, sociável. Tivemos uma sorte incrível.

Olaf franze o cenho. Então vê o meu rosto e ri.

— Ou seja, uma víbora — diz.

— Uma víbora — confirmo.

— Eu já sabia. Ela se desmancha quando me vê, quase puxando o saco, mas eu já a vi repreendendo outros antes de eu entrar no escritório.

Não digo nada. Olaf tampouco parece interessado em conversar sobre Renée. O que nos une na verdade é o passado, e não me espanto quando surge o tema.

Acende um cigarro, ergue o olhar e solta uma baforada de fumaça.

— Srta. tímida! Aposto que você não gostava nada de ser chamada assim.

— Com um irmão mais velho, tive que me acostumar.

Ele ri e pergunta:

— Como anda Robin?

— Bem. Muito ocupado com o trabalho. Já faz um tempinho que não nos falamos, mas eu me lembro de que ele estava todo entusiasmado com uma tal de Mandy.

— Quer dizer que encontrou uma beleza londrina? Que legal! Vou ligar para ele. Você tem o número?

— Tenho, mas não à mão. Eu envio um e-mail para você amanhã.

Olaf concorda, observando a espiral de fumaça, antes de abordar o assunto que eu tentava evitar com todas as forças:

— Por sinal, você não era amiga de Isabel Hartman? — pergunta. — Chegou a ouvir alguma coisa sobre ela?

Apanho o maço de cigarros sobre a mesa e acendo um. Faz-se outro silêncio constrangedor.

Esqueci-me de grande parte do que aconteceu na minha época do ensino médio. Folheando o meu diário e ouvindo as histórias de Robin, nada me parece absolutamente familiar, é como se tivessem sido vividos por outra pessoa. Apesar disso, às vezes acontece de alguma recordação percorrer o cérebro, iluminando por alguns breves segundos as minhas células cinzentas com um lampejo ofuscante. Impossível entender esse mecanismo, o da memória, que num momento nos deixa na mão, para depois nos confrontar com recordações contra a nossa vontade.

O lampejo que me vem quando Olaf pronuncia o nome de Isabel não é agradável. Vejo-me na cantina da escola, procurando um lugar onde comer o meu sanduíche. Mais adiante, estão os meus colegas de classe. Isabel está sentada na beirada da mesa e fala, enquanto os outros escutam. Já fiz 12 anos; não faz muito tempo, ainda pertencia àquele grupinho de alguma maneira. Apanho uma cadeira e vou na direção deles. Eles não se voltam para mim, mas me dou conta dos olhares que lançam de um ao outro, como se cercados por um campo magnético que acionasse um alarme ao primeiro sinal da minha presença.

Com movimentos incertos, tento arrumar um lugar entre eles, mas ouço um rangido desagradável das cadeiras arrastadas pelo chão, eles fecham ainda mais o círculo. Então me viro e aproximo a cadeira de uma mesa livre, perto de onde estão, e observo o relógio de parede até que dá a hora de voltar à sala de aula. De repente, cruzo o olhar com o de Isabel. Ela não vira o rosto para outra direção, olha-me como se eu fosse transparente.

— Ela não era sua amiga? — pergunta Olaf, tomando um gole de cerveja, com um olhar inquisitivo.

— Isabel? Foi minha amiga no ensino fundamental — digo, inalando fundo a fumaça.

— Ainda não se sabe o que aconteceu com ela, não é? — diz Olaf. Não se trata de uma pergunta, mas de uma constatação. Apesar disso, respondo:

— Pois é. Faz pouco tempo, o caso dela apareceu no programa "Desaparecidos".

— O que você acha que aconteceu com ela? — pergunta Olaf. — Ela não tinha alguma doença de algum tipo?

— Epilepsia — digo, enquanto mais cenas do passado surgem diante de mim. Tento contê-las, mas Olaf insiste:

— É mesmo! Será que ela não teve uma crise?

— Acho que não. As crises não duram muito. Dá para saber quando elas estão por vir e, uma vez passadas, leva um tempo para a pessoa voltar a si. Pelo menos no caso de uma mais leve. Sei do que estou falando. Muitas vezes estávamos juntas quando ela sofria um ataque.

— Então você não acha que a epilepsia esteja ligada ao desaparecimento dela?

Chamo o garçom, peço outra cerveja e faço que não. Essa ideia nunca me passou pela cabeça, e agora muito menos.

— Sabe — digo —, eu me esqueci de praticamente todo aquele período em torno do desaparecimento. Que loucura, não? Pelo menos, deveria me lembrar do momento em que ouvi pela primeira vez que ela não tinha voltado para casa. No dia seguinte, a mãe dela ainda passou lá em casa com o marido, na esperança de que eu tivesse alguma coisa para lhes contar. Na escola e até na mídia se fez o maior estardalhaço em torno do caso, mas eu mesma fiquei sabendo por terceiros. É que eu me lembro de tão pouco!

Olaf me lança um olhar cético.

— Não é possível. De alguma coisa você tem que se lembrar...

— Não me lembro.

— A escola inteira não falava de outra coisa!

— Pois é, simplesmente me deu um branco. Talvez seja por isso que eu me sinta mal cada vez que penso no assunto. Tenho a impressão de ter me esquecido de detalhes importantes. Sabe como é, na hora alguns detalhes parecem secundários, mas com o tempo se revelam essenciais para entender o panorama. Sinto que sei mais sobre o período do que imaginava, mas agora está esquecido.

Olaf polvilha as panquecas com açúcar.

— É por isso que você quis ir a Den Helder?

— É. Na esperança de que as coisas ficassem mais claras. Puro engano! Também faz tanto tempo... — desabafo suspirando.

Olaf enfia cinco minipanquecas simultaneamente na boca.

— É possível que você estivesse em estado de choque, num certo torpor nos dias que se seguiram, o que é perfeitamente compreensível. Isabel era sua melhor amiga. É claro que isso te afetou.

Indolente, espeto o garfo numa minipanqueca fria e grudenta.

— No ano passado, quando eu estava de licença, cheguei a perguntar à mamãe como eu tinha reagido ao desaparecimento dela — digo. — Mas a mamãe não soube me dizer nada, o que não me espanta, já que nessa época papai se encontrava no hospital, depois de ter tido um ataque cardíaco. Ela estava com outras preocupações na cabeça.

Os olhos azul-claros de Olaf se fixam com seriedade em mim.

— Mamãe partia do pressuposto de que Isabel tinha fugido de casa — continuo. — Ela costumava sair com caras mais velhos, até alguns de Amsterdã. Sabe-se lá onde ela encontrava esse povo. Vai ver que até fugiu mesmo.

— Você acredita nisso de verdade?

Reflito um pouco e faço que não.

— Afinal de contas, por que ela fugiria? Os pais lhe davam uma liberdade tremenda. Mais do que deviam, na visão dos meus pais. No fundo do coração, sei que eles acharam até melhor que a gente se visse menos. Isabel é quem decidia com que frequência, com quem e a que horas voltava para casa. Os pais nem se importavam que ela saísse na noite de Amsterdã com companhias duvidosas. Esse tipo de coisa. E por conta disso é que mamãe não se espantou quando algo aconteceu justamente com Isabel. Ela sempre acreditou que foi em Amsterdã que ela desapareceu.

— Não pode ser — diz Olaf. — Ela fugiu durante o dia, depois da escola.

Ergo os olhos, surpresa de Olaf se lembrar tão bem dos fatos.

— Pois é. Eu estava de bicicleta atrás dela. Isabel estava na companhia da Miriam Visser, que a uma certa altura entrou numa rua, enquanto Isabel continuou a seguir em frente. Eu tinha que fazer o mesmo trajeto, mas fui bem devagar, porque não queria chamar atenção para a minha presença. Depois, peguei uma lateral para não seguir pelo caminho dela. Acabei indo pelas dunas, mas o passeio foi menos agradável do que imaginava. Cheguei em casa sem fôlego. Que estranho, não é, que a gente acabe se lembrando de coisas assim. Mas não me pergunte o que eu fiz no resto do dia. Devo ter ido à biblioteca ou feito o dever de casa.

— Mas e o dia seguinte, e depois, quando ficou claro que ela tinha desaparecido? Foi o assunto do ano na escola! — exclama Olaf, perplexo.

— Não sei de mais nada. É como se o meu cérebro fosse uma peneira, às vezes algo se prende, mas logo se escoa como o resto — digo, desamparada.

— Entendo.

Olaf se inclina no encosto da cadeira e acende outro cigarro, não sem me oferecer mais um, que eu recuso.

Faz-se um longo silêncio entre nós. Acabo de beber a minha cerveja com tragos vorazes. Não me acostumo aos silêncios. Não sei como lidar com eles, apesar de Olaf não ter nada de constrangedor. Não está esperando respostas, nem desabafos sem fim. Eu também não faço a besteira de ficar matraqueando. Ele não diz nada, e eu também não.

Permanecemos lado a lado calados, ele fumando e eu logo roubando um cigarro. Há momentos em que fumar faz uma diferença sensível.

— Você conhecia bem Isabel? — pergunto, deixando a cinza cair no cinzeiro.

— Não muito. Às vezes, eu esbarrava com ela no pátio da escola, e a gente conversava. Robin tinha me dito que vocês haviam sido amigas, mas isso deve ter sido antes de eu frequentar a casa de vocês, porque nunca me encontrei com ela por lá.

— Exato. A nossa amizade já tinha terminado nessa época — digo.

Olaf pousa o olhar sobre mim. Não diz nada, apenas me olha no fundo dos olhos — é a melhor maneira de se deixar alguém nervoso, e fazer com que a pessoa continue a tagarelar.

— Os últimos anos da escola primária foram muito legais. Os primeiros anos da secundária foram um suplício, mas depois melhorou. — Começou a enxurrada. — Eu mudei muito nessa época. Fiquei mais ativa, alegre, e não tinha papas na língua. Não deixei que ninguém mais me fizesse de trouxa. Tinha nascido uma Sabine bem diferente. A verdadeira. Quem diria, não é? Você nunca chegou a me conhecer assim. Sabe, às vezes tenho a impressão de ser formada por vários "eus" diferentes, personalidades que fazem a sua aparição do nada, sem que eu possa opinar a respeito.

Por que eu tinha que tagarelar desse jeito? Nervosa, deixo as cinzas caírem no cinzeiro e solto uma gargalhada forçada.

— Parece até algum transtorno de personalidade, não é? — pergunto.

— Não saberia dizer — diz Olaf —, mas acho que sei a que você se refere. No final das contas, acho que todos somos formados por mais de uma personalidade. Para cada situação uma cara específica, uma postura diferente, uma outra maneira de falar. Você vai se adaptando continuamente. Eu também mostro um outro Olaf no trabalho.

Outro silêncio. O garçom vem recolher os pratos sem perguntar se estamos satisfeitos. Apenas nos lança um olhar interrogativo.

— Dois cafés, por favor — pede Olaf.

O garçom faz que sim e se afasta.

— Ah! Obrigado por perguntar se nós estamos satisfeitos. Não há resposta. Olaf vira os olhos.

— Esse aí deve estar pensando: "Meu filho, vocês comeram panqueca, não caviar."

— Uma razão a mais para estarem deliciosas!

— Concordo.

Esperamos o café, enquanto fumamos. Difícil mudar de assunto, sem mais nem menos, e escolher um tema mais alegre.

— Aliás, o que você sabe sobre o dia em que ela desapareceu? — pergunto.

— Não muito, exceto que eu tinha prova de matemática. Na quadra esportiva estava fazendo um calor insuportável. Pelo menos a prova foi moleza. Matemática sempre foi a minha matéria mais forte, terminei o teste rapidinho. Não esperei por Robin. Montei na bicicleta e me mandei para casa. Isso é tudo. Ele ainda me ligou na mesma noite para perguntar se eu tinha visto Isabel.

— Robin ligou para *você*? Por quê?

— O mais provável a mãe de Isabel tivesse acabado de ligar para vocês, preocupada com a filha.

— Mas como você poderia saber onde ela andava?

— E eu sei lá? Robin sabia que eu a conhecia. Ela saía às vezes com aquele cara... como era mesmo o nome dele? Um que estava na minha classe, de cabelos pretos e jaqueta jeans. Já sei. Bart! Bart de Ruijter. Eu tinha sugerido que ele ligasse para o Bart.

Levo um susto, mas procuro não demonstrar qualquer outro sentimento além de interesse.

— E ele fez isso? — pergunto.

— Ele deu o número para a mãe de Isabel. Mas o Bart também tinha passado a tarde se esfalfando com a mesma prova. Não tinha visto nem sombra de Isabel. Depois ele ainda foi interrogado pela polícia.

O garçom deixa duas xícaras minúsculas de café diante de nós sobre a mesa.

— Espresso! — digo, horrorizada.

— Não gosta?

— Dessa dose de fel? Não, obrigada. Aqui, é todo seu — digo, empurrando a xícara na direção de Olaf.

— O que você quer tomar, então? Café com leite?

— Nada, deixa para lá. Não estou muito a fim de café. Será que eles têm alguma coisa mais forte?

— Já vamos à procura. Bar aqui é o que não falta — responde, rindo.

O azul do céu assume outra tonalidade, mais escura. Os letreiros fluorescentes brilham de uma maneira quase agressiva.

Acendo outro cigarro e observo Olaf, enquanto termina o seu café. O olhar vazio, mergulhado em pensamentos.

— Robin estava caidinho por ela, não é? — pergunta em certo momento.

Ergo o olhar com um movimento repentino.

— O quê? Robin apaixonado por Isabel? Não pode ser!

— Até parece que você não sabia! — comenta Olaf, perplexo.

— Não sabia e não acredito. Robin e Isabel juntos? É ridículo! — digo, chocada.

— E por quê? Ela era uma garota bonita. Se dissesse que tinha 18 anos, todo mundo acreditava. No começo eu não sabia que ela era tão nova, até que o Robin me disse que ela era da sua turma. Mas eu sabia que ele estava de olho nela, apesar de não tomar nenhuma iniciativa, o que ninguém entendia, porque ela dava mesmo em cima dele.

— E ele não fez nada? — pergunto, abalada.

— Não — diz Olaf, com um olhar suave. — Mas eu observava como ele se continha. Ela exercia uma atração enorme sobre ele e a pestinha sabia disso muito bem. Quando ela gostava de um cara, tinha porque tinha que ficar com ele, nem que fosse só algumas vezes.

Não digo nada, paralisada na cadeira côncava vermelha. Robin apaixonado por Isabel. Apaixonado! E por Isabel!

— Ele a detestava — digo mansinho. — Ele mesmo me disse isso.

Olaf termina o café e coloca a xícara vazia com um estrondo tão forte sobre o pires que olho automaticamente para ver se não quebrou nada.

— Eu sei — concorda. — Também a odiava. A linha que separa o amor do ódio é bem tênue. Mas por que isso mexe tanto com você?

— Você sabe muito bem — respondo, de forma apática.

Olaf se inclina para a frente e segura as minhas mãos.

— É, sei — diz, fazendo uma curta pausa. — Você passou maus bocados com ela, não?

O meu olhar se desvia para um bonde, trinando agudo, repreendendo um ciclista displicente.

— Pois é — ouço a mim mesma dizer. — Até que Robin se meteu na história. Mas antes disso era um inferno.

De repente, é como se aquele clima descontraído se esvaísse de uma só vez. Volto a sentir a tão conhecida pontada nos ombros e no estômago. Minha mão treme quando apago o cigarro.

Olaf percebe. O seu olhar se encontra com o meu, mas ele não diz nada, pelo que lhe agradeço de coração.

12

Estou com 23 anos e até agora não tive nenhum relacionamento, exceto o meu romance com Bart. Na época de faculdade, via um monte de garotos interessantes passeando pelos corredores, e eles me olhavam, mas, por alguma razão desconhecida, uma noite agradável nunca chegava a se transformar em relacionamento. A culpa era minha, como descobri posteriormente. Não suporto ser agarrada, sentir um braço possessivo em torno dos meus ombros ou ainda ser esmagada contra uma parede e entupida de beijos. Trato de me safar e me dá uma vontade enorme de esmurrar todos eles.

A psicóloga que eu frequentei durante os meses da depressão estava tentando descobrir se eu tive alguma experiência sexual desagradável na adolescência. Ela parecia bem convencida; todos os sintomas apontavam nessa direção. Não conseguiu tirar nenhuma dedução durante as consultas e, no final, abandonou o assunto. Posso afirmar que, dentro de mim, tudo funciona perfeitamente. O que acontece é que, desde Bart, nunca voltei a encontrar alguém que valesse a pena, ou que se interessasse por mim.

A primeira vez em que experimentei desejos sexuais foi lá pelos meus 14 anos. Tinha encontrado na biblioteca da minha cidadezinha um livro que havia sido filmado e não fazia muito estava em cartaz. A história era sobre o amor proibido entre uma garota e um homem muito mais velho, fiquei curiosa em saber se o livro era tão bom quanto o filme e o peguei emprestado. Se as cenas de sexo no filme tinham ficado discretas, no livro, ao contrário, eram totalmente explícitas. Foi o livro mais excitante que já passou pelas minhas mãos, e eu me lembro de que lia na cama, ruborizando-me a cada instante. O meu corpo reagia com uma força tal que parecia levar uma vida paralela.

Eu escondia o livro no armário, apesar de meus pais nunca se meterem nas minhas leituras e não me censurariam por nada neste mundo; eu simplesmente tinha vergonha dos sentimentos despertados em mim.

A partir de então, não consegui mais ver os rapazes com os mesmos olhos de antes. Não olhava para os meninos da nossa classe, todos um pouco mais baixos que nós, mas sim para os rapazes mais velhos que ficavam à toa com Isabel no pátio. Como Bart de Ruijter, o garoto mais popular e mais bonito da escola.

Ele estava numa turma dois anos na frente da nossa, junto com Olaf e Robin, e pertencia ao grupinho deles. É claro que ele já tinha me chamado a atenção antes, mas eu não me achava à altura. Por que ele olharia duas vezes para uma garota tão sem graça, tão acanhada? Mas aconteceu o inesperado.

Foi na festa de Natal da escola, eu tinha 14 anos. Não estava com muita vontade de ir, mas os meus pais, sabendo do evento, não me deixariam ficar em casa. Não ir seria mostrar desinteresse pelas atividades normais de qualquer adolescente. A ideia de que eu pudesse ser diferente dos outros da minha idade os preocuparia — talvez até mesmo decepcionaria — e eles acabariam achando que tinham que fazer algo. A compaixão dos meus pais me parecia mais dolorosa do que ter que ir à festa.

Papai me levou e me deu dinheiro para tomar um táxi quando a festa acabasse. É claro que ele poderia muito bem me buscar, mas eu tinha me convencido de que não precisava. Imagine se ele me visse, num canto, de escanteio!

O que fiz então foi misturar-me aos meus companheiros de classe, tratando de ficar longe de Isabel e companhia, o que não era uma tarefa fácil. Pareciam estar por toda parte, berrando e gargalhando. Eu não dançava com ninguém em particular, como todo mundo fazia, quando me descobri à direita do grupo. Apontavam na minha direção, riam e reviravam os olhos. Isabel se pôs a me imitar, tentando incluir Bart na brincadeira. Nós mal nos conhecíamos e eu vi o seu olhar de quem não entendia nada se desviar de Isabel para mim. Ela fez uma careta carrancuda, acompanhada de movimentos lerdos e pesados com os braços, o que fez os outros desatarem a rir. Fiquei vermelha de vergonha, enquanto os meus movimentos se tornavam cada vez mais mecânicos.

— Pois é — disse Isabel, frisando as palavras e passando as mãos sobre a cintura —, estou de regime. Já consegui perder dois quilos.

Bart seguiu o seu gesto com o olhar e disse então:

— É mesmo? Devem ter descido então para o seu bumbum.

Todos caíram no riso, Isabel deu um chute brincalhão na canela de Bart. Notei a piscadela que ele deu.

Se alguém vai em seu socorro no momento em que você é ridicularizada e demonstra estar ao seu lado, você transborda de agradecimento e afeição de tal maneira que esses sentimentos podem muito bem se converter em amor. Foi o que aconteceu.

Quanto mais abertamente Bart me dava atenção, mais apaixonada eu ia ficando. Porém a abordagem dele era bastante discreta, de maneira a não me deixar embaraçada. Os outros nem percebiam o que acabava de nascer entre nós.

Chegou um momento em que foram para fora, enquanto eu fiquei para trás na pista. De repente, dei de cara com ele. Inspecionei a fim de ver se os outros estavam com ele, mas provavelmente tinham ficado lá fora.

Bart se aproximou, sorrindo de uma maneira muito especial. Estendeu-me a mão e me puxou para perto de si. Bebemos, dançamos. Não serviam álcool, mas vários estudantes tinham trazido minigarrafas de uísque que misturavam à Coca-Cola. Senti uma intimidade especial com Bart quando adicionamos rapidamente uma dose à nossa bebida, que esvaziamos como dois cúmplices. O friozinho na barriga ficava cada vez mais intenso.

À medida que a noite avançava, muito da minha timidez ia diminuindo certamente com o respaldo do uísque. Quando o grupinho voltou, não viram nada de diferente, pois nós estávamos dançando sem nos tocar, em meio aos outros. A festa já chegava ao fim quando saímos juntos de lá. Ou melhor, Bart me escoltou, segurando-me pelo cotovelo, da pista para o pátio lá fora. No começo da noite éramos quase desconhecidos, e agora íamos de braços dados em direção ao estacionamento das bicicletas. A tensão entre nós aumentou e começamos a nos beijar para valer. E como ele sabia beijar! Devia ter experiência, enquanto eu praticamente não sabia o que fazer.

— Abra mais a boca — disse, quando a sua língua deu contra os meus dentes, ao que obedeci. Sentir a sua língua explorando devagar a minha boca era uma sensação arrepiante. Eu estava aos beijos com o garoto mais desejado da escola!

Nesse momento me passou pela cabeça que aquilo poderia ser uma grande farsa. Apesar de não atinar qual poderia ser a brincadeira, abri as pálpebras e olhei por cima dos seus ombros, à procura da presença dos outros. As outras bicicletas já tinham desaparecido dali. A mão de Bart pousou então no zíper das minhas calças, mas eu a afastei delicadamente. Ele não achou ruim.

— Você prefere... não? — perguntou baixinho. — Sem problemas.

Continuamos nos beijando sem que aparecesse nem a sombra dos outros. No final voltamos de mãos dadas para a entrada principal. Eu estava no paraíso. A festa já tinha acabado, e praticamente todos haviam ido embora, inclusive o grupinho de Isabel. Provavelmente tinham ido continuar a noitada na cidade, segundo Bart.

Não teria me espantado se ele tivesse se despedido naquele momento de mim a fim de ir procurar os outros. Eu própria não o levaria a mal. Mas, em vez disso, perguntou onde eu havia deixado a bicicleta. Quando eu lhe disse que papai é quem tinha me levado, apanhou a sua bicicleta, uma sucata velha e enferrujada, e disse:

— Pule na garupa!

Bart me levou para casa. Poderia muito bem ter me enfiado num táxi para o qual eu tinha levado dinheiro, mas não, fez questão de me levar ele próprio. Dez quilômetros de pedalada de ida e outros tantos na sua volta solitária. Diante da porta de casa, nos despedimos demoradamente. Quando finalmente eu estava do lado de dentro, já tinha passado outra hora. Na cama, passei a noite com a cabeça em turbilhão e não consegui dormir. Bart, Bart, Bart, ecoava dentro de mim.

Esperava que a minha vida fosse se transformar inteiramente a partir de então. Ele me defenderia, me protegeria e me incluiria no grupo. Isabel me olharia com respeito e reataríamos a amizade, ainda que esse fosse o menor dos detalhes: bastava ela me deixar em paz.

Só que eu tinha me esquecido do fato de que as férias do Natal estavam começando e que não haveria escola durante duas semanas. Bart telefonaria, marcaríamos algo e passaríamos juntos as melhores festas natalinas do mundo.

Ele não telefonou.

Durante 14 dias fiquei entre a esperança e o desespero. Os dias festivos escoavam como areia pelos meus dedos. Fiz o meu desejo de Ano-Novo vendo os fogos de artifício, sem muita esperança de que ele se realizasse.

Depois das férias de Natal, a primeira pessoa que vi ao chegar de bicicleta no pátio da escola foi Bart. Estava no meio do grupo, ao lado de Isabel. Olhou para o meu lado, mas não me viu. Pelo menos foi o que deu a entender. Levei a bicicleta até o estacionamento enquanto o sinal para entrar tocava. Aquele bando de alunos se pôs então em movimento, infiltrando-se no grande edifício de tijolos. O grupinho passou por mim no momento em que eu saía do estacionamento, com a mochila de sarja pendurada sobre o ombro. Foi o destino que me fez desembocar naquele fluxo justamente ao lado de Bart, a não ser que tenha sido maquinação dele. Mesmo depois de tantos anos, ainda não sei ao certo. Não que importasse. Bart sorriu para mim, estendeu a mão e, com a ponta do dedo, me deu um peteleco na ponta do meu nariz. Um gesto carinhoso e íntimo que mexeu comigo mais do que se ele tivesse me beijado. Mas ficou nisso. Bart me ignorou pelo resto do dia.

Fiquei sem entender nada quando, no final daquela tarde — eu já estava em casa fazendo a lição havia um bom tempo —, ele apareceu de bicicleta.

A minha escrivaninha estava disposta de maneira a que eu pudesse olhar pela janela.

Corri ao andar de baixo para abrir a porta.

— Oi! Vamos à praia? — perguntou, enquanto descia da bicicleta.

Fomos à praia e ficamos nos beijando no topo das dunas, congelados. Comemos batata frita com maionese e ketchup em uma lanchonete, no caminho que levava à praia, para depois nos aquecermos outra vez.

No dia seguinte voltou a ignorar-me na escola, contudo, mais tarde em casa, encontrei um bilhete dentro da mochila: *Cinema esta sexta? Bart.*

Foi então que eu entendi: o nosso relacionamento tinha que permanecer secreto. Não perguntei pelas razões, mas até que não achei muito ruim. A relação entre mim e Bart causaria um baita furor, algo que eu queria evitar ao máximo.

Durante seis meses nos vimos regularmente, mas sempre em lugares onde não corríamos o risco de encontrar qualquer conhecido. Não acredito que alguém soubesse, mas é possível que Isabel desconfiasse. O seu olhar agudo às vezes ia de Bart a mim, o que me exigia um autocontrole absoluto. O mesmo valia para a maneira como ela adorava pendurar-se publicamente no seu pescoço, passar a mão pelos seus cabelos negros e lisos, brincar e rir com ele. Isabel se sentia na obrigação de ficar com ele, nem que fosse só pelo prazer de demonstrar que ela sempre conseguia o que queria.

Mas ele era meu. Até o dia em que Isabel desapareceu. A partir daquele dia, o nosso relacionamento terminou de repente.

Bart concluiu a escola e prestou vestibular naquele ano. Apesar de ter fantasiado repetidas vezes que nos encontraríamos, nunca mais voltei a vê-lo.

E agora é Olaf quem se encontra diante de mim. O mesmo tipo de Bart. Será por isso que me sinto tão atraída, que noto de repente um desejo despontar? Não voltei a fazer sexo desde a época de Bart, mas só agora é que me dou conta de como isso é estranho.

Hoje à noite vai acontecer. Eu sei e sinto isso. E quero. Já estive sozinha mais tempo do que o necessário.

Após umas taças de vinho num bar de ambiente agradável, deixo que Olaf me leve de volta para casa. Ele me acompanha até onde moro e eu leio a pergunta nos seus olhos. Sorrio, faço um gesto convidativo em direção à porta e o beijo na boca com entrega total.

13

ACORDO COM ALGUÉM roncando. Assustada, me viro de lado e recebo uma cotovelada no olho. Olaf está deitado de bruços, com os braços debaixo do travesseiro. Desperto na mesma hora. Olaf.

Quer dizer que eu não sonhei. Voltei a fazer sexo depois de tantos anos.

Dormir já não consigo mais. Por causa dos roncos e da minha própria surpresa de ter ido tão rápido com ele para a cama. Mas, por que não? Olaf é um sujeito legal. Não sei o que vai rolar. Veremos. O importante é aproveitar o momento.

Sonolenta, viro para o outro lado e consulto o rádio-relógio. Já está claro do lado de fora, por isso não deve ser tão cedo. Seis e quinze. Por mim, o dia pode começar. Os meus pensamentos me conduzem à noite passada, e a excitação que isso desperta em mim expulsa do meu corpo os últimos resquícios de sono.

No início, Olaf só parecia querer ficar de beijos no sofá. Estávamos abraçados, falando baixinho, fazendo piadas e nos beijando nesse meio-tempo. A mão de Olaf na minha perna subiu deslizando até o meu quadril. Foi sensual ser acariciada vestida, principalmente com a promessa de que seria muito mais gostoso se eu estivesse nua.

Pouco tempo depois, as nossas roupas estavam espalhadas pelo quarto. Quase não dormimos. Não sei como consegui viver esse tempo todo sem sexo. Fecho os olhos e sinto-o no meu corpo inteiro. Uma nova série de roncos me espanta da cama. Continuo ouvindo o ruído no chuveiro e na cozinha, onde faço café e torradas com algumas fatias de pão velho.

No momento em que a torrada pula, Olaf aparece no limiar da porta, só de cuecas boxer. Ele boceja, com a cara amassada.

— Bom dia — diz, sonolento. — Você acordou cedo.

— Não consegui dormir mais. Sabe que você ronca muito? — comento, passando geleia na torrada.

— Você devia ter me dado um empurrão, aí parava.

Olaf vai para a pia e põe café na caneca.

— Você já está tomando café.

— Com torrada. Quer uma?

— Não, nunca tomo café completo, só uma xícara de café puro e um cigarrinho já me bastam.

— Não poderia sobreviver com isso.

Pego o jornal e o espalho na mesa da cozinha. Não tenho a intenção de mudar o meu ritual matutino. Preciso de um bom café da manhã e do meu jornal.

— Vou entrar no chuveiro, está bem? — pergunta Olaf.

— Fique à vontade.

Fico absorvida com a leitura do jornal, mas não o suficiente para evitar os ruídos que vêm lá do toalete. Ele deixou a porta aberta, mas não parece se preocupar. Em seguida a água do chuveiro começa a escorrer e ouço Olaf cantar. Tomara que não use o gel de maçã que acabo de comprar.

Contudo, já sinto o odor de maçã nas narinas. Irritada, sorvo um gole de café. Que frase curiosa é "fique à vontade". Dizemos para dar ênfase à hospitalidade, mas na verdade queremos que respeitem a nossa propriedade.

Quando atravessamos a rua para ir para o trabalho, o sentimento de desconforto passa. Olaf está de bom humor. Acabou de sair do chuveiro, o seu cabelo molhado está penteado para trás, pôs uma camiseta branca; está atraente, e sinto um friozinho gostoso na barriga. Ele tem mesmo qualquer coisa de especial, e o odor fresco de maçã do meu gel paira em volta.

Caminhamos para o carro que Olaf deixou ontem em frente à porta. Ele entra e de dentro abre a porta para mim. Entro e coloco a bolsa aos meus pés. Que bagunça. O sol da manhã brilha na bagunça das caixas de CD, embalagens de chocolate e pacotes de cigarros meio vazias. Cheira mal. Ponho os meus óculos escuros e abro a janela.

— Vão suspeitar de algo se chegarmos juntos — digo.

— O quê?

— No trabalho. Vão suspeitar.

— É? — observa sem interesse.

— Você não se importa?

— Não.

Diz isso com uma voz que não me deixa continuar resmungando. Tagarelices de mulher. E tem razão, que me importa. Por que ficaria preocupada com o que os outros pensam?

Entramos no estacionamento do banco. Olaf dá marcha a ré e saímos. Está muito cheio; todos chegam por volta dessa hora. Olaf põe o seu braço em torno da minha cintura e me encaminha pelas portas giratórias como se eu não pudesse entrar sozinha. No reflexo dos painéis, vejo Renée atrás da gente.

— Tenho que ficar um pouco aqui embaixo. Eu te envio um e-mail — diz Olaf.

Ele me segura em seus braços e me beija longamente. Incomodada, me solto dele, que dá uma piscadela e segue seu caminho pela recepção.

Renée e eu chegamos juntas no elevador. Ele fica logo cheio, e subimos rapidamente num silêncio opressivo em meio a um grupo de estranhos forçados a respirar a pasta de dente e o desodorante do outro.

Assim que o elevador chega ao nono andar, Renée abre caminho para sair e anda com passos largos, quase masculinos, para o escritório. Eu a sigo num ritmo bem mais lento. Quando entro, ela já está organizando as tarefas do dia. Liga os computadores, a máquina de café e pega as chaves para abrir os armários.

Os computadores ligam fazendo zumbidos e tocando musiquinhas alegres.

— Sabine, você enviou a procuração para Price & Waterhouse? Estou com um e-mail aqui perguntando onde está.

— Procuração? Qual? — pergunto.

— A procuração que eu pedi que você enviasse ontem. Deixei um bilhetinho preso no seu computador porque tive que sair. Você o viu, não viu? Estava colado no meio da sua tela.

— Não vi nenhum bilhetinho.

Renée fica me olhando emudecida por vários segundos.

— Você deve estar brincando! — finalmente diz. — Então a procuração não foi enviada!

— Se eu não sabia nada a respeito, não poderia ter enviado, não é?

Renée põe a mão na cabeça, abre e fecha a boca e anda sem rumo para cima e para baixo.

— Merda! — diz, frustrada.

Eu olho a pilha de fax sobre a minha mesa, com um bilhetinho pregado com um clipe: "Enviar antes das 10h30, por favor."

— Bom dia! — diz Walter, entrando no escritório e indo direto para o escaninho de correspondência.

— Walter! — diz Renée, saltando para cima dele como um falcão com um rato. — Temos um problema. Sabine esqueceu de enviar a autorização para a Price & Waterhouse.

— O quê? — Walter se vira com um supetão.

— Não se preocupe, a gente resolve. Se você me emprestar seu carro eu a entrego pessoalmente — informa, estendendo a mão, mas Walter olha para mim chispando.

— Eu disse várias vezes que era muito importante que eles recebessem a procuração hoje, antes das 10 horas. Disse isso várias vezes — fala calmamente.

Muito calmamente.

— Todo mundo comete erros, Walter — sussurra Renée.

— Erros desse tipo, não! A Price & Waterhouse é o nosso maior cliente!

Renée diz com resignação:

— Não vamos nos estressar. Dê-me as chaves que eu levo já a procuração. — Ela olha no relógio. — Ainda dá tempo.

Walter entrega as chaves do BMW.

— Então vai logo. Mas cuidado na direção!

— Claro — diz Renée. — Ela pega a bolsa e sai do escritório sem sequer me olhar.

Walter e eu ficamos sozinhos. O silêncio reina no ar, como uma faca afiada.

— Eu não sabia de nada — digo. — Renée disse que tinha colado um bilhetinho no meu computador, mas não tinha nada. De qualquer forma, eu não vi nada.

Com ar cansado, Walter passa as mãos pelos cabelos grisalhos demoradamente.

— Às 10 horas vêm os clientes do Caffè Illi — diz. — Você fala italiano?

— Não, falo alemão e francês.

— São italianos — diz Walter. — Pode cuidar para que tudo esteja pronto na sala de reunião?

Eu faço que sim e olho para a pilha de fax na minha mão, a ser enviada antes das 10h30.

— Onde estão Zinzy e Margot?

— E eu sei? — responde Walter saindo do escritório.

Consulto a agenda do Outlook do computador e vejo no dia 14 de maio, sexta-feira: dia livre de Zinzy. Margot no dentista. Ótimo.

Eu devia ter calçado meus tênis em vez dos novos sapatos elegantes, de salto alto. Torço o tornozelo no caminho da recepção onde uma delegação de italianos me espera. Cumprimento-os com um caloroso *bon giorno*, depois do qual só poderia acrescentar um *grazzie* e *pizza margherita*, portanto, logo volto a falar inglês.

Encaminho os senhores para a sala de reunião onde, apressadamente, eu já tinha preparado uma garrafa com leite, açúcar e um pratinho com biscoitos. Tem café, mas eles preferem chá.

Comunico a Walter que os senhores do Caffè Illy chegaram e corro para a máquina automática de café. Essa geringonça se chama máquina de café, mas também produz sopa, chocolate e água quente para o chá. Esvazio a garrafa térmica de café, enxaguo-a, encho-a de água quente, providencio saquinhos de chá e pronto!

Normalmente, se avisados a tempo, os empregados do restaurante costumam fazer isso, mas ao que parece nada foi pedido, senão tudo estaria pronto. Walter me olha irritado quando entro. Nervosa, derramo um pouco de chá nos pires na hora de servir.

— Deixa pra lá, Sabine. A gente mesmo se serve. Também tem café? — pergunta Walter secamente.

Não, não tem mais, penso, mas respondo:

— Mas claro, trago já.

— Traz também um pano — diz Walter, olhando para a mancha na mesa de madeira.

— Pode deixar — falo sorrindo para os italianos que sorriem de volta gentilmente.

Volto rapidamente para a máquina automática de café. O escritório está totalmente vazio. Ouço o telefone tocar e hesito entre a prioridade das minhas funções.

A escolha fica com Walter: sem café ele fica tão irritadiço como um velho cão. Agarro um pano da pia e levo o café para a sala de reuniões. Entro o mais tranquilamente possível. Agora não escorrego.

Ponho o café na mesa com um alegre e educado "aqui está" e volto para a escritório. Todos os telefones estão tocando. No corredor encontro com Tessa, uma das secretárias do departamento comercial.

— Você não vai atender? Os telefones já estão tocando há uma hora — diz.

Corro apressada para o meu escritório e atendo o primeiro telefonema.

— Bom dia. Departamento Administrativo do banco. Aqui é Sabine Kroese. Um momento, por favor, vou transferir a ligação.

"Bom dia. Departamento Administrativo do banco. Aqui é Sabine Kroese. Sinto muito, ele está em reunião. Vou pedir para ele ligar de volta, está bem? Darei o recado. Um bom dia.

"Bom dia. Departamento Administrativo do banco. Aqui é Sabine Kroese. *Bonjour, madame Boher. Un moment, je vous passe.*"

Não param de telefonar. Margot entra, vê o caos e vem logo em meu auxílio. Às 11 horas fica tudo mais tranquilo, podemos parar um pouco e tomar um cafezinho.

Tessa entra no escritório.

— O signor Alessi já telefonou?

— Não, ainda não recebi nenhuma ligação — respondo.

— Eu também não — completa Margot.

— Que estranho. Preciso da resposta dele imediatamente, tenho uma reunião agorinha com os acionistas. Tem certeza absoluta? — pergunta Tessa, preocupada.

Ela examina o livro com os fax enviados.

— Aqui não consta nenhum fax para Alessi. Foi mesmo enviado?

Fico desesperada. Os fax!

— Merda! — digo. — A manhã toda foi tão agitada, não deu para fazer isso. Vou enviá-los já.

— Ainda não foram enviados? Meu Deus! — exclama Tessa, furiosa. — Renée tinha razão — ela me diz, cáustica, antes de sair do escritório.

— Tenho certeza de que não havia nenhum bilhetinho colado na minha tela — digo à tarde para Olaf. Nós tínhamos comprado uma pizza e estávamos comendo na minha varanda ensolarada.

— Será que não caiu no chão?

— Não achei nada — respondo.

— Talvez tenha parado embaixo da mesa. Ou então, ela está mentindo — comenta Olaf, que pega a garrafa de Frascati entre nós e põe um pouco de vinho em cada cálice. — Acho que ela está mentindo — acrescenta ele.

— Também acho — digo.

Ficamos lá fora até o sol desaparecer atrás do edifício, e então vamos para o meu quarto. Fazemos amor, conversamos, contamos piadas sobre Renée e fazemos amor de novo. Rio, mas não me sinto muito alegre. Quando Olaf sai — ainda tem que visitar um amigo com um computador quebrado —, ligo a TV e acabo de beber o Frascati.

Bebo demais. Demais da conta, mas estou bem consciente disso. Resolvo tomar alguma providência, mas agora não. Sinto-me melhor. Apesar do clima desagradável no trabalho, sinto-me mais forte e com mais energia. Porém, naquela noite, tenho uma recaída. Um comercial sobre amigas na TV, o noticiário, e até uma cena sentimental numa novela, tudo me faz chorar. E aí, não consigo mais parar.

Uma antiga tristeza vem para fora e chega à superfície.

Já passa das 22 horas quando Jeanine telefona.

— Oi, sou eu, você já estava dormindo?

— Não, estava vendo um pouco de televisão.

— Ah, ainda bem. Só depois de ligar que vi que já passava das 22h. Como é que foi?

— Olaf, você quer dizer? — pergunto, e desligo o controle remoto.

— Claro, Olaf. Foi legal?

— Foi legal, sim — digo, com um tom neutro.

Depois de um minuto de silêncio, ela grita:

— Como é, vai contar? Vocês transaram?

— Você não quer saber primeiro como foi a noite de maneira geral?

— Primeiro, quero saber se vocês transaram, depois pode me contar tudo sobre a noite romântica que passaram. Ou não foi? — pergunta Jeanine, alarmada.

— Ah, se você acha que comer panquecas numa barraquinha é o máximo do romantismo... — digo.

Ela fica em silêncio e depois indaga:

— Ele levou você a um quiosque de panquecas? Será que ficou louco?

No fundo do coração concordo com ela, mas sinto a necessidade de defender Olaf:

— Até que foi divertido, bem original, não é? Também podíamos ter ido a uma pizzaria, mas...

— Uma pizzaria! — Jeanine me interrompe, com desdém — Ele devia ter levado você ao Américain ou, em todo caso, ao Franschman. Lá é que é o restaurante da moda em Amsterdã.

— Você vê Olaf lá no Américain? Não faz o seu gênero. Não, estou contente que a gente não tenha ido lá — digo com convicção.

— Mas o restaurante de panquecas... — fala Jeanine, zangada.

— Eu sei — digo resignada. — Na próxima vez, vou me arrumar toda para ir ao McDonald's.

Rimos.

— Então vai ter uma próxima vez — comenta Jeanine.

— Acho que sim, não sei bem. Hoje de manhã não falamos sobre isso — digo, e involuntariamente trago de volta o assunto de maior interesse de Jeanine.

— Hoje de manhã, no trabalho ou na sua casa? — pergunta ela, alerta.

— Hoje de manhã na minha casa, como você é curiosa! E para ir logo respondendo à próxima pergunta: sim, fui para a cama com ele — digo rindo.

— Então foi bom ter comprado o conjunto sexy de lingerie — afirma Jeanine com satisfação.

— Foi, sim — tenho que admitir. — Devo isso a você. Eu teria parecido meio ridícula com minhas calcinhas velhas.

— Ainda quero saber muito mais detalhes, mas tenho que desligar. Vamos nos ver amanhã?

— Ótimo. Na minha casa ou na sua?

— Amanhã vai fazer calor. Acho que podíamos ir à praia, a Zandvoort, se você estiver a fim.

— A fim? Você agora é telepata? Eu estava mesmo querendo acabar com esta brancura e pegar uma cor.

— Então está bem, vamos fazer isso. Eu passo por aí as 13h30, OK?

— Tudo bem.

— Até amanhã. Não esqueça seu protetor solar. E fique logo sabendo: amanhã vou querer saber de tudo. Tudinho.

Desligo, com uma risada.

14

NA TARDE SEGUINTE, caminhamos em Zandvoort. É sábado, a praia está cheia, mas não lotada. Escolhemos um lugar, estendemos as toalhas, fazemos almofadas de areia, tiramos os óculos e o protetor solar da bolsa. Passamos creme uma nas costas da outra e depois nos deitamos.

Jeanine suspira de prazer.

— Sol, sol, cumpra a sua missão. Ah, como o verão é maravilhoso! Vou aproveitar todos os minutos para me bronzear.

— Então daqui a dez anos você vai estar com a pele feito uma bolsa velha de couro — digo, com a cabeça apoiada nos braços.

— Que nada, com o pouco tempo livre que tenho! Aliás, aqui na Holanda a gente não tem verões tão fantásticos, portanto, isso não vai acontecer. Provavelmente, o resto do mês será nublado. — Jeanine vira-se de costas e suspira novamente com imenso prazer.

É bom mesmo sentir o sol na pele. A gente se sente revigorada.

— E aí, agora já estou pronta para ouvir os detalhes — diz Jeanine justamente quando eu começo a ficar sonolenta. — Conte! Como foi?

— Pois é, foi normal. Acho que foi bom — conto vagamente.

— Bom, você acha que foi bom? Afinal, você gozou?

Sorrio, um pouco intimidada. Não tenho o costume de conversar com outras pessoas sobre minha vida sexual. Não só porque tinha muito tempo que não fazia sexo, mas, principalmente, porque considero um assunto muito íntimo. Jeanine pensa totalmente diferente de mim e eu não quero passar por uma pessoa complicada. Pelo que estou vendo, meu contato com Jeanine está se aproximando de uma amizade e, entre mulheres, a troca de informações íntimas também faz parte disso. É uma questão de hábito, mas já está na hora de me abrir para os outros.

— Sim — é minha única resposta à pergunta. Já é muita abertura da minha parte. Não pretendo me perder em detalhes. Mas Jeanine continua a me interrogar, e em dez minutos consegue arrancar os detalhes mais saborosos. Um grande feito.

— Ele é legal! — diz Jeanine, satisfeita. — Você está apaixonada?

— Não sei bem — respondo me levantando. Cruzo os braços em volta dos joelhos dobrados e pensativamente fico olhando para o mar. — É, ele é mesmo legal, mas estar apaixonada é um pouco diferente. Penso muito nele, mas sem sentir a necessidade de correr ao seu encontro. Já me senti assim com outra pessoa.

Com Bart, penso, mas não menciono o seu nome. Aquele amor nem se conta, eu era uma adolescente. No entanto, ainda posso voltar a sentir a sensação de desejo que tinha quando olhava para ele, no êxtase que sentia, quando, súbita e inesperadamente, ele me acariciava de leve a mão, quando por acaso andávamos lado a lado pelos corredores movimentados da escola. Os meus pensamentos obsessivos sobre ele quando estava em casa, e dos coraçõezinhos que eu desenhava no caderno. Isso sim era desejo, tão jovem que eu era, e aquele sentimento nunca mais conheci. Com Olaf também não.

— Por quem, então? Por quem você ficou mesmo apaixonada? — pergunta Jeanine, num tom confidencial.

E então falo sobre Bart. Quanto mais falo, mais próximo no tempo tudo me parece. Não me surpreenderia se ele aparecesse de repente.

Quando termino, Jeanine faz o relatório da sua vida amorosa levando muito mais tempo que eu.

Deito-me de costas, ouço a sua voz e curto o sol quente batendo no rosto. Com os calcanhares, cavo buraquinhos na areia, o som das gaivotas que circulam pelo céu azul sem nuvens.

Uma lembrança toma conta de mim. Tenho 13 anos e estou deitada na areia. É verão, estou sozinha. Frequentemente vou sozinha à praia. É perto e adoro ler deitada com o ruído das ondas quebrando lá no fundo.

Um pouco mais adiante, um grupo de meninas se estira na areia; olho de revés para elas. São Isabel, Miriam e outras colegas. Minha amizade com Isabel já não é mais a mesma de antes, porém elas ainda não me infernizam.

Lentamente me levanto, apanho minhas coisas e me encaminho para o grupo. Com um sorriso, fico na frente delas, minha mão tapando os olhos para protegê-los do sol forte. Defensivamente, pergunto se posso sentar com elas. Eu poderia dar um "oi" e me jogar ali, na areia, mas intuitivamente sinto que a hierarquia do grupo não toleraria tanto atrevimento.

Isabel me olha. Nossos olhos se encontram por alguns segundos até que desvio o meu olhar. As meninas cochicham, deliberando, e logo depois dizem que não.

Apanho minhas coisas jogadas na areia e volto para meu lugar. Com a toalha sobre os ombros e a bolsa de praia nos braços, vejo o buraco que tinha cavado para mim. O vento leve que sopra na praia parece frio de repente. Viro-me e, devagar, saio da praia, em direção à minha casa.

— Sabine? — A voz de Jeanine vem lá de longe. Levo alguns segundos para voltar para o presente.

— Hein... — retruco.

— Pensei que você estivesse dormindo.

— Não, estava ouvindo — digo, me sentido meio culpada.

— E o que foi que eu disse por último?

— Bem...

— Ah, certo! — Jeanine se vira de lado e me olha com severidade por sobre os óculos de sol. — Em que você estava pensando tanto para perder a minha história tão interessante?

— Em antigamente. Na minha época de escola no ensino médio.

Rindo, Jeanine põe os óculos para cima da cabeça.

— E o que te levou a pensar nisso?

— É que antes eu morava à beira do mar. Eu ia a pé para a praia.

— Ah, é, você morava em Den Helder. Beleza!

— Julianadorp — eu disse. — Eu morava em Julianadorp.

— Julianadorp parece um parque de diversões.

— Não, é Julianatoren — corrijo.

— Ah, é verdade. Fui uma vez lá com meu sobrinho.

A conversa se volta para outro assunto. Falamos sobre o seu sobrinho René, e automaticamente sobre a outra Renée, e sobre o que se passou com Jeanine quando eu estava em casa, sofrendo de depressão. Estamos deitadas na toalha, de olhos fechados, e a voz dela ressoa ao meu lado.

— Ir embora era a única possibilidade que me restou — diz.

— Ela é tão dominadora, tão ambiciosa. Você também deveria ir, Sabine.

— E aí? — argumento, sonolenta. — Primeiro tenho que encontrar outro trabalho.

— Se for por razões financeiras, posso ajudar. Se for necessário, pode vir morar comigo, no caso de não encontrar trabalho e precisar de dinheiro

— Mark vai gostar da ideia.

— Quem?

— Mark. Não é assim que se chama o seu namorado?

— Ah, já terminamos. Como você sabia? Vocês nunca chegaram a se encontrar, não é?

— Naquela segunda-feira que eu estava na sua casa, você estava esperando por ele. Lembra-se, foi a primeira vez que nós nos vimos.

— Eu esperando por ele? Nossa, você ainda se lembra. Eu já o esqueci.

— Então não foi muito sério.

— Não, não foi. — Jeanine se senta com as mãos para trás servindo de apoio, enquanto desliza os olhos pela praia. Faço o mesmo, e sigo o seu olhar na direção de dois rapazes que caminham para o mar. São bonitos, fortes, e pela postura vê-se que estão cientes disso.

— Vamos nadar? — sugere Jeanine.

— A água ainda está muito fria — prevejo.

— Que nada, é só entrar. Venha!

Ela pula, me levantando pelo braço. Os dois rapazes estão parados, olhando pensativos, com água até os tornozelos, mas no mesmo instante em que entramos, eles mergulham.

— Uau — diz Jeanine. — *Baywatch* não é páreo para nós. Vamos, Sabine, não vamos ficar feito duas perdedoras, tremendo de frio.

Os rapazes vêm à tona, sorriem para nós, nos desafiam. Jeanine mergulha no mar com movimentos graciosos. Portanto, só me resta segui-la.

Ficamos a tarde toda na praia. Já são 19 horas quando carregamos a caixa de isopor e as bolsas de praia até o carro. Queimadas, com as camisetas e os shorts cheios de areia, voltamos para Amsterdã.

— Uma pizza na sua casa? — sugere Jeanine.

— Tenho que tomar cuidado com todas essas pizzas — digo. — Ontem à noite eu e Olaf já comemos uma.

Subimos ruidosamente a escada do edifício, atiramos as bolsas no chão e entramos no banho, uma após a outra.

— De onde você conhece Olaf? Você falou que o conhece de muito tempo — pergunta Jeanine.

Tiro a roupa, entro na água quente e conto para Jeanine que Olaf era um amigo do meu irmão. Jeanine está sentada no vaso sanitário, ouvindo. Antes que me dê conta, estou falando novamente em Bart e em Isabel.

— Incrível que você a tenha conhecido — diz Jeanine. — Que vocês tenham sido amigas! Eu a vi tantas vezes no noticiário. Você não se lembra de mais nada daquela época?

— Não de muita coisa, de qualquer maneira.

Jeanine entra no chuveiro, e eu sento na tampa do vaso sanitário para fazer as unhas do pé.

— Eu li qualquer coisa sobre isso — grita Jeanine por causa do barulho da água que corre. — Não sei onde, num dos jornais. Sobre pessoas que foram abusadas sexualmente e que depois não se lembravam de mais nada. Muito mais tarde, as lembranças voltavam. Elas tinham reprimido tudo, pois emocionalmente não podiam suportar o horror. Foram fazer terapia por alguma razão ou outra, tornaram-se mais estáveis e então as lembranças voltaram.

— Eu não fui abusada sexualmente — digo.

— Não, sua boba, não estou dizendo isso. O tal artigo era sobre repressão. Pode ser que você tenha apagado qualquer coisa da memória. Algo ruim demais para se tolerar.

Passo o esmalte nas unhas com muita atenção, e em cada superfície reluzente vejo o rosto de Isabel. Assustada, fecho os olhos e, quando dou por mim, vejo que não só as unhas, mas também os meus dedos estão vermelhos.

A água para e Jeanine sai do box de granito enrolada numa toalha.

— Já pediu a pizza? — pergunta.

15

De repente, um mês antes do meu aniversário de 15 anos, o meu pai foi levado de ambulância do seu trabalho para o hospital em Den Helder. Um ataque do coração.

O Sr. Groesbeek, o porteiro da escola, foi me tirar da aula de alemão para me levar ao Hospital Gemini. O Sr. Groesbeek era bronco, sempre esbravejando e circulando com seus passos pesados. Todos tinham um imenso respeito pelas suas mãos enormes com as quais ele separava os meninos briguentos, segurava nos braços de adolescentes impertinentes, remendava os pneus das bicicletas e cuidava das plantas das salas de aula. O Sr. Groesbeek parecia muito velho aos meus olhos, e também um pouco horripilante, com seus cabelos cinza e sua voz de trovão. Tinha uma van e dirigia todos os dias de Callantsoog, onde morava, até Den Helder. No caminho, de vez em quando pegava um aluno que ia de bicicleta para a escola lutando contra a chuva incessante e as rajadas de vento. Muitas vezes, eu mesma peguei carona com ele.

No caminho para o hospital, olhando através da janela suja, vi que o Sr. Groesbeek me observava.

— Você tem passado por muitas dificuldades nesses últimos tempos, não é? — perguntou.

Olhei de lado, não entendendo bem.

— Na escola — disse ele. — E agora isso.

Não sabia bem o que falar e por isso concordei.

O Sr. Groesbeek deu uma batidinha na minha perna e pousou sua mão sobre ela alguns instantes. Tinha uma mão imensa, peluda; fiquei olhando fixamente para ela, sentindo o seu peso nas minhas pernas. Demorou para retirá-la.

Seguimos adiante em silêncio, e ele me deixou no Hospital Gemini.

— Coragem — disse o Sr. Groesbeek. — Desejo melhoras ao seu pai.

Saí voando da van, olhei para trás, ele deu a volta e prosseguiu. Então me virei e entrei no hospital.

Um ataque do coração é algo grave. No entanto, nem me passava pela cabeça que o meu pai estivesse em perigo de vida. Não podia imaginar nada semelhante, e a sua atitude durante as horas de visita confirmavam minha descrença. A cada vez que eu entrava, ele me cumprimentava com um largo sorriso e um piscar de olhos, como se fosse uma grande piada estar lá. Ele deixava a minha mãe confusa, abanando a mão que estava conectada ao monitor cardíaco de modo que este ficava batendo desenfreadamente.

Robin ria muito, mas eu não achava muita graça naquilo. Ficava lá, sentada no meu banco, observando o rosto pálido do meu pai, o seu estranho avental azul, os eletrodos pregados no seu peito, e como tudo formava um enorme contraste com sua expressão animada.

Naqueles momentos, me dava conta de como eu o amava. Perdoava-o pelas vezes em que ele aplaudia excessivamente as minhas apresentações de piano na escola, perdoava-o até por ter gritado "bravo!", para grande hilaridade dos meus colegas de turma. Perdoava-o por levantar cedo para fazer minha merenda, com o pão integral não fatiado que a minha mãe comprava na padaria. Meu pai cortava fatias grossas que recheava com enormes nacos do requeijão Edammer. Eu não conseguia pôr tudo na boca e, naturalmente, caía no ridículo, mas dizia que eu mesma fazia meu sanduíche porque preferia ser o alvo, em vez de meu pai. E ainda melhor: nem pensava em pedir para comprarem pão fatiado na padaria, ou em todo caso comprar a faquinha especial para queijo, pois isso seria ingratidão da minha parte. Meu pai se levantava cedo, especialmente para fazer meu lanche. Eu também não me oferecia para fazê-lo, pois ele gostava da tarefa. Era o único momento do dia em que podíamos estar os dois juntos com calma, ele sempre dizia. Minha mãe não era muito matinal, e Robin não tomava o café da manhã. Acordava todos os dias muito tarde, e saía imediatamente. Meu pai fazia um chá completo para mim e colocava a tábua de cortar na bancada da cozinha.

Estava acostumado a acordar cedo. Trabalhava como maquinista na Estrada de Ferro Holandesa. Muitas vezes tinha que sair de casa às 5 horas, e então eu acordava. Eu era pequena naquela época, tinha cerca de 6 anos, e o ouvia descendo a escada de leve, de meias, para não nos acordar. Então eu me esgueirava da cama e ia para a janela, de camisola e descalça, esperando para lhe acenar. Nunca levava muito tempo para ele sair de casa, mas para mim levava séculos, porque me dava sempre vontade de fazer pipi. Uma vez, fui correndo para o banheiro, fiz pipi e voltei correndo para a janela. Fiquei muito desapontada quando vi que o meu pai já havia ido embora, imaginando como ele deve ter olhado para cima com expectativa, mas não me vendo lá para lhe dar adeus. Na manhã seguinte, eu estava, como de praxe, no meu posto, coxeando, prendendo as pernas.

Depois do primeiro ataque do coração, veio um segundo, mais leve, enquanto ele ainda estava no hospital, no entanto, felizmente, ele sobreviveu. Fui visitá-lo várias vezes depois das aulas ou quando tinha um intervalo entre elas. Frequentemente eu matava aulas.

Depois de uma visita, durante um intervalo, cheguei uma vez à escola e vi meus colegas sentados juntinhos na cantina. Naquele dia, Isabel estava com um excelente humor por causa de um casaco lindo de couro branco que tinha ganhado de presente no seu aniversário e que atraía a atenção de todos.

Quando o grupo me viu chegar, ficou em silêncio. Um silêncio tenso, com risos reprimidos e olhares furtivos. Para adiar o momento em que eu seria o alvo, fiquei parada em frente da máquina de sopa e comprei um copo de sopa de tomate. Fui para o outro lado da cantina, mas o grupo lentamente foi me rodeando.

— Oi, Sabine, você está aqui de novo — disse Miriam com uma voz lamuriosa. — Por onde tem andado?

— Nas Dunas Escuras — alguém falou. — Na zona.

Todos riram.

— Meu pai teve um ataque do coração — eu disse. — Está no Hospital Gemini.

O silêncio foi geral.

— Um ataque do coração? Pudera, com toda aquela pança! — desdenhou Isabel.

Pensei imediatamente na preocupação constante de meu pai em relação a Isabel depois de ela ter ido conosco para uma colônia de férias em Limburg, nas férias de outono. Tínhamos 10 anos. Ela teve um ataque e quis ir o mais rápido possível para casa. Meu pai entrou com ela no carro, dirigiu durante três horas seguidas para levá-la em casa. Lembrava-me das inúmeras vezes em que ele fazia panquecas para nós, nos levava aos parques de diversões e nos divertia com truques de mágica que na hora nós tirávamos de letra.

Olhei para a expressão de desdém no rosto de Isabel e senti um estranho zumbido na cabeça. O zumbido cresceu até bater atrás dos meus olhos, perturbando minha visão. O meu coração batia tão rápido que doía no meu peito, e a minha mão agarrava o copinho de sopa de tomate.

Joguei o conteúdo no novo casaco de couro branco de Isabel. Ainda revejo na minha frente a sua expressão de total estupefação. Pareceu tão assustada, tão abalada, que por um momento me arrependi. Até ela me olhar nos olhos. Então percebi que tinha arrumado um grande problema, mas que não havia caminho de volta. Em lugar de engolir as maldades resignadamente, eu havia declarado guerra, e a guerra se iniciara.

As meninas da minha turma bloqueavam o meu caminho o tempo todo, e me beliscavam quando eu forçava a passagem por elas. Esvaziavam os pneus da minha bicicleta. Jogavam fora o conteúdo da minha bolsa no pátio da escola e rasgavam meus cadernos.

Esperavam-me após as aulas, me ridicularizavam, rasgavam a minha suéter nova, me seguravam e cortavam uma mecha do meu "penteado de perua". Eu fugia para dentro da escola, para o Sr. Groesbeek. Ele me levava para casa na sua van e dizia que eu devia procurá-lo se elas aprontassem de novo. Que ele ia pôr a minha bicicleta lá dentro e consertaria o pneu. Como elas tiravam tudo isso daquelas cabeças ocas, ou o que é que tinham dentro da cabeça. Mas ele nunca lhes disse nada a respeito. Talvez também tivesse medo do poder do grupo, ou achasse que nada podia fazer.

Eu não ousava mais sair pela entrada principal. Às vezes, saía com um professor pela entrada reservada a eles, mas sempre tinha que dar a volta para entrar no pátio para pegar a bicicleta.

Muitas vezes, eu ia ao pequeno escritório do Sr. Groesbeek, mas isso só em caso de emergência. Ele tinha uma maneira especial de me consolar. Sentava-se com o braço em volta do meu ombro, e a mão de vez em quando tocava, por acaso, o meu seio. Ou então me segurava e acariciava o meu pescoço com suas mãos rudes.

No escritório do Sr. Groesbeek eu me sentia, de alguma forma, colocada numa situação difícil, numa saia justa. Quando ele achava que já tinha me oferecido consolo suficiente, deixava que eu escapasse pela janela. Então eu me escondia numa moita, esperava que o grupo ficasse cansado de me esperar e corria para casa, com minha bicicleta quebrada na mão. Certa noite, em casa, Robin remendava o pneu pela segunda vez. Não fazia perguntas, mas anotara os horários das minhas aulas. A partir daquele momento, quando podia, ele ficava no pátio da escola, ao lado da minha bicicleta, ou me esperava quando saía mais cedo. Voltávamos para casa juntos, eu pendurada no seu braço. No caminho, ultrapassávamos Isabel.

Como é possível que tudo que você é, acredita e te dá segurança possa se diluir de repente? Até nada mais restar, a não ser uma pessoa que anda curvada, precisando de coragem para poder abrir a boca, alguém que se assusta com o som da própria voz?

De fato, a incerteza penetra aos poucos na gente, até condicionar o comportamento de modo que nós nos transformamos naquilo que transmitimos.

Os pais se preocupam muito com a educação dos filhos e sobre o que acham e não acham ser uma boa educação, tal como sair, beber cerveja, usar drogas e andar com os amigos errados. Têm como projeto de vida ver os filhos se tornarem pessoas equilibradas e independentes, e ficam amargamente decepcionados quando isso não acontece.

Na realidade, eles não têm a metade da influência que pensam ter. A nossa personalidade se desenvolve na escola, através dos colegas com quem andamos ou, justamente, não andamos. E da nossa posição na sala de aula, do grupo de amigos que nos mantém de pé ou nos puxa o tapete.

Não é nenhuma brincadeira inocente ter chicletes no cabelo todos os dias ou ter chumaços de cabelo cortado, a pretexto de ter piolho. Não é normal ser pisado ou beliscado na menor oportunidade, ter que ficar o dia inteiro alerta, de orelhas em pé, e organizar rotas de fuga.

Uns aprendem logo, outros precisam de tempo. Eu precisei de muito tempo para me dar conta de que não necessitava aceitar tudo que me fora infligido.

16

À NOITE, NÃO consegui dormir. Com a mente vagando, vejo imagens de Isabel e me lembro dos comentários de minha mãe. Ela sempre disse que eu era leal demais às minhas amizades e que deveria me posicionar mais.

Eu acho que lealdade é uma condição para se manter amizades, me espanta que muita gente seja muito mais flexível a respeito. Quando fui para o ano final do ensino médio, entrei numa turma cheia de desconhecidos e resolvi seguir o conselho de minha mãe.

A partir daquele momento, todas as amizades que faço têm sido superficiais. Jeanine foi a primeira que rompeu a armadura na qual eu me protegia. Tínhamos acabado de iniciar nosso trabalho no banco, e mal nos conhecíamos quando ela recebeu um telefonema do hospital. O seu pai havia tido um ataque do coração. Vi o rosto dela ficar branco, fiz com que ela se sentasse e lhe dei um copo de água. Expliquei a Walter o que estava acontecendo, arrumei alguém para nos substituir por algum tempo no escritório e levei Jeanine ao Hospital da Universidade Livre, onde o pai estava internado. Assim, ela pôde ir direto ao monitoramento cardíaco, e, quando eu me virei para ir embora, ela pegou no meu braço e disse:

— Sabine... obrigada.

Foi só isso, mas o tremor na sua voz me comoveu muito. Foi bom oferecer ajuda, em vez de receber. À noite liguei para ela, e continuei ligando até ela voltar a trabalhar. Era estranho perceber que alguém precisava de mim, valorizava meu apoio e ela, por sua vez, também estava interessada em saber pelo que eu tinha passado quando meu pai foi parar no hospital.

O pai de Jeanine sobreviveu ao enfarte, embora algumas funções musculares estivessem descartadas e ele nunca mais voltou a ser como antes, mas daquele momento em diante Jeanine e eu éramos mais do que apenas colegas. Naquele período, ela estava totalmente absorvida pelos cuidados com o pai — a mãe havia morrido e ela não tinha irmãos, portanto, tudo ficava ao seu encargo —, as lembranças da minha infância me envolviam e me empurravam para um profundo buraco negro. Porém, só alguns meses depois é que uma terrível depressão me imobilizou na cama. Eu só saía de casa para as sessões com a psicóloga. O futuro parecia tão sem perspectiva e desolador que agora até me surpreende estar bem melhor, um ano depois. Estaria ainda melhor se o passado me deixasse finalmente em paz. Minha psicóloga não conseguia arrancar tudo de mim, mas desde que eu encontrara Olaf não podia mais parar. A porta está aberta e tenho que entrar para acertar as contas com cada lembrança, em particular. A minha psicóloga tinha razão: podemos correr o quanto quisermos, mas um dia o passado nos alcança.

Depois de rolar pela cama durante duas horas, eu desisto e ponho as pernas para fora. As janelas avultam-se grandes, negras, e refletem o meu rosto pálido, os cabelos emaranhados e a camiseta amassada. Abro a geladeira para pegar um copo de leite, mas meus olhos caem na garrafa semiaberta de vinho e, em seguida, eu encho um cálice. O primeiro gole é sempre o melhor. Sinto o líquido frio descer pela garganta adentro. Mais um gole.

Encosto-me no móvel da pia e olho a noite escura. Sinto uma corrente de ar, os meus pés estão frios, as minhas pernas também, e os meus braços estão arrepiados. O vinho também está frio, mas aquece meu coração, afasta as imagens que aparecem na janela negra. Sirvo-me de mais uma taça e bebo rapidamente. O álcool começa a fazer efeito, e depois da terceira taça, vou cambaleado para a cama e finalmente caio no sono.

No dia seguinte, estou com dor de cabeça, dor de barriga, tenho muitos enjoos e tontura. Primeiro, acho que só se trata de ressaca, mas no dia seguinte ainda continuo a me sentir péssima. Ligo para o trabalho e informo que estou doente.

— Gastroenterite, uma virose — falo para Renée, que atende o telefone. — Estou com uma forte dor de barriga.

— Ah — ela diz. — Assim, tão de repente? — Então fique boa logo.

Volto para a cama e levanto os joelhos para aliviar a dor no estômago.

Em lugar disso, uma onda de dor me leva ao banheiro. Boto tudo para fora: as torradas de ontem, o vinho, e mais vinho. Afasto os cabelos do rosto com uma das mãos, vomito na privada, me sento rapidamente na mesma, mas, é claro, não a tempo. Um cheiro intolerável se espalha ao meu redor. Quando tudo termina, me refaço, gemendo e suando; pego um balde do armário do corredor, encho-o de água quente, jogo um detergente com um odor agradável, de primavera, e passo um pano no chão. Mal termino e a dor recomeça.

A campainha toca.

Calma, calma, nem sei quem está na porta, mas estou ocupada.

A campainha toca de novo, com mais força.

Uma nova onda de dor toma conta de mim, eu agarro a borda da privada com força, vomito e, aos tropeços, vou para a porta. Aperto o botão do interfone e, com a garganta doendo, emito um som:

— Sim?

— Serviço de inspeção médica. Posso subir?

Serviço de inspeção médica. Nossa, como são rápidos! Aperto o botão, ouço a porta lá embaixo abrir e passos ruidosos na escada. Um homem moreno, grande, sobe, trazendo uma pasta na mão, e pergunta:

— Sabine Kroese?

Viro-me e corro para dentro. O homem espera no corredor, mas ao mesmo tempo que estou gemendo no vaso, ouço-o entrar na sala de estar.

É muito desagradável estar com diarreia, com todos esses sintomas e odores, enquanto, alguns metros adiante, uma pessoa totalmente estranha espera você terminar. Lavo as mãos e mal ouso entrar na sala.

— Puxa — diz o homem, com empatia.

— Gastroenterite — falo.

— É o que parece. O seu patrão deu ordens para fazermos uma verificação urgente. Ao que parece, não estavam acreditando muito na sua doença, mas não vejo razão para isso. Quando a senhora acha que poderá recomeçar o trabalho? — O inspetor consulta seus papéis e me lança um olhar inquisitivo.

— Sei lá, acabo de comunicar a doença a eles — digo.

Ele escreve qualquer coisa e me olha paternalmente.

— Fique uns dias em casa.

Era o que eu planejava. O inspetor vai embora, e eu caio no sofá como se fosse uma idosa.

Enviar o serviço médico aqui! Só esta moção de desconfiança é suficiente para me trazer um outro ataque de cólica.

Dias seguidos eu me arrasto do sofá para o banheiro, não como nada e me forço a tomar litros de caldinho de carne. Beber muito líquido é importante quando se tem uma virose assim. Mas, e se o líquido sai com a mesma rapidez com que entra?

Só na quarta-feira de manhã, consigo, aos poucos, reter alguma coisa no estômago. Quando o telefone toca, atendo, com as pernas tremendo, tão fraca me sinto.

— Aqui é Sabine Kroese — digo.

— Sabine, aqui é Renée. Queria saber como você está — pergunta, e não gosto do seu tom desconfiado.

— Não estou bem — respondo sem rodeios.

— Ainda não passou?

— Não completamente.

Faz-se um instante de silêncio.

— Que estranho — diz finalmente Renée. — Telefonei para o meu médico e ele disse que isso passa em dois dias.

— Você telefonou para o seu médico? — repito, com estupefação.

— É, achei que estava durando muito tempo, então...

— Este é só o terceiro dia que estou em casa — interrompo-a.

— Falando francamente, esperava que você viesse hoje para o escritório. Mas, tudo bem, vamos combinar para você vir depois do feriado de Ascensão.

Não acredito no que estou ouvindo.

— Eu mesma decido quando vou aparecer no escritório, Renée. Se você não crê que eu esteja doente, por que não aparece por aqui? Na minha casa paira um odor muito especial, nem vale a pena limpar o banheirinho que ainda tem salpicos e restos de vômito. Vou deixar como está para que você veja, está bem? E minha roupa de cama ainda está fedida, jogada num canto, portanto....

Tuu, tuu, tuu. René desligou. Ponho o telefone no lugar e balanço a cabeça. O tremor nas minhas mãos só passa meia hora depois.

Olaf liga de tarde, carinhoso e preocupado. Quer vir aqui, mas o convenço a desistir da ideia. A minha casa está uma bagunça, e nem pensar que ele lance um só olhar para mim, neste estado.

Finalmente, sinto-me um pouco melhor. Os sanduíches que arrisco a comer com cautela permanecem no estômago, o prato de sopa consistente, de lata, também; aí, me vem uma fome muito grande e faço uma incursão à geladeira. Como tudo o que está dentro do prazo de validade, ainda que não seja muito. O queijo parece usar um suéter felpudo de angorá, e o leite sai em blocos do pacote. Pego um saco de lixo do armário e jogo tudo fora. Ponho água com detergente na pia e limpo a geladeira. E, já que estou ocupada com o assunto, resolvo limpar o restante da casa. Ataco o banheiro com todos os produtos de limpeza disponíveis, abro todas as janelas, mudo a roupa de cama, ligo a máquina de lavar, jogo cloro no vaso sanitário, enfim: vou em frente feito um furacão. Não consigo parar, vai tudo de uma só vez. Jogo fora todas as caixas de sapatos empilhadas embaixo do armário e tiro a poeira acumulada nos cantos. Coloco tudo de novo no lugar, limpo as marcas de dedos na porta do armário. Com o bocal do aspirador, aspiro a poeira dos rodapés e me deito de barriga para poder limpar debaixo da cama. Uma simples solução para a falta de armários em casa é empurrar caixas e sacolas plásticas para baixo da cama. Não tenho a menor ideia do que está lá, só que tudo está coberto por uma camada de pó, algo que durante anos não me perturbou, mas que agora me parece inaceitável. Puxo tudo para fora, limpo as caixas e as sacolas e abro-as logo. Sapatos velhos de montanhismo, livros de estudo, uma roupa novinha de caratê do dia em que de repente resolvi partir para a autodefesa, uma barraca, um colchão de ar furado, uma bolsa cheia de barras de ferro. Meu Deus, o que fazer com isso tudo?

Então vejo a caixa com os diários. Pensei que estavam no sótão. O súbito confronto com as capas que eu mesma fiz me deixa imobilizada por um instante. Os meus diários. Naturalmente, não esqueci da existência deles, mas nunca pensei em abri-los. Conheço mais ou menos o conteúdo, pelo menos, acredito que conheça. Curiosa, pego o diário que está em cima. Foi encapado com um tecido floreado, com rosas. Vejo-me ainda sentada na minha escrivaninha enquanto fazia a capa. Que idade tinha? Uns 14, 15.

Abro o livro e vejo onde começa. Evidentemente, no dia primeiro de janeiro, metódica que sou. Se fosse possível, eu dava sempre um jeito de começar um novo diário nestas datas especiais. Eu tinha acabado de completar 14 anos, leio folheando as páginas. O diário descreve um longo período, pois eu não faço registros muito longos. Na realidade, é mais um livro de anotações, tão curtos e sóbrios são os relatos.

Com o diário na mão, vou até a sala e me estiro no sofá. O meu horário de aulas está colado logo na frente, e o horário do ano posterior vem atrás. Todos os anos estão totalmente apagados da minha memória, mas agora que vejo marcadas todas as matérias e as salas de aula, até que me dá vontade de começar a fazer meus deveres de casa. À medida que folheio, vou voltando diretamente ao passado. Em cada dia há o desenho de uma nuvenzinha, um solzinho, ambos, ou pingos de chuva. Eu costumava fazer assim antigamente, não sei o porquê.

Os meus olhos passam pela letra familiar, redonda, pelos pensamentos íntimos escritos com caneta azul. Leio, cuidadosamente, aqui e ali, um trecho, com medo do que possa vir.

Nada de especial. Leio algo sobre a tempestade que me fez chegar tarde à escola, sobre o vento mudando de direção, de modo que na volta para casa eu o teria soprando contra mim, sobre os livros que tinha pegado emprestado da biblioteca após as aulas. Nenhuma palavra sobre Isabel.

Folheio a página da segunda-feira, 8 de maio, o dia em que Isabel desapareceu.

Dia horrível. Pena que terminou o fim de semana. Acabo de chegar em casa e vou tomar banho. No caminho de volta pedalei com tanta força que estou suando. Seria bom se morássemos mais perto da escola.

Isso é tudo. Nenhuma palavra sobre Isabel. Mas por que haveria de ter? Eu ainda não sabia que o dia teria um grande significado. Mas nos dias posteriores, também não escrevo nenhuma palavra a respeito. Só tem nuvenzinhas e sóis, mais nada.

O meu olhar cai sobre o solzinho que desenhei no dia 8 de maio. Fazia tempo bom. Quente para a época do ano. Lembro-me de que Olaf tinha dito que fazia muito calor no ginásio de esportes durante as provas de matemática.

De repente, me sinto inquieta e uma pergunta começa a zumbir na minha cabeça. Naquele dia não ventou. O dia estava lindo. Então por que eu estaria pedalando com tanta força?

17

A PERGUNTA FICA na minha cabeça o resto da tarde e toda a noite. Tento negar o diário florido em cima da mesa, jogo-o uma vez de volta na caixa, mas ela me persegue. O repentino mergulho no passado acelerou o que já estava em movimento, e agora já não é mais possível frear. Tudo parecia ter ocorrido há muito menos de nove anos. Já se passaram mesmo nove anos desde que Isabel desapareceu?

Faz tanto tempo assim que não vejo Bart? De repente, sinto a sua falta; sei que é loucura, mas sinto falta dele. Sempre fui um pouco nostálgica, daí a pilha de diários, e quando entro nessa onda, não tem fim. Quanto mais leio o diário, pior fica. Decidida, fecho o livro, ponho-o de volta na caixa e empurro-a para baixo da cama. Pronto. De volta ao presente.

Vou cedo para a cama, mas a noite não me traz descanso. Isabel domina meu espírito, aparece constantemente nos meus sonhos. Eu vivencio o tal dia novamente, mas agora tudo decorre de forma absurda. Eu vago por um labirinto de árvores altas, e a folhagem verde serve de escudo para o céu azul. O céu devia mesmo estar azul pois está calor, mesmo aqui na sombra das árvores. Ouço os pássaros gorjeando e, de longe, o ruído do mar. Estou completamente sozinha, dando voltas sem saber exatamente o que procuro.

De súbito, estou cara a cara com Isabel. Ela está parada numa clareira, sorrindo para mim. Não sei por que sorri, estou apavorada. Então me dou conta de que não é para mim que está sorrindo. Ela nem me vê, de algum modo, fiquei invisível. Olho para o lado e vejo o vulto de um homem entre as árvores. Isabel diz qualquer coisa para ele e ele responde de volta, com a voz agradável, baixa, que conheço tão bem. Repentinamente, algo muda. Uma ameaça qualquer está no ar e os pássaros param de cantar. O vulto sai do meio das árvores e caminha na direção de Isabel. Sei o que planeja fazer, com a certeza de quem vê um filme pela segunda vez. O homem vai até Isabel, atira-a no chão e agarra a sua garganta. Está sentado em cima dela e empurra-a para o chão com o seu peso. Então começa a apertar, a apertar, com cada vez mais força.

Não posso ver o rosto de Isabel, mas ouço os ruídos surdos que faz, vejo-a indefesa perante as mãos fortes que agarram sua garganta. Sei que preciso agir. Gritar por socorro, atirar-me nas costas do homem, fazer qualquer coisa.

Não faço nada. Fico lá parada, olhando, e me movendo devagar para me proteger entre as árvores. Não, não estou com medo. Conheço o homem, e não posso imaginar que ele vá me atacar, mas acho melhor ele não saber que sou testemunha do que está acontecendo aqui.

Muito depois de ele ter saído do bosque, ainda estou lá, olhando para o corpo imóvel na clareira vazia. Olhando para o rosto sem vida, contorcido na areia, para aquele revestimento do que há alguns minutos ainda era Isabel. Volto-me e corro para dentro do bosque, com passos pesados, demorados, como se tivesse cola na sola dos sapatos. Cada vez que me volto, vejo a clareira com o corpo de Isabel. Por mais que corra, não saio do lugar.

Então acordo. Abro os olhos e no escuro reina um silêncio sussurrante. Foi um sonho, só um sonho. A minha camiseta está molhada de suor, e o meu cabelo, grudado na testa. Afasto a coberta, sinto o frio da noite tomar conta de mim e, aos poucos, volto ao presente. A escuridão muda para um tom cinzento, e as formas familiares da cama, do armário, da cadeira com roupas e das molduras de fotos na parede vão surgindo.

Foi só um sonho. Asfixiante e apavorante, porém nada mais que um sonho.

Estico a mão para a lâmpada e acendo-a. Com a luz acesa, estou no meu mundinho familiar. Pego um copo de água. É verdade, já estava pensando numa taça de vinho. Mas primeiro tomo água para refrescar a garganta seca, e só depois uma taça de vinho para me acalmar.

De costas para a bancada da pia, beberico o vinho Frascati refrescante e penso no vulto do meu sonho. Eu sabia quem era o assassino de Isabel, mas depois de acordar, me esquecia. O que quer dizer isso? Que eu fui testemunha do assassinato, e que meu inconsciente está tentando me mostrar isto? Já que não me lembro de mais nada daquele dia, por que não poderia estar nas vizinhanças quando ela foi atacada?

Por outro lado, se a gente for levar a sério todos os sonhos confusos, não ousaríamos mais dormir. Se o assassino tivesse mesmo abandonado Isabel, já teriam encontrado o seu corpo. Está vendo, nada do sonho faz sentido.

Bebo o último gole da taça, apago a luz e volto para a cama. Entro debaixo da coberta e tento afastar o sonho dos meus pensamentos, mas o sentimento de que o meu inconsciente tenta me dizer alguma coisa persiste.

No dia seguinte acordo cedo. Cedo demais, mas assim que abro os olhos, sei que o sono não voltará. Portanto, resignada, saio da cama e tomo um banho quente, ponho uma saia jeans, uma jaqueta branca e as minhas botas brancas que vão até ao calcanhar e, na pia mesmo, como dois pãezinhos com morangos. Faço café, ponho-o na garrafa térmica e levo-a comigo junto com o casaco e a bolsa. Saio de casa.

É o dia de Ascensão, feriado público. Que sorte, preciso sair daqui. Tenho que voltar a Den Helder. Não sei bem o que procuro, mas sinto como se fosse sugada para o passado. Se eu quiser me livrar da inquietude e dos sonhos confusos, tenho que ir atrás da verdade. Abro a porta do meu carro, jogo a bolsa no assento ao lado, ponho a garrafa térmica no painel e logo que me instalo, dou a marcha. No caminho para Den Helder, deixo meus pensamentos voarem livremente. Algo me diz que existe um motivo para eu não lembrar mais do dia 8 de maio, há nove anos. Não só estive no local do crime, mas também é possível que saiba quem é o assassino. Mas por que bani isso da minha memória? Fui ameaçada e o medo da morte bloqueou minha memória, ou será o assassino alguém que eu conhecia? Foi a impressão que tive no sonho desta noite.

Não tenho ar-condicionado no carro e sinto o suor debaixo nas axilas antes mesmo de chegar a Alkmaar. Quando chego a Den Helder, são 9h30 e já está muito quente. Abaixo as janelas e dirijo devagar até o centro. E agora? Para aonde ir?

Num súbito desejo de ver a minha escola, piso no acelerador e vou em frente. Uma rua longa familiar me leva até ao prédio da escola. Ainda não está à vista, mas já vejo o parque onde passeávamos durante o recreio e onde nos deitávamos na grama no verão. Quero dizer, isto quando eu estava no último ano e recomecei a fazer amigos.

Viro à esquerda e desço do carro. Vejo um enorme prédio de tijolos. Aqui se passou uma grande parte da minha vida. No dia em que recebi o diploma, jurei que nunca mais voltaria. Mas aqui estou de volta, e o meu coração bate com tanta força quanto antes.

Atravesso a rua e entro na praça.

A menina está aqui. Sinto sua presença antes de vê-la. Procuro-a e me volto. Lá está ela, sentada no bagageiro da bicicleta, com a mochila pesada nos pés. Parece concentrada na agenda, mas é só aparência. Ela tem plena consciência do grupo logo adiante, e do vazio à sua volta. Se fumasse, teria pegado um cigarro para disfarçar seu mal-estar, mas só tem a agenda. Também não faria muita diferença. É o certo ar indefinível, inatingível, que a colocou imediatamente à margem do grupo.

Tenho muita vontade de ir até ela para confortá-la. Em vez disso, fico andando pela praça e, como se fosse por acaso, paro perto dela.

Ela levanta os olhos, mas nada diz. O seu olhar fica um pouco perdido sobre o pátio da escola.

Devo falar com ela? Eu a fito com hesitação. Os seus olhos se encontram com os meus, se afastam e voltam a me olhar. O seu rosto exprime cautela.

— Olá — digo.

— Olá — responde ela desconfiada.

— Você não me conhece — digo. — Mas eu sei quem você é. Queria fazer uma pergunta.

Ela me olha, cheia de suspeita.

— O que é?

— Algo sobre Isabel Hartman.

Silêncio.

— Você a conhece, não é?

Ela desvia o olhar.

— O que aconteceu no dia em que Isabel desapareceu? — continuo a perguntar.

Ela me olha bruscamente:

— Não quero falar sobre ela de jeito nenhum.

— Por que não?

— Ela está morta! Que sentido faz falar nisso?

— Como você sabe que ela está morta?

— Deve estar. Faz tanto tempo que sumiu — responde, dando de ombros.

— O que você acha que aconteceu com ela?

— Sei lá. Talvez o namorado saiba.

— Que namorado?

— O rapaz com quem ela tinha um encontro na saída da praia.

— Ela tinha um encontro? No dia em que desapareceu? Com quem?

Ela me olha com seus olhos azuis muito claros e declara:

— Você sabe muito bem com quem.

Como é possível que eu tenha esquecido? Naquele dia, Isabel tinha um encontro marcado na lanchonete que ficava nas Dunas

Escuras. Eu a ouvi falar sobre isso na escola com o seu grupo. Que ela já estava cansada dele, e que ia terminar o namoro. E de como ele ia ficar chateado. Ela ria enquanto falava, e eu enrijecia. Acho que ouvi ela dizer com quem tinha o encontro, mas esperava ter me enganado. Sabia que Isabel podia escolher quem quisesse, mas havia dois que eu esperava de todo o coração que ficassem imunes ao seu poder de atração. Por isso, a segui naquele dia. Nem tanto, porque queria pedalar pelas dunas; não, eu queria ver quem era seu namorado. Ou melhor: quem ele costumava ser. Cheguei à lanchonete por uma estrada lateral, mas lá não havia ninguém. Olhei para a chácara de crianças na entrada do bosque e vi alguém com um conhecido casaco de couro branco virar na esquina. Sem hesitar, pulei na bicicleta e pedalei pelo parque, no ponto onde os dois desapareceram.

Assusto-me, pois sinto uma enorme pontada na minha cabeça. A imagem desapareceu completamente. A menina também desapareceu, dissolveu-se, quando eu não estava prestando atenção.

Com uma latejante dor de cabeça, volto para o meu carro, mas mudo de ideia. Um sorveteiro entra com seu carrinho ao lado do pátio da escola e eu o detenho com um gesto.

— Sorvete, moça? — pergunta o homem gentilmente.

— Sim, de baunilha, por favor — digo.

— Com creme de leite?

— Não — respondo. — É melhor não.

Pago o homem, pego meu sorvete de casquinha e caminho para o carro. Deixo a porta aberta por causa do calor, tomo meu sorvete, ligo o rádio, dou a marcha e volto para casa.

18

Na manhã seguinte, vou me arrastando para o escritório. Chego muito tarde e não há ninguém lá. Melhor, assim ninguém fica sabendo a que horas eu entrei. Ligo o computador e pego o envelope ostensivamente colocado em cima do teclado. Com letras enviesadas está escrito *Sabine*. Abro-o e tiro uma carta. Não está assinada, mas reconheço a letra de Renée.

> *Sabine, daqui em diante você deverá cuidar da sua correspondência particular em casa, e não aqui no trabalho. Parece que você não tem o que fazer.*

Fico olhando para a carta durante algum tempo e rasgo-a em pedacinhos, com movimentos firmes. Coloco-os num envelope, escrevo o nome de Renée nele e jogo-o no seu escaninho de correspondência.

Bem, a primeira carta já está respondida.

Nesse meio-tempo, a minha caixa postal está abarrotada. A maioria envolve assuntos de trabalho, mas também há três e-mails de Olaf: duas piadas e um convite para jantar celebrando meu aniversário. Envio-lhe um e-mail de volta:

Como é que você sabe que está chegando?

Estava na sua própria agenda — responde.

O que vamos fazer?

É surpresa.

Que emoção! — escrevo de volta.

Começo então a abrir as enormes pilhas de cartas da minha mesa.

Zinzy entra, concentrada numa pasta de arquivos.

— Onde está Renée? — pergunto

— Saiu com Walter. — Ela põe a pasta de arquivos na sua mesa e vai se sentar na ponta. — Sabine — diz ela.

Levanto os olhos. Zinzy me olha com uma expressão desagradável no rosto.

— Queria fazer uma advertência — diz ela.

— A respeito de...

— Pois é, o pessoal tem fofocado sobre você. Todos acham que você se esforça pouco. E que só trabalha meio expediente e, mesmo assim, que comete muitos erros, e isto está gerando muita irritação.

Não tenho a menor ideia do que dizer. Meu peito fica apertado.

— Eles acham que você é fingida — diz Zinzy suavemente — e aproveitadora.

— Trabalho meio expediente por ordens do médico da empresa. E durante um ano estive com um esgotamento. As manhãs que trabalho são muito desgastantes — revelo abalada. Após cada palavra tenho que respirar fundo.

— Eu sei — diz Zinzy com muita empatia. — Mas para muitos, a gente só está mesmo doente quando se encontra no aparelho de respiração artificial. Se não, continua a trabalhar. É assim que Renée pensa e todos a apoiam. O que é? Quer um pouco de água?

— Por favor.

Zinzy vai buscar água e eu tomo uns goles.

— Tudo bem? — pergunta, preocupada. — De repente você ficou tão pálida.

— Tudo bem agora. — Sorrio para ela, meio sem graça, e deslizo para minha mesa. — Obrigada, Zinzy.

Ela faz um gesto com a cabeça e vai sentar-se à sua mesa de trabalho.

No final da manhã Walter e Renée voltam, rindo e conversando.

Zinzy está no arquivo. Assim que Renée me vê no escritório, o sorriso desaparece do seu rosto e, em silêncio, ela se senta em frente ao computador. Com o canto dos olhos vejo-a tirar do escaninho o envelope com a cartinha rasgada e abri-lo. No entanto, ela não diz nada.

Eu também não digo nada e continuo trabalhando com calma. Um silêncio pesado reina entre nós.

É verdade, cometo muitos erros no meu trabalho. Envio fax para o endereço errado, guardo documentos nas pastas erradas e minhas notas estão cheias de erros de digitação. Então, eu afugento tudo que ocupa meus pensamentos, me concentro no trabalho e faço o melhor que posso. Durante algum tempo, tudo corre bem. Checo os fax que envio mais de uma vez e arrumo as pilhas de papel ordenadamente, segundo a prioridade, na mesa de trabalho.

E aí Roy entra correndo no escritório para perguntar em voz alta por que o documento tal que chegou pelo contínuo ficou a manhã toda na recepção.

— Eu tinha pedido para você ir buscar, Sabine — diz Renée com reprovação. Lança um olhar conciliador para Roy que, vermelho de frustração, continua me encarando. — Eu vou pegar já, Roy. Desculpe, eu devia ter checado para ver se isso já tinha sido feito.

— Não é culpa sua — grunhe Roy. — Afinal, ela tem que fazer alguma coisa, não é?

Renée diz algo para sossegá-lo e sai do escritório. Roy sai com ela. No corredor, ouço suas vozes abafadas. Minhas mãos tremem.

Zinzy e Margot continuam a trabalhar, cada uma no seu lugar, sem revelar nenhuma expressão no rosto.

— Não me lembro de ela ter pedido isso — digo.

— Eu ouvi — diz Margot sem tirar os olhos do computador.

— Quando você estava no aparelho de fax.

— Que ela pediu para mim? Especialmente para mim? Ela me olhou e disse o meu nome?

Margot puxa a sua cadeira para perto de mim.

— Nossa, Sabine, será que é preciso tudo isso? Ela tem que ficar pertinho de você, olhar nos seus olhos e dizer seu nome com ênfase, para que você se dê conta?

— Ao que parece, sim — respondo.

— Então não entendo o que você está fazendo aqui — responde Margot mordaz.

— Você está muito ausente, Sabine. Todo mundo está reparando — comenta Zinzy, me olhando constrangida.

Mordo os lábios para controlar minhas emoções.

— Deve haver uma razão para isso.

— Ainda? — diz Margot com desdém. — Depois de ter ficado um ano em casa? Certas pessoas têm simplesmente horror ao trabalho!

O comentário fica suspenso no ar, entre as impressoras, computadores e os armários abarrotados. Tessa e Luuk entram e retêm o passo. Olham em volta com hesitação e logo desaparecem. Ouço-os conversarem baixinho no corredor.

Vou até o banheiro, abro a torneira e ponho os pulsos na água fria. O tremor não para e fico cada vez mais tonta. Minha cabeça começa a martelar, manchas aparecem nos olhos e os meus pulmões pedem mais ar. Respiro cada vez mais depressa, e me falta cada vez mais oxigênio. Pego um saco plástico vazio da cesta de lixo, cambaleio até ao vaso sanitário, caio sentada na tampa e fico soprando o saco. Para dentro e para fora.

Somente meia hora depois é que volto para o meu lugar.

— Sabine, pode vir aqui um instante? Tenho que falar com você — diz Renée quando estou trabalhando no computador. De repente, ela está na minha frente e me olha com a expressão decidida e afável com a qual se fala com uma criança relutante.

— Vamos até a sala de reunião? — sugere.

— Tudo bem — digo com indiferença, fechando o documento que acabo de escrever. Exasperada, afasto minha cadeira devagar, remexo nos papéis em cima da minha mesa e só então olho para Renée, como se a tivesse esquecido. Ela está um pouco afastada da minha mesa, esperando que eu a siga imediatamente, e se volta com irritação.

— Sobre o que você quer falar comigo? Não tenho muito tempo — digo, como se a conversa não significasse mais do que uma interrupção inconveniente das minhas tarefas.

— Você já vai saber — responde Renée abruptamente.

Vamos para a mesma sala onde eu a entrevistei. Renée segura a porta da sala de reunião com um ar de quem me encaminha para uma prisão e fecha a porta com força. Ela comete o erro de pegar uma cadeira no fundo. Eu me sento na ponta da mesa e assim posso olhar para ela de cima. Isso não lhe agrada, mas eu não dou atenção ao seu gesto indicando uma cadeira. Afinal, posso me sentar onde quiser.

Renée cruza as mãos e olha calmamente para cima.

— Vou direto ao assunto. Eu queria falar com você sobre o seu desempenho no trabalho — diz ela. — Sei que você ficou doente durante muito tempo e que é preciso acostumar-se à rotina do escritório. Por isso, eu lhe dei um prazo para se habituar. É compreensível que comece com calma, mas me perturba ver você continuar a trabalhar assim. Você fica mais perto da máquina de café do que do local de trabalho, e percebo que às quinze para o meio-dia, muitas vezes você já está de bolsa arrumada para sair. E agora, novamente, esta doença.

O meu coração começa a bater com pancadas fortes. O sangue sobe às orelhas e minha boca fica seca. Agora tenho que formular uma resposta. Dar uma réplica adequada a Renée. Destruir as acusações com bons argumentos.

— É... — começo a argumentar.

— E não sou a única que pensa assim, os outros também — Renée me interrompe. — Com os outros, quero dizer Margot e Zinzy. Combinamos de juntas observar o seu desempenho, para deliberar duas semanas depois.

Não posso acreditar no que ouço. A raiva cega que me incendeia faz minha voz ficar mais aguda do que pretendia:

— Você não confia no seu próprio julgamento? — pergunto com sarcasmo.

— Não tem nada a ver. Somos colegas, trabalhamos aqui em equipe — diz Renée.

— Colegas! É isso mesmo! — corto-a, e olho para a sala de reunião grande, vazia, como se me perguntasse que comédia estávamos representando aqui.

Renée suspira:

— Eu receava que você fosse ter problemas com a minha promoção. Foi exatamente por isso que pedi a Margot e Zinzy para te monitorarem também.

— O que não faz parte da função delas — digo bruscamente.

— Eu lhes pedi, e então passou a ser a função delas.

Dói, dói muito.

— Acredite, não é o que eu queria — retruca Renée.

Pergunto-me como ela reagiria se eu batesse no seu rosto. Ela deve estar gostando muito dessa manifestação de poder perante uma pessoa que a orientou no trabalho, que a encaminhou e lhe ensinou um pouco de francês para que ela não ficasse parecendo uma idiota quando um cliente francês telefonava. Que a defendeu perante Walter, nosso chefe.

Arrependimento, é o que sinto. Puro arrependimento.

— Se você tem problemas com isso, então pode falar, Sabine — diz Renée com paciência. — Sei que você começou a trabalhar aqui antes de mim, mas isso não quer dizer que você obteria essa função se não tivesse ficado doente.

— Eu nem estava a par de que a tal função existia.

— Precisavam de alguém e Walter me achou a pessoa mais capaz — falou Renée. — Você vai ter que aceitar isso. Pronto, já disse o que pretendia dizer. Se tiver uma outra atitude em relação ao trabalho, não haverá mais problema. Daqui a duas semanas quero falar de novo com você. Tem algum desabafo para fazer?

Tenho tanto para desabafar que receio não aguentar mais.

19

SEGUNDA-FEIRA, DIA 24, faço 24 anos, e para ir entrando no espírito faço uma torta de maçã. Gosto de fazer tortas. Antigamente fazia isso regularmente, mas agora já faz tempo desde a última vez que tive todo aquele trabalho de descascar maçãs, peneirar farinha e quebrar ovos.

Ponho um CD da Norah Jones e canto baixinho, enquanto remexo na minha pequena cozinha. O cômodo fica do lado que bate o sol e, quando acendo o forno, tenho que deixar a porta aberta para manter uma temperatura razoável. Vou para a varanda com uma tigela cheia de maçãs para descascar sentada na cadeira de palha de praia.

A minha varanda é agradável. Não tendo um jardim, o que me faz falta, pus toda a minha criatividade em 2 metros de concreto. Nas grades, pendurei gerânios e violetas, e não há muito espaço para se sentar no meio de vasos de terracota cheios de ervas e lavanda. O sol está queimando, e traz odores dos países mediterrâneos. Sem pressa, descasco as maçãs e entro na cozinha.

É claro que eu poderia ter comprado umas duas tortas, mas nada supera uma receita e ingredientes próprios. Seguindo a receita da minha mãe, jogo um pouco de conhaque nas maçãs e nas passas.

Os odores têm a capacidade de nos recordar de certos períodos da nossa vida. Só o cheiro de um tênis de corrida me remete de volta ao ginásio de esportes onde espero, em vão, alguém me escolher para fazer parte da sua equipe.

Mas o cheiro da torta de maçã que eu mesma faço me relembra o meu aniversário de 14 anos. O orgulho da minha mãe não permitia que ela comprasse tortas na confeitaria, ela mesma as fazia. Durante toda a semana recebíamos visitas de pessoas que não tinham podido vir, e portanto todos os dias tínhamos gente em casa. E ela fazendo tortas. Num certo momento eu não conseguia ver mais tortas de maçãs, nem mesmo suportar o cheiro.

Estava mesmo planejando deixar passar meu aniversário despercebido na escola, mas aconteceu algo que mudou tudo.

De repente, no começo da semana Isabel passou mal. Começou a fazer movimentos estranhos com o rosto, a babar e emitir ruídos com os lábios e ficar com a respiração fraquejando. Vi-a cair no meio do pátio da escola. As outras meninas, assustadas, se afastaram, outras a rodearam, observando, impotentes, o seu corpo em convulsão. Ao todo, o ataque não durou nem um minuto, mas eu já havia colocado meu casaco embaixo da sua cabeça e afastado uma bicicleta que estava a seu lado para evitar que ela se machucasse.

Fiquei sentada o tempo todo ao seu lado, falando baixinho com ela. Não foi um ataque forte e nos seus olhos vi que ela percebia cada palavra de conforto proferida.

Aos poucos, o tremor dos seus braços e pernas diminuiu, e o seu corpo se tranquilizou. Ajudei-a a levantar-se quando ela se moveu e apontei, discretamente, um gesto que já fazia havia anos, para o resto de saliva nos cantos da boca, que ela limpou. A rigor, ela sempre se levantava como se nada tivesse acontecido, dizia uma piada a respeito e voltava a dominar a conversa. Mas desta vez ela teve que descansar algum tempo no escritório do Sr. Groesbeek.

Acompanhei-a até a sala e limpei rapidamente as cinzas de cigarro e o chiclete quase seco da sua jaqueta jeans.

— Quer que eu te leve para casa? — perguntou o Sr. Groesbeek, preocupado.

Isabel não quis que a levassem para casa. Fiquei lá até ela se sentir melhor e tive permissão para faltar à aula de inglês.

— Você é uma boa amiga — disse o Sr. Groesbeek com efusão.

Isabel e eu não nos olhamos nem nos falamos quando o Sr. Groesbeek nos deixou sozinhas para cuidar de outro assunto. Ficamos lá o tempo correspondente a uma hora de aula; eu prestava atenção nela, e ia buscar um pouco de água para ela tomar os remédios. Só falávamos o necessário tal como *por favor, um copinho de água, obrigada, está melhor? Sim, estou bem.*

Depois fomos para a aula de matemática e durante o restante do dia me deixaram em paz. Ganhei até um certo respeito por uma parte dos colegas. Não ouvi mais nenhuma chacota nas minhas costas, os meus livros ficaram na minha mochila, o dinheiro continuou na minha carteira quando eu fui comprar um doce durante o recreio. Durante uma semana me deixaram em paz. Mal podia acreditar. Aos poucos eu me aproximava do grupo. Era tolerada.

Testei a minha nova posição na escola saindo ostensivamente pelo portão de entrada. O grupo estava como sempre, fumando e conversando embaixo da escada. Isabel levantou os olhos, nos encaramos. Ela não disse nada.

Os convites para meu aniversário estavam fervendo na minha mochila. Tinha pensado em enviá-los por correio, mas achei meio covarde. Reuni coragem e tirei da mochila os envelopes endereçados com capricho.

— Faço aniversário na semana que vem — disse, da maneira mais casual possível. — Vou dar uma festa. Se puderem, passem lá.

Rapidamente, dei um envelope para cada um, acenei e me encaminhei para a bicicleta. Não ousei olhar para trás quando saí do pátio da escola. Atrás de mim, o silêncio reinava.

Durante toda a semana fiquei nervosa por causa da minha festa de aniversário. Fiz as compras com meu pai. Quebrei a cabeça para convencê-lo de que tínhamos que comprar vinho e cerveja para dar alguma chance de sucesso à festa. Meus pais não gostavam muito de bebida. Assim mesmo, meu pai mostrou-se muito compreensivo. Carregou latas de cerveja e algumas garrafas de vinho barato para o carrinho de compras e também não reclamou quando eu apareci com um queijo francês caro.

No dia da festa, Robin e uns amigos — lembro-me que Olaf também estava — ficaram horas e horas ocupados em pendurar a iluminação no jardim e limpar o galpão que serviria de bar.

Colocaram tochas que íamos acender quando escurecesse e uma tenda de lona para festas, caso chovesse no dia do meu aniversário.

Eu gostei que Robin tivesse saído aquela noite. Que seus amigos não fossem testemunhas de como a minha festa foi tranquila. Gostaria que meus pais também estivessem ausentes para que não ficassem o tempo todo ao meu redor com uma contida compaixão.

Esperei.

Ninguém apareceu.

Comprei croissants para o café da manhã do dia do meu aniversário. Acendo o forno e entro no chuveiro. Enxugo-me, visto o roupão e ponho os pães na chapa. Visto-me e o cheiro vai ficando mais intenso. Espremo uma laranja, encho o meu copo e coloco os croissants na mesa. O primeiro é bom, o segundo me dá enjoo. Antes do que pretendia, saio para o trabalho.

É costume levar para o trabalho algo gostoso ou encomendar doces ou tortas da confeitaria para circular entre os colegas quando a gente faz aniversário. Em vez disso, faço circular a correspondência com cartas que precisam ser assinadas.

O dia prossegue sem grande sucesso. Quanto mais me esforço, mais erros cometo. Minhas mãos tremem a manhã toda, e quando alguém de repente pronuncia meu nome, me assusto. É difícil me concentrar no trabalho. Estou consciente de tudo: um olhar irritado, um suspiro reprimido, as conversinhas furtivas entre Roy e Renée.

Ele vai direto a ela quando eu faço cópias que estão fora de ordem e faltam páginas. Ouço-os murmurando quando estou pegando café da máquina automática.

— Pode me dar — ouço Renée dizer. — É um trabalhinho complicado, Roy.

Ouço os dois rindo. Roy vem até o corredor e nos olhamos. O sorriso desaparece do seu rosto e ele segue em frente, apressado.

Deixo cair o copo de café.

No final da manhã, esbarro com Olaf no corredor.

— Oi — grita ele de longe. — Parabéns!

Vem ao meu encontro, me abraça e me dá um beijo.

— Fiz uma reserva para hoje à noite no restaurante De Klos.

As cores escuras do corredor parecem ter ficado mais claras. Sorrindo, volto para o escritório com Roy.

— Por que lhe deram *parabéns*? Está festejando alguma coisa? — pergunta.

— Não — respondo, sem mesmo olhá-lo. — Nada.

20

AINDA SINTO CHEIRO da torta de maçã quando entro em casa de tarde. Recebi um cartão dos meus pais: *Parabéns! Pena que a gente não possa estar juntos, mas, em breve, nos veremos.*

Ponho o cartão na cornija da lareira. Percebo que tem um recado na secretária eletrônica. Aperto a tecla e ouço a voz forte do meu irmão. Aperto-a de novo para poder ouvir a voz de Robin enquanto tiro o casaco, faço chá, ponho roupa na máquina de lavar e vou ao banheiro.

Enquanto estou lavando o rosto, toca o telefone. Deixo-o tocar e aguardo o recado da secretária eletrônica. Logo depois a voz animada de Jeanine enche a sala.

— *Oi, Sabine, parabéns! Hoje à noite vou aparecer, está bem? Se você tiver outro programa, com alguém que comece com a letra O, me ligue de volta. Não, envie um torpedo porque vou agora para uma reunião. Ah, outra coisa: dei uma olhada na internet no site sobre desaparecidos e vi um sobre Isabel. O pai dela é quem fez. Achei que você gostaria de saber.*

Que eu gostaria de saber? Meu sentimento de alegria esvanece, afundo na cadeira da mesa de jantar. Pego o meu celular ao lado do computador e envio um torpedo para Jeanine.

Hoje à noite vou jantar com Olaf. Você quer ir? Também vou convidar Zinzy.

Aperto *enviar* e ligo o computador. Demora um pouco para ligar. Entro na internet e meio a contragosto digito: *www.*

desaparecidos.nl. Quase imediatamente vejo o rosto de Isabel entre muitas fotos preto e branco, e coloridas. Clico no rosto de Isabel e as particularidades do seu desaparecimento aparecem na tela. Ao lado das fotos de outros desaparecidos há também as dos suspeitos que foram detidos. Um deles me chama especialmente atenção, não sei por quê. É um homem de uns 30 anos, louro, com um rosto fino e linhas profundas do nariz até os cantos da boca que fazem com que ele pareça precocemente velho.

Leio o texto embaixo: Sjaak van Vliet, condenado pela morte de Rosalie Moosdijk, que ele estuprou e estrangulou nas dunas de Callantsoog no verão de 1997. Nesse meio-tempo, ele faleceu na prisão sem ter confessado o desaparecimento de outras meninas do qual era suspeito.

Com um clique no mouse, o rosto desagradável desaparece e eu prossigo. Meus olhos caem num link do site feito pelo pai de Isabel. Clico nele.

No espaço total da tela aparece o nome de Isabel. À direita, a sua foto mais recente, ao que parece, foi tirada no jardim de trás da casa.

> *Esta é a nossa filha, Isabel Hartman. Ela desapareceu, sem deixar vestígios, no dia 8 de maio de 1995, aos 15 anos. Desde aquele dia, não soubemos mais dela. Fizemos este site na esperança de que nos traga alguma informação. Pedimos a todos que saibam algo sobre o seu desaparecimento para entrar em contato conosco.*
>
> *Luke e Elsbeth Harman.*

Vou clicando. Na outra página há um relatório do dia em que Isabel desapareceu. Foi vista pela última vez às 14 horas pela amiga M. Depois, as duas seguiram caminhos separados e não se teve mais pistas.

Continuo clicando e vejo o mapa do caminho da escola para as dunas. Ouço o ruído do vento no topo das árvores, imagens vívidas que flutuam como bolhas. Como num filme, revivo tudo. Eu tenho o papel principal, mas esqueci minhas falas.

O musgo agarra nos meus sapatos, os galhos me arranham a pele. Está escuro sob as árvores, mas na minha frente há uma clareira. Um sentimento de angústia que não consigo definir toma conta de mim. É como se minha mente guardasse um segredo. Na beira da clareira coberta de areia, fico parada, escondida debaixo de um toldo verde. Dou um passinho adiante.

Pare! Não continue! Pare o filme. É um filme que começa muito bem, mas no qual você sabe que qualquer coisa inesperada, estarrecedora, vai se passar.

Paro o filme antes que seja levada para longe demais, fecho apressadamente o site de Isabel e saio da internet. Vou à cozinha e, com mãos trêmulas, me sirvo de vinho.

Uma taça, digo para mim mesma. Bebo tudo devagar, de olhos fechados. Bom, mais um, afinal é o meu aniversário. Sinto o vinho correr pela minha garganta e meu sentimento de angústia é encoberto por uma névoa tranquilizante. Meio tonta, vou para a sala e me jogo no sofá.

Muito bem, Sabine. Vinho no meio do dia, veja só. A solução para todos os seus problemas.

Ainda que prefira ficar um instante deitada, vou à cozinha fazer café. Ao lado do aparelho, observando o fio marrom fininho que corre no bule, as imagens não me abandonam. Ainda estou no bosque, imóvel na beira da clareira.

Sacudo a cabeça com força e me sirvo de café, mesmo antes de tudo escoar.

O café forte me deixa desperta e, para o meu alívio, as imagens desaparecem novamente, embora eu saiba que num determinado momento terei que assistir àquele filme.

O telefone toca. Desta vez atendo e digo o meu nome.

— *Parabéns pra você, nesta data querida, muitas felicidades...* — alguém grita no meu ouvido.

Ponho o telefone a uma distância segura e rio.

— Robin!

— Parabéns, minha irmã. Que tal o seu dia? Não ouço nenhum barulho de festa.

— Não, seu doido, todo mundo está trabalhando. A festa é à noite — digo. Com três pessoas, mas não acrescento isso.

— Pena que eu não possa estar aí. Mas tenho boas notícias! Daqui a dez dias termino as coisas por aqui, e fico algum tempo na Holanda.

— É mesmo? Que maravilha! Você não tem ideia de como tudo está tão parado com todos vocês morando fora.

— Está se virando bem? — A voz de Robin parece preocupada.

— É, eu me viro.

— Ótimo. O que você está fazendo?

— Café. E vendo um pouco de internet.

— Você ainda trabalha meio expediente?

Fico um instante em silêncio, pesando no que devo lhe contar. Finalmente, opto por um simples:

— Sim.

— O que é que há?

— Nada, como assim?

— De repente você parece tão deprimida.

Não consigo esconder nada de Robin por muito tempo. Custa menos energia contar-lhe toda a história do que inventar uma desculpa. Faço-lhe um curto relatório da minha volta ao banco. O nome de Renée aparece muitas vezes.

De algum lugar na Inglaterra, Robin suspira fundo.

— E agora?

— Tenho que sair logo de lá, Robin, mas é um risco pedir demissão sem ter encontrado outro trabalho.

— Sim, é verdade.

Ficamos uns segundos em silêncio.

— Mas agora, um assunto agradável: sabe com quem comecei a sair? — pergunto.

— Com quem?

— Olaf, Olaf van Oirschot.

— Não acredito! — reage Robin, surpreendido. — Ele mora em Amsterdã?

— Sim. Ele também trabalha no banco. Esbarramos um no outro por lá.

— Nossa, que coincidência! — diz Robin.

— Você não parece muito entusiasmado — comento.

— É, antigamente éramos bons amigos, mas no último ano da escola, cada um foi para um lado. Não sei qual é a do Olaf, mas ele sempre estava procurando chamar atenção, de uma maneira ou de outra. Quando a gente saía, ele não levava desaforo para casa, sempre arrumava uma briga num bar, e de repente isso passou a acontecer tantas vezes que deixou de ter graça. A partir daquele momento deixei o contato esmorecer.

— Ah — digo, surpresa. — Não sabia nada disso, que estranho, ele não me dá a impressão de ser uma pessoa agressiva.

— Talvez tenha sido só uma fase — fala Robin. — Ele era meio encrenqueiro, mas agora espero que tenha ficado mais tranquilo.

— Sabe o que descobri há pouco tempo? — mudo totalmente de assunto. — Ou melhor, uma amiga me indicou? Um website sobre Isabel.

Ocorre um grande silêncio. Tão grande que me sinto obrigada a continuar a falar.

— E que seu caso passou recentemente no *Desaparecidos*. E em breve vai haver uma reunião da escola. Isso me dá de novo bastante o que pensar, Robin.

Ele suspira profundamente.

— Não faça isso — diz ele. — Deixe pra lá.

— É inevitável. Começo a me lembrar de coisas.

Novamente um silêncio.

— Do quê, exatamente?

— Ah, não sei. Fiapos de coisas que não me dizem muito.

— Agora, assim de repente? Depois de todos esses anos?

— Muitas vezes vieram à tona mas eu sempre ignorei. — Suspiro fundo.

— Sempre achei que você sabia mais do que dizia naquela época, não é? Mamãe e papai também achavam.

— Não sei, talvez, mas será tão importante? A propósito, sabe o que Olaf disse? Que você tinha alguma coisa com Isabel.

— Eu? Não mesmo! De onde ele foi tirar isso? Ela era uma garota bonita, sabe, mas eu estava a par da situação entre vocês duas. Quando eu saía, esbarrava com ela na lanchonete Vijverhut, mas não havia nada de especial.

— Mas então, rolou alguma coisa?

Robin suspira.

— Bem, uma noite a gente se beijou. Fazia um tempo que não a via, não me dei bem conta de quem ela era. Assim que percebi, perdi o interesse na hora. Disse ao Olaf que ela era uma víbora, e que ela daria um fora nele.

— Um fora? No Olaf?

— É, eles namoraram durante um tempinho. Ele estava apaixonado por ela.

Um sentimento desagradável me invade.

— Não sabia de nada disso. Por que será que Olaf não me contou nada?

— Ah, não teve a menor importância. Com certeza, ele não queria desenterrar o passado e ficou com medo de te perder. Não se preocupe com isso.

Não me preocupo, mas quando desligamos, a conversa me deixa com um sabor amargo na boca.

— Não teve muita importância — disse Olaf. — Nem se pode chamar aquilo de namoro. A gente ficava de vez em quando. Acho que Robin está fazendo confusão com Bart. Bart de Ruijter não namorou Isabel durante algum tempo?

— Não — é tudo o que digo.

Estamos jantando fora: Olaf, Jeanine, Zinzy e eu. Também enviei um torpedo para Zinzy e agora estamos aqui, num restaurante onde a gente não se senta numa mesa tradicional, mas num banco comprido de madeira, um tipo de mesa medieval. Nada me faz sentir mais em casa do que num ambiente descontraído, na companhia dos meus melhores amigos.

— A polícia ficou horas interrogando Bart, pois ele foi o último namorado dela — acrescenta Olaf.

— Polícia?— pergunta Zinzy.

— Interrogaram muita gente? — indago.

— Só o grupo com quem ela andava. Mas não disseram muita coisa.

Ficamos silenciosos por algum tempo.

— Que bom que seu irmão está voltando — diz então Jeanine. — Você sentiu falta dele, não é?

Faço que sim.

— Robin e eu sempre fomos muito próximos um do outro.

— Ele sabia que Isabel amargurava a sua vida?

— Sabia. Quando podia, ele esperava por mim lá na escola. Quando eu saía antes, ficava esperando por ele no escritório do porteiro.

— Como aquele cara se chamava mesmo? — pergunta Olaf.

— Groesbeek — digo.

— Groesbeek, é isso mesmo. Puxa, uma vez o homem me aprontou uma! Sempre sacava quando eu matava aula. Acho que no início do ano letivo ele decorava os horários de aula.

— Ou o nome dos piores gazeteiros — diz Jeanine. — Antigamente, tínhamos um diretor que parecia saber tudinho. Parecia um mágico, provavelmente lia nas nossas caras, mas nós não nos dávamos nem conta.

— Nunca matei aulas — comenta Zinzy. — Não ousava.

— Ah, eu ousava até demais — diz Jeanine. — Eu conhecia todo o cardápio da lanchonete da esquina de cor.

Olho para fora da janela, por onde passa uma van verde claro. A mesma cor da van do Sr. Groensbeek.

— Oi, Sabine! — Jeanine abana uma coxa de frango no meu nariz. — Já se esqueceu de nós? — Volto-me para os outros.

— O Sr. Groensbeek nos apanhava quando a gente pedalava de volta para casa com o vento forte soprando. Estacionava a van no meio-fio e punha nossas bicicletas lá dentro.

Cabiam muitas. Às vezes, voltava para dar carona a outros colegiais.

— Que homem bom! — fala Zinzy.

— Ele morava daquele lado, não é? — diz Olaf.

— Callantsoog — respondo, e fixo o olhar de novo na janela. Meus pensamentos voam para todos os lados.

A van de cor verde-sujo. A cor das lixeiras.

Eu não estava ali parada, no sinal? No sinal onde eu virei enquanto Isabel seguia em frente. A van também seguiu adiante. Sim, eu estava atrás. Não queria que ela me visse. Mas quantas vans desse tipo devem ter rodado em Den Helder?

— Groesbeek também foi interrogado pela polícia? — indago.

A conversa já tinha tomado outro rumo, e eu retomo o tema. Todos me olham surpreendidos.

— Não sei, acho que não. Por que seria interrogado? Durante o dia ele ficava na escola — diz Olaf.

— Nem sempre — falo. — Às vezes, tinha que levar os alunos que ficavam doentes para casa, ou ia fazer alguma compra para a escola.

Fez-se um silêncio.

— Ele detestava tipos como Isabel — diz Olaf.

— É... — Olho de novo para fora.

— Quem é essa Isabel, então? — pergunta Zinzy.

No dia seguinte preciso de muita força de vontade para pegar a bicicleta, pedalar até o banco e entrar. Entro no hall pela porta giratória, com as pernas moles, e caminho até o elevador. As portas se fechando me lembram as portas de uma prisão, o zumbido do elevador que me leva ao nono andar parece um sinal de alarme.

Com um estalo, o elevador para. As portas se abrem. Entro no corredor de carpete azul-escuro. Cada passo para o escritório me faz sentir como uma pessoa que esteve em prisão domiciliar e que agora pode se juntar aos prisioneiros.

— Olá — digo quando entro.

Renée nem se vira. Margot me olha e volta a se concentrar no trabalho.

— Bom dia, Sabine — diz Zinzy com efusão. — Ontem foi legal, não foi?

Renée a olha com surpresa. Zinzy a desafia com o olhar.

Dou graças a Zinzy. Se ela não estivesse lá, eu ficaria louca. Agora sei como os leprosos se sentiam nos tempos antigos. Um pouquinho mais e eles me dão uma sineta.

Durante a manhã sinto um silêncio mortal à minha volta. As conversas param quando entro, há trocas de olhares significativos e minutas são jogadas no meu escaninho.

Entro com a correspondência, há muitas cartas registradas no escritório, vejo Renée e Margot tomando café, uma olhando para a cara da outra. Ouço pronunciarem meu nome, e logo depois o de Zinzy. De repente elas se transformam em Isabel e Miriam. Um momento depois a imagem desaparece.

— Se vocês permitem interromper... tenho uma pasta cheia de cartas que precisam ser enviadas antes das 10 horas por um motoqueiro — digo.

— E daí? — pergunta Renée.

— Será que não está óbvio? Preciso de uma ajuda, não consigo fazer tudo a tempo.

Renée consulta seu relógio.

— Se você for mais rápida do que costuma, conseguirá facilmente!

Olho-a calada e vou trabalhar. Consigo terminar na hora, depois de uma corrida à sala de correspondência. Quando volto, o escritório está cheio de colegas reunidos em volta de uma caixa de doces. Todos cantam e desejam parabéns para Tessa. Estão terminando quando entro.

— Onde ficou tanto tempo? A sala de correspondência não é tão longe assim! — diz Renée.

Está sentada na ponta da minha mesa, que parece entulhada de tarefas chatas. Pilhas de fax, rascunhos de cartas ilegíveis e fitas com ditados que têm que ser digitalizados.

— Pegue um doce, Sabine — diz Walter.

A caixa está cheia de embalagens sujas de creme e restos de frutinhas. Mas não sobrou nenhum doce.

— Desculpe — diz Tessa. — Não contei direito o número de pessoas.

21

Naquela época, o Sr. Groesbeek morava em Callantsoog, mas hoje mora numa ruazinha perto do porto de Den Helder. Aventuro-me a pegar o carro e ir para lá de tarde; estaciono o carro na porta. As casas não têm jardim na frente, dão diretamente para a rua. Cortinas horrorosas tapam a vista de curiosos, e a placa *CUIDADO, CÃO DE GUARDA*, com uma cabeça de um cachorro preto, faz os ladrões pensarem duas vezes.

J. Groesbeek, o nome está numa placa logo abaixo.

Toco a campainha.

Ao que parece, a casa está vazia, pois ninguém atende por algum tempo.

Aperto mais uma vez a campainha, ouço passos se arrastando e um grunhido dizendo: "Calma, calma."

A chave volta na fechadura e a porta se abre. Um vulto curvado, vestido com uma jaqueta azul-escura e umas calças cinza, me encara com irritação. É o olhar dele. Assim é que fitava antigamente os retardatários. A coroa de cabelos grisalhos ficou totalmente branca e aumentou mais ainda. Seu rosto parece um mapa de rios. Um tanto diferente da minha lembrança, mas é ele.

— De novo? Já fiz minha doação.

Levanto as sobrancelhas.

Ele olha para minhas mãos vazias e diz:

— Ah, pensei que a senhora tinha vindo pedir dinheiro para o Fundo dos Asmáticos.

— Não — digo com o meu sorriso mais simpático.

— Eles acham que podem enganar os velhos porque se esquecem das coisas, mas eu me lembro de tudo muito bem.

— Estou convencida disso, Sr. Groesbeek — retruco.

— A senhora não precisa ficar com intimidades. Não a conheço. O que veio fazer aqui? — pergunta, irritado.

— Queria lhe fazer uma pergunta.

— É da polícia ou do jornal? — indaga, desconfiado.

— Não, nada disso. Frequentei o seu colégio quando o senhor era o porteiro.

— Não precisa me contar isso, sei o que fazia antigamente.

— É... naturalmente. Eu estava naquela escola. Talvez o senhor ainda se lembre de mim. Sabine Kroese.

Ele me olha sem esconder a sua falta de interesse.

— Vai haver uma reunião em breve — continuo.

— Já li no jornal.

— O senhor vai?

— Por que iria?

— Não é bom rever os ex-alunos?

Groesbeek dá de ombros.

— Não sei o que tem de bom nisso. Todos sabem quem sou, acham que fiquei velho e idiota, e quem vai levá-los a mal? Encontraria um bando de adultos, sem me lembrar de ninguém. O que tem de bom nisso?

— Não se lembra de ninguém?

— Moça, a escola tinha 1.500 alunos. E a cada ano aparecia uma cara nova.

— É... — respondo. — É verdade.

— Portanto... — diz Groesbeek.

— Quero tentar refrescar sua memória, Sr. Groesbeek. Estou ocupada em juntar histórias, fatos engraçados e lembranças especiais de pessoas que estiveram na escola na mesma época que eu. Acho que seria interessante fazer um livrinho com o material para todos que forem à reunião.

Groesbeek me olha sem interesse.

— Posso entrar? — pergunto.

Ele dá de ombros e se vira, arrastando os pés pelo corredor. Deixa a porta totalmente aberta, o que interpreto como um convite. Sigo-o até a sala de estar. O ambiente é estreito e sufocante por causa dos móveis escuros, com um odor indefinido que me dá vontade de abrir uma janela. Até que percebo a origem do cheiro: gatos.

Não só um ou dois, mas cinco, não, são seis gatas enroladas num canto ou andando pelo parapeito. Uma está deitada na mesinha da sala e a outra vem até mim e começa a me cutucar com a cabeça. Sou alérgica a gatos. Se encostam em mim, fico com manchas vermelhas como se eu estivesse com um vírus misterioso.

— Quer chá? — pergunta Groesbeek.

— Aceito — respondo, afastando a gata com o pé.

Groesbeek caminha penosamente para a cozinha e fica lá por muito tempo remexendo em xícaras e chaleiras ruidosas. Sento-me na cadeira que está mais próxima da porta.

A gata pula no meu colo e me encara com um olhar penetrante. Empurro-a suavemente com minha bolsa. O bicho faz miau e me olha como se me culpasse. É o que mais me irrita nos gatos: a expressão dos seus olhos. Dão a ideia de poder ler pensamentos e considerar se devem fazer festinhas com a cabeça ou cravar as unhas na gente.

— Xô... — faço, para espantá-la.

A gata pula da mesinha quando Groesbeek chega com duas xícaras de porcelana. Coloca-as na mesa e tira do aparador um pratinho cafona com bombons. Chocolates meio acinzentados cobertos por uma camada de poeira. Não, muito obrigada.

— Tem certeza? — Groesbeek coloca o pratinho na mesa. — Mas você gosta, não é? — diz para uma gata que está em cima da mesa. O bicho inspeciona o conteúdo do pratinho, lambe-o e vira-se com desprezo. — Então — fala Groesbeek. — Então você se chama Susanne.

— Sabine. O senhor me ajudou muitas vezes quando eu tinha problemas. Remendava o pneu da bicicleta e me dava carona quando o vento estava muito forte. — Hesito um pouco. — E me deixava escapulir pelo seu escritório quando elas estavam me esperando.

Groesbeek não diz nada. Pega sua xícara de chá, toma um gole e me olha por cima da borda do pires.

— O senhor não se lembra? — indago.

Ele põe a xícara na mesa e afaga a gata que está no meio da mesa ao lado da minha xícara de chá. Os pelos rodopiam para baixo.

— Pode ser — diz ele. — Sim, pode ser que eu tenha feito tudo isso.

— Fez uma grande diferença para mim, sabia? — falo seriamente. Por um momento acho que ele percebe minha adulação, mas não. Pela primeira vez, um sorriso irrompe na expressão defensiva do seu rosto.

— Seu chá está ficando frio — diz ele. — Não quer mesmo um bombom?

— Não, muito obrigada.

A gata fica cheirando de novo os bombons, até Groensbeek tirá-la da mesa.

— Vai embora, Nina, isto não é para você.

Ele sorri para mim e eu sorrio de volta.

— Para ser sincero, me esqueci muito do passado — confessa Groensbeek. — Eu disse que ainda me lembro de tudo muito bem, não sofro de demência ou coisa parecida, mas noto que me esqueço de certas coisas. Se é hoje, ou amanhã, que vem alguém de visita, se já enviei um cartão de aniversário para meus netos ou onde deixei a caixa de remédios.

Ele se cala e acaricia duas gatas que tinham pulado para seu colo. Pouco a pouco, a sua calça cinzenta fica coberta de pelos brancos e pretos.

— Às vezes é difícil, Susanne, você compreende? Não, é claro que não, você ainda é jovem.

— Compreendo-o melhor do que pensa, Sr. Groesbeek.

— Às vezes, fico sentado no sofá esperando que a minha mulher me chame dizendo que o jantar está pronto — conta o

Sr. Groesbeek. Ele indica uma foto com moldura prateada no aparador. — Esta é Antje. Já faz cinco anos que faleceu. Não, faz seis.

Franze as sobrancelhas, faz um cálculo mental, franze-as de novo e acaricia os gatos.

— Aproximadamente — diz.

— O senhor ainda se lembra de Isabel? Aquela menina que desapareceu.

— Não, ela se chama Antje — ele me corrige.

— Estou falando de uma aluna da escola, Isabel Hartman.

— Hartman — repete Groesbeek.

— Ela era da minha turma — ajudo-o.

— Ah, é?

— Tinha epilepsia. Uma vez o senhor a levou para casa após um ataque.

— Outro dia vi um programa sobre isso, epilepsia. Deve ser horrível sofrer disso.

— É. O senhor se lembra dela?

— Só me lembro de rostos. Nenhum nome.

Tiro uma foto de Isabel da bolsa e coloco-a na mesa. Groesbeek a olha, mas seu rosto não muda de expressão. Uma das gatas pula do seu colo para a mesa, para a foto. Puxo-a pelas patinhas e entrego-a ao Sr. Groesbeek.

— Terrível — diz ele.

— O quê, o que é terrível?

Groesbeek faz um gesto defensivo com as mãos. Abre a boca como quem quer dizer algo, muda de ideia e franze novamente as sobrancelhas.

— É terrível — diz finalmente.

— O que é terrível, Sr. Groesbeek?

— Epilepsia. Parecia que ela ia morrer. — Para ilustrar ele crispou o rosto e arregalou os olhos.

— O senhor a viu assim?

Não me lembro de Isabel ter um ataque na presença do Sr. Groesbeek.

O Sr. Groesbeek passa a dar atenção à gata que ainda está no seu colo e começa uma conversa carinhosa e incompreensível com seu animal de estimação.

— Os gatos são bichos maravilhosos — diz com orgulho. — São meus melhores amigos. Mas não podem ir comigo para o asilo. *Não, vocês não podem ir.* — Sua voz tem o tom de voz alto e condescendente que as mães usam quando falam com os bebês.

— O senhor sabe que Isabel desapareceu? Sem deixar pistas? — Meio desesperada, mudo de tática, levantando a foto para mostrá-la no caso de ele ter esquecido do assunto.

— Está ouvindo, Nina? — diz Groesbeek para a gata. — Tal como Lies. Nunca mais a vimos, não é?

Abaixo a foto.

— O que se foi, se foi — diz o Sr. Groesbeek.

— É — respondo.

— Às vezes nunca mais são encontrados. Então, já morreram.

Fecho a bolsa e consulto o meu relógio.

— Tenho que ir embora. Obrigada pelo seu tempo, e...

— Não faz sentido procurar — diz o Sr. Groesbeek. — Foram muito bem escondidas.

— Até logo, Sr. Groesbeek, foi bom ter visto o senhor de novo. Pode deixar que eu saio sozinha.

Levanto-me e dou uma olhada no jardim de fundos. Um verdadeiro matagal malcuidado entre três cercas altas. A grama cresceu muito e ao lado das cercas há grandes montes de terra parecendo um reduto de toupeiras.

O Sr. Groesbeek vê que eu estou olhando e diz:

— Antje morreu.

Olho com pesar e me encaminho para a porta. Imediatamente os gatos vem até a mim e me acompanham no corredor. O Sr. Groesbeek logo se levanta.

— Belle e Anne, fiquem aqui.

Ele chama as gatas de volta para a sala e fecha a porta do meio. Ficamos sozinhos no corredor.

— Quantas gatas o senhor tem?

— Seis — diz ele. — Adoro gatos, algumas pessoas se dão bem com cachorros, outras com gatos. Não suporto as pessoas que adoram cachorros. Qual é a sua preferência?

Está pertinho de mim. Perto demais. Posso sentir o seu cheiro de velho, ver as escamas na sua cabeça calva. Ele está entre mim e a porta da frente.

— Adoro gatos — respondo com um sorriso amarelo.

Ele concorda, satisfeito, e dá um passo para o lado. Eu passo depressa por ele.

— Volte a qualquer hora! — diz com efusão.

Faço que sim, sorrio e entro logo no meu carro, mas mudo de ideia. Dirijo até mais adiante e, na esquina da rua, saio do carro. Na verdade, me sinto um pouco ridícula quando entro furtivamente no beco escuro na parte de trás das casas. Conto o número de casas até parar no jardim de fundos do Sr. Groesbeek. Cuidadosamente, tento abrir o portão velho; está trancado. Olho a cerca com atenção, as tábuas estão muito apodrecidas para se tentar subir. O contêiner ao lado do portão é um apoio mais adequado. Um pouco alto, mas virando-o de lado, posso olhar por cima da cerca. Nossa, que mato selvagem! Se era Antje quem cuidava do jardim, está bem claro que morreu há alguns anos. Não há flores no jardim, só ervas daninhas que sobem pelos montinhos. Examino os montinhos de terra. Serão canteiros? Em geral, têm a mesma altura. Isso não faz sentido.

Um menino pedala pelo beco e me olha tão surpreendido que eu pulo do contêiner. Coloco-o de volta, sorrio para o menino que olha sobre os ombros e volto para o carro. Sinto uma comichão nos meus braços e pernas. Eu coço e vejo manchas vermelhas aparecerem. Seria melhor voltar para casa, entrar no chuveiro e tirar todos os pelos do gato, mas não vai dar. Ainda não terminei.

Com um suspiro entro no carro, mas mesmo com a janela aberta, o cheiro de gato persiste.

— Você deveria ter telefonado — diz a mulher do jornal das *Notícias de Den Helder* em tom de queixa. — Aí já teríamos separado a informação.

— Sinto muito — digo. — Não sabia. Não posso ver agora? Vim de Amsterdã só para isso.

A mulher faz uma cara de resignação, vira-se e pega o telefone.

— Nick? A pasta com recortes sobre desaparecimentos. Pode trazer aqui para cima? — Ela ouve a resposta e desliga. — Poderia esperar uns 15 minutos?

— Sim, claro. Vou fumar um cigarro lá fora, chame quando conseguir.

Olha-me como quem diz que tem mais o que fazer, mas concorda. Vou para fora. Acendo o meu último cigarro. Tento limpar os pelos de gato da minha saia. Dez minutos depois batem na janela. Entro e sigo a mulher até um aposento cheio de pastas penduradas em fileira. Ao lado, há mesas onde podemos examinar as pastas. Um rapaz põe uma pasta grossa na mesa e aponta-a.

— É esta. Todos os desaparecimentos dos últimos vinte anos.

— Obrigada. — Afasto a cadeira para trás e me sento. A mulher e o rapaz me deixam só. Abro a pasta. Um cheiro de mofo, de tinta e de papel velho chega até a mim. Rapidamente, examino a pilha de recortes amarelecidos.

ENCONTRADA MENINA ASSASSINADA.

NENHUMA PISTA DE ANNE-SOPHIE, DE 16 ANOS.

*LISET, ONDE ESTÁ VOCÊ? APELO EMOCIONADO
DOS PAIS DA MENINA DESAPARECIDA.*

Examino todos eles. A maioria é de muitos anos atrás, mas a uniformidade do pânico e a incompreensão me tocam. Vejo os rostos sorridentes das fotos, os penteados que saíram da moda e a expressão confiante, jovial, cheia de certeza.

Desde 1980 desapareceram cerca de dez meninas, das quais três eram de Den Helder ou cercanias. Quatro nunca foram encontradas, as outras foram assassinadas, estupradas e estranguladas. Somente o assassino de uma foi encontrado: nas dunas de Callantsoog, no verão de 1997, Sjaak van Vliet estuprou e estrangulou Rosalie Moosdijk, de 16 anos. Após meio ano de rigorosas investigações, o autor do crime foi preso e confessou o assassinato. Sim, eu me lembro disso, mas de onde? Há pouco tempo li qualquer coisa sobre isso. Reflito bastante e me ocorre que na internet havia um artigo sobre Sjaak van Vliet no website de Isabel.

Continuo a folhear, sabendo o que vou encontrar, mas me assusto quando vejo o rosto de Isabel em preto e branco. Fico olhando algum tempo para ela e então leio o artigo sobre Rosalie. Ela desapareceu no verão de 1997 e estava na mesma escola que nós. Existiria alguma conexão? A polícia achava que sim, daí os testemunhos mencionados nos artigos de jornal sobre Sjaak van Vliet no website dela. Provavelmente, havia poucas provas para incriminá-lo.

Assusto-me com o rapaz que, inesperadamente, passa por mim.

— Queria fazer uma pergunta. É permitido fazer cópias destes artigos?

— De todos eles?

— Sim, por favor.

Ele indica a máquina de xerox no canto.

— Dez centavos por cópia.

Pego a pilha de artigos e começo. Em casa, vou ler tudo com calma. É possível que algumas meninas tenham sido atacadas pela mesma pessoa.

Talvez eu encontre uma conexão entre todos os casos. Olho para as cópias que escorregam no compartimento.

POLÍCIA PEDE A AJUDA DA POPULAÇÃO NA PROCURA POR NINA.

ISABEL, A MENINA DESAPARECIDA:
UMA CHARADA PARA A POLÍCIA.

BUSCA DE LISET EM UM IMPASSE.

Enquanto a máquina copia, eu vou lendo os artigos. É estranho que três das meninas desaparecidas, Nina, Lydia e Isabel, tenham frequentado a mesma escola que eu. As outras meninas não eram de Den Helder, mas do norte da província, indicando que o autor do crime mora na mesma região.

Ponho as cópias na minha bolsa. Na saída, sinto-as fervendo através do couro — como se as manchetes dos jornais estivessem alardeando a resposta.

22

De súbito, quando acabo de sair de Den Helder, tudo se esclarece. Num reflexo, quero frear, mas me detenho a tempo. Olho no retrovisor e não vejo veículos atrás de mim. Também não há trânsito do lado oposto. Tenho tempo para agir com determinação. Diminuo a velocidade, agarro o volante com um movimento brusco, viro o carro, mudando a rota. Os pneus sobem um pouco no meio-fio, mas agora estou do lado certo da estrada. De volta a Den Helder.

Desligo o alarde do rádio para ordenar meus pensamentos. Pensamentos que passam velozes pela minha cabeça e tiram o meu sangue das veias. Meu Deus, eu estive lá na casa. Fiz perguntas sobre Isabel e não foi só isso, insisti no assunto durante algum tempo. E ele me deixou ir embora. Terá se esquecido? Foi o que me salvou?

Começo a suar. Não posso solucionar isso sozinha, tenho que ir à delegacia. Mesmo com relutância, preciso contar para eles. Mas antes é preciso checar mais uma vez.

Estaciono o carro novamente na esquina da rua, fora de vista, e vou caminhando pela calçada até o número sete. A vizinha do Sr. Groesbeek abre a porta. É uma senhora idosa, de cabelos grisalhos bem-cuidados e um rosto meigo de avó. Deve ter netos que mima bastante, penso. Ou então, gostaria muito de tê-los.

— Pois não? — pergunta.

Olho para o nome da placa na porta.

— É a Sra. Takens?

— Sou.

Sorrio, me desculpando.

— Acabo de visitar o seu vizinho, o Sr. Groesbeek. Antigamente ele era o porteiro do meu colégio e eu estou fazendo um livro com histórias daquele período.

— Ah, que interessante — diz a Sra. Takens com espontaneidade.

— É, estou planejando escrever um texto sobre o Sr. Groesbeek porque tantos ex-alunos têm lembranças dele. Gostaria de escrever como ele está agora e sobre o que faz. Este tipo de assunto.

— Não vou lhe contar nada sobre ele — diz a Sra. Takens com firmeza. — O que Joop quiser contar, conta diretamente para você. Eu não gostaria que publicassem fofocas sobre ele.

— Não, não é essa minha intenção! O Sr. Groesbeek já me contou o suficiente, não é isso. É sobre as gatas que eu gostaria de saber. Achei tão engraçado ele ter tantas.

— É — diz a Sra. Takens.

— E os nomes originais que ele deu a elas. Nomes de ex-alunas. Tão original! Gostaria de mencioná-los no meu artigo, me parece interessante.

— E agora você quer saber o nome das gatas. Por que não pergunta a ele?

— Ele está dormindo — digo me desculpando. — Tivemos que terminar a conversa porque ele estava muito cansado, não quero incomodá-lo agora. Achei que como é vizinha, a senhora poderia saber como se chamam. Acho que uma se chama Nina.

— Sim, e as outras se chamam Anne, Lydia e Belle.

— Belle? — Tiro minha agenda da bolsa e escrevo rapidamente os nomes.

— Fora disso não sei direito, são tantas! — A Sra. Takens se concentra. — Todas as noites ele as chama, mas no momento, não me ocorre. Ah, sim, Rose. Mas da última, não me lembro.

— Não tem importância, eu telefono para o Sr. Groesbeek uma outra hora. Muito obrigada, Sra. Takens.

— Não há de quê. Boa sorte com o artigo — diz a Sra. Takens sorrindo e fechando a porta.

No carro, eu tiro as cópias dos artigos de jornal da bolsa e leio-os com atenção. Nem todas as manchetes dão os nomes das meninas desaparecidas, mas evidentemente, nos artigos a respeito da matéria, eles estão lá. Escrevo-os na minha agenda ao lado dos outros nomes.

Logo em seguida, dirijo-me à delegacia de polícia.

A delegacia de polícia sumiu. Antes, ficava no centro da cidade. Fui lá uma vez para denunciar o roubo de uma bicicleta que estava encostada no muro da delegacia, um dia depois da grande feira anual. Vejo-me entrando lá com Lisa. O pôster de Isabel no quadro de anúncios, na sala de espera. Todos esses rostos desaparecidos.

Conheci Lisa no último ano da escola, no verão depois do desaparecimento de Isabel. Veio sentar-se ao meu lado e logo nos demos bem. Era um alívio estar nesta turma acolhedora, sem grupinhos cheios de regras especiais. Um ano sem as maldades de Isabel tinha causado uma completa metamorfose em mim. O restante do grupo me deixou tranquila depois que a líder desapareceu.

Quando a gente é jovem, tende a mostrar somente uma parte da personalidade de todos os personagens que a compõem. Todos eles estão lá, escondidos, no tecido subcutâneo, e as circunstâncias é que ditam qual deles vai aparecer. Durante anos eu mostrei uma Sabine e reprimi a outra, embora esta clamasse por atenção. No final do ensino médio, ela apareceu, exigindo todas as atenções. Com sua atitude atrevida, respostas aos professores beirando a insolência, mas conseguindo fazê-los rir, exuberante, alegre e muito presente, a outra Sabine era uma menina popular. Lisa era exatamente assim e juntas nós desafiávamos a escola. Foi um período maravilhoso, mas no meio do último ano ela se mudou e o nosso contato se esvaneceu.

Eu dou uma volta de carro, vejo alguém andando e abaixo a janela.

— A senhora pode me informar onde fica a delegacia de polícia?

Uma senhora de meia-idade para e se inclina na janela.

— Sim, é em Bastiondreef. É longe daqui, sabe — diz ela e me explica por onde ir. Agradeço e volto. Conheço Bastiondreef muito bem. Não é muito longe de Lange Vliet. Dez minutos depois, estaciono o carro em frente a um belo edifício. Saio do carro e admiro a fachada geométrica antes de entrar.

A delegacia não está cheia. Só há um homem na minha frente, que vem declarar os danos no seu carro. Pacientemente, espero que ele termine seu longo relato, e nesse meio-tempo uma agente da polícia me chama.

— Venho fazer uma denúncia — digo.

— Denúncia de quê, exatamente? — pergunta, pegando um formulário.

— Bem... pode parecer um pouco estranho, mas é sobre um caso de desaparecimento que ocorreu há nove anos. Isabel Hartman. O nome lhe diz algo?

Ela balança a cabeça afirmativamente, mas não diz nada. Olha-me com atenção.

— Frequentei a escola aqui — continuo. — Isabel Hartman estava na minha turma. Faz tempo que ela desapareceu, mas eu creio que posso dar uma nova informação.

A agente, sua colega e o homem que faz a denúncia me observam.

Observo-os também.

— Bem — diz a agente. — Você sabe quem é que estava cuidado do caso Hartman? Fabienne?

— Rolf — responde a colega.

— Tem um momento? — pergunta a agente de polícia.

Digo que sim e ela vai embora. Alguns minutos mais tarde, volta e faz um gesto para que eu a siga. Abre a porta de uma salinha.

— Pode esperar um momento? O Sr. Hartog já vem. Ele ainda tem que buscar a pasta.

— Está bem. — Instalo-me e espero.

Pouco tempo depois, a porta se abre e o delegado entra. Acredito que seja Rolf Hartog, o inspetor que na época estava encarregado do caso de Isabel. É um homem alto, moreno com algumas espinhas pouco lisonjeiras no pescoço. Deve ser solteiro, se não a mulher teria lhe dito que sua gravata verde-limão não combina com a camisa azul-clara. Nas mãos, tem uma pasta grossa.

Estende-me a outra mão e se apresenta.

— Rolf Hartog. E a senhora é...

— Sabine Kroese.

— Não preciso dizer para que sente pois já está sentada. — Ele sorri da própria piada e eu sorrio com condescendência. — Quer café?

— Sim, por favor.

Ele coloca a pasta na mesa e sai. Demora tanto para voltar que eu lamento ter pedido café. Impaciente, fico de olho na porta e suspiro. Olho para a pasta. Minha mão está quase pousando na mesa quando ele abre a porta.

— Desculpe a demora, mas a cafeteira estava vazia. — Rolf Hartog entra novamente, com duas xícaras balançando nas mãos. Coloca-as na mesa e se senta na minha frente.

— Então, Srta. Kroese. Pelo que entendi, a senhorita tem novas informações sobre o desaparecimento de Isabel Hartman?

— Possivelmente são novas informações — corrijo. — Achei que era importante o suficiente para relatá-las.

— Estou muito curioso. Dei uma olhada rápida na pasta, embora já a conheça bem. A senhorita diz que era amiga de Isabel, mas não vi seu nome lá.

— Não éramos amigas, estávamos na mesma turma. Chegamos a ser amigas, mas depois, num certo momento, nos separamos. O senhor sabe como é — digo. — Durante o ensino fundamental, Isabel e eu estávamos sempre juntas, mas no ensino médio, nos afastamos. No momento em que ela desapareceu, já não tínhamos nada a ver uma com a outra. Mas seu desaparecimento sempre me perturbou. A gente se conhecia havia tanto tempo...

Hartog faz que sim.

— Entendo.

— Vai haver uma reunião dentro em breve — continuo. — Talvez por isso eu esteja pensando tanto em Isabel. Sonho com ela, me lembro de coisas que minha memória tinha banido havia anos. E foi aí que, de repente, me lembrei do Sr. Groesbeek.

Olhei para Hartog avaliando-o, mas sua expressão não se altera.

— Queria saber se o Sr. Groesbeek foi interrogado.

— Sim — disse Hartog, sem abrir a pasta.

— Ah, e qual foi o resultado do interrogatório?

— Srta. Kroese, a que nova informação se referia?

— Tem a ver com o Sr. Groesbeek. Ele era o porteiro da nossa escola. Um homem simpático, mas um pouco estranho. Muito ruidoso e grosseiro, mas... — Eu hesito e continuo após o gesto encorajador de Hartog: — Bem, ele era também um pouco esquisito. Eu nunca sabia se podia me sentir segura quando estava sozinha com ele, entende? Não que ele fizesse qualquer coisa comigo, mas esta possibilidade sempre estava no ar. Ele tinha o hábito de dar carona aos alunos na sua van quando o tempo estava ruim.

Hartog fica calado, tosse com a mão tapando a boca, folheia a pasta e diz:

— Sim, sabemos disso. Essa era a razão por que foi interrogado, mas o Sr. Groesbeek declarou que estava na escola no dia em que Isabel desapareceu. Vários professores e alunos confirmaram.

— O Sr. Groesbeek estava sempre em diversos lugares no prédio da escola. Ele circulava por vários locais. Uma hora estava no seu escritório, no seu posto, outra hora saía correndo na sua van. Era impossível dizer com certeza em que lugar ele se encontrava.

Hartog examina os arquivos da pasta com atenção.

— Isabel Hartman saiu da escola às 14h10. Entre as 14h e as 15h, ele foi visto várias vezes em algum lugar no prédio da escola.

— Em algum lugar no prédio. Portanto, não foi num só lugar. Ele pode ter escapulido num certo momento.

Hartog se inclina para trás na cadeira e fecha a pasta. Enverga as costas como se estivesse muito cansado e suspira.

— Srta. Kroese, qual é a informação que a trouxe aqui?

— Eu estava pedalando atrás de Isabel no dia em que ela desapareceu.

De repente, ele passa a me dar toda a sua atenção. O cansaço desaparece como por milagre dos seus olhos, e com nova energia ele põe seus braços na mesa e se inclina um pouco para mim.

— Ela estava pedalando com Miriam Visser — digo. — Pensei que ia para casa com ela, pois Miriam morava perto da avenida Jan Verfaille, não sei bem onde. Mas Isabel seguiu em frente, na direção das Dunas Escuras. Ela ia encontrar alguém na lanchonete perto da entrada.

Agora Hartog está cheio de interesse.

— Viu com quem ela se encontrou?

— Não — respondo. — Eu voltei antes porque não tinha vontade de ficar pedalando ao lado de Isabel.

Hartog me olha um instante em silêncio e abre novamente a pasta. Fica algum tempo examinando o conteúdo e eu olho junto com ele. Vejo o nome Miriam Visser algumas vezes.

— Durante anos, pensamos que Miriam Visser tinha sido a última pessoa a ver Isabel Hartman viva — diz ele. — Mas na realidade, foi a senhorita.

— Não — discordo. — Foi a pessoa com quem Isabel ia se encontrar.

Hartog anui.

— Naturalmente, se presumimos que se trata de um crime. A senhorita viu algum conhecido na lanchonete naquela hora, digamos, entre 14h30 e 15 horas?

Balanço a cabeça.

— Não na lanchonete, eu não estava lá, mas vi no cruzamento onde eu virei.

Hartog faz um clique na caneta.

— Que cruzamento era?

— O cruzamento da avenida Jan Verfaille com a avenida Sering. Foi lá que eu virei.

Hartog faz uma anotação.

— E o que viu?

— Não é que tenha visto alguém, vi algo. Uma van velha e verde, muito suja. Exatamente igual à do Sr. Groesbeek.

Hartog folheia a pasta e fica lendo durante algum tempo.

— Que horas eram mais ou menos, quando a senhorita parou no sinal?

— Não sei — respondo. — Já se passaram nove anos! Mas sei que foi assim que as aulas terminaram, peguei a bicicleta para ir para casa. Não andei muito depressa, mas creio que estávamos lá por volta das 14h30.

Hartog ainda está examinando a pasta.

— Nesta hora o Sr. Groesbeek estava recolhendo os copos de café vazios do ginásio de esportes onde os alunos prestavam exames.

— O senhor não deve pensar que sei exatamente as horas. Ele pode bem ter saído depois. Lembro-me de que me ultrapassou.

Hartog fecha a pasta com um gesto definitivo.

— Agradeço sua informação, Srta. Kroese. Vamos examinar a questão. Agora sabemos em que direção Isabel Hartman pedalou. Pode ser muito importante.

Pelo seu tom de voz não parecia dar tanta importância assim.

— Não era isso que eu queria lhe contar — continuo. — Quero dizer, isso também, mas esta não é a razão por que vim.

Hartog repousa a mão na pasta.

— O que mais gostaria de nos contar?

— O Sr. Groesbeek tem seis gatas.

Hartog me olha fixamente.

— Seis gatas — repito. — Estive hoje na sua casa, sabe? Por isso estou cheia de pelos de gato.

Hartog faz um gesto impaciente com a mão e abre a boca para dizer algo, mas eu falo antes:

— A maior parte das pessoas dá aos animais de estimação nomes estereotipados, tipo Fifi, Fofa, Boneca, o senhor sabe — digo.

— Mas o Sr. Groesbeek é mais original. Muito mais original do que o senhor poderia imaginar. Sabe como elas se chamam?

Hartog me ouve com a cara de alguém que passa anos ouvindo as histórias mais loucas, e já não aguenta mais.

— Srta. Kroese...

— Espere um pouco. — Procuro minha agenda na bolsa, ainda que conheça os nomes de cor. — Estes são os nomes das gatas: Nina, Liset, Anne, Lydia, Rose e Belle.

Tiro a pilha de cópias da bolsa e empurro-as na mesa para Hartog.

— Estes desaparecimentos devem ser do seu conhecimento. Os nomes das vítimas também. Nina, Liset, Anne Sophie, Lydia, Rosalie e Isabel...

Hartog olha os papéis sem os tocar. Conhece os nomes, vejo no seu rosto.

— A senhorita é muito observadora — diz finalmente. — Meus cumprimentos. Mas isso não quer dizer nada, é claro.

— Não quer dizer nada? Groesbeek deu às gatas os mesmos nomes das meninas, ou em todo caso, nomes semelhantes.

— Isso não é delito.

— Não, claro que não é delito. Mas é fora do comum. Muito fora do comum.

Hartog se inclina para trás na cadeira.

— Hum, é — diz.

Eu me endireito na cadeira.

— O que o senhor vai fazer?

— Veja bem, não há muito o que fazer. Não é proibido dar aos animais domésticos nomes de pessoas que estiveram no noticiário. É bastante fora do normal, como a senhorita observou, mas não tem nada de mais. É cada vez mais comum as pessoas se sentirem muito envolvidas com as notícias e reagirem desta forma. Principalmente os idosos. Não têm muito o que fazer a não ser seguir na TV tudo o que se passa na sua região. Muitas vezes, é a única coisa que os liga ao mundo exterior do qual se sentem isolados.

— Sr. Hartog, Isabel desapareceu há nove anos. Lydia van der Broek, há cinco anos. São os casos mais recentes. As outras meninas estão desaparecidas há muito mais tempo. Se fosse um caso recente, eu lhe daria razão. Mas agora...

— Segundo a sua teoria, Rose seria Rosalie — Hartog me interrompe. — Então é o único nome que corresponde. E Rosalie Moosdijk foi encontrada um mês após o desaparecimento.

— Eu sei — retruco. — Estava morta, foi enforcada por um tal de Sjaak van Vliet.

Hartog levanta uma sobrancelha.

— A senhora está bem a par — diz ele. — Portanto, pode ver que o Sr. Groesbeek nada teve a ver com a morte de Rosalie Moosdijk. Sjaak van Vliet confessou o crime.

— Talvez Sjaak van Vliet não estivesse trabalhando sozinho — sugiro. — Só Rosalie foi encontrada. Se ele também é acusado de assassinar as outras meninas desaparecidas, não pode, com certeza, ter feito tudo sozinho. Talvez tivesse um cúmplice. Alguém que tinha contato com meninas daquela idade, alguém que pudesse fazê-las entrar na van sem suspeitar de nada. Eu me movo cada vez mais para a ponta da cadeira.

— São suposições — Hartog corta meu argumento.

— Não se começa uma investigação com suposições? Tem que existir alguma coisa para se investigar, não é? — digo, indignada.

Hartog lança discretamente os olhos para seu relógio, mas continua paciente.

— Essas investigações chamam muita atenção, Srta. Kroese. Mexem com muitos elementos ao mesmo tempo, sacodem a poeira, e aí, aparece de novo um programa na TV para relembrar fatos passados. Os programas são vistos por milhões de pessoas e põem todo mundo para pensar. Especialmente os idosos, como eu já disse. Isso ocorre com mais frequência do que a senhorita pensa.

Fico calada durante algum tempo, tomo meu café e reflito. Rosalie Moosdijk estava numa outra escola, mas foi assassinada em Calantsoog, onde Groesbeek morava. Haverá uma conexão, ou terá ele simplesmente ficado tão ligado ao caso a ponto de dar à gata o mesmo nome da menina? É possível que tenha conhecido Rosalie. Mas, e as meninas que não eram de Callantsoog e que não frequentavam o seu colégio?

— Deve haver uma conexão — digo com teimosia, e faço Hartog cúmplice das minhas considerações. — Talvez isso seja mesmo muito comum, mas acho estranho que justamente o Sr. Groesbeek tenha dado o nome das meninas desaparecidas às suas gatas. A metade das meninas frequentava a sua escola.

— Também acho estranho, tenho que admitir, mas acusá-lo de crime é ir longe demais — diz Hartog num tom de alguém que quer continuar sendo gentil, mas que se pergunta quando essa discussão cansativa terminará.

— Talvez ele seja cúmplice. O senhor pode verificar se de alguma maneira ele tem alguma relação com Sjaak van Vliet — prossigo. — Sabe o que deveria fazer? Dar uma olhada no jardim de fundos do Sr. Groesbeek. Está cheio de montinhos de terra estranhos.

Hartog não diz nada, só me olha como se nunca tivesse visto alguém como eu.

— Certamente vamos dar atenção ao assunto, Srta. Kroese, mas não espere muito.

— De que maneira? — insisto.

— Como?

— De que maneira o senhor vai dar atenção ao assunto?

Hartog levanta as mãos num gesto de rendição.

— Vamos falar com o Sr. Groesbeek.

— Isto não é suficiente para um mandado de busca? — insisto. — O senhor não vai cavar o jardim dos fundos?

— Receio que não.

— Ele está muito esquecido. Falar não vai adiantar nada — advirto.

— É — diz Hartog, resignado. — Receio que não possamos fazer mais do que isso.

23

INESPERADAMENTE, OLAF ESTÁ parado em frente à minha porta. É feriado de Pentecostes e eu entro na minha rua depois de ter passado toda a tarde com Jeanine, num bar-restaurante ao ar livre. Buzino, alegre quando o vejo na porta do prédio. Ele me vê e caminha ao meu encontro, então espera eu estacionar.

— Oi — diz quando eu abro a porta.

— Oi — respondo um pouco surpresa. — Que coincidência! Passei o dia todo fora.

— Eu sei — Olaf diz. — Já estive aqui algumas vezes.

— Por que não me ligou? — Tranco o carro e me encaminho para o prédio. Olaf me segue e responde:

— Liguei muitas vezes, mas você não atendeu. Por que o celular estava desligado?

— Estava? — Pego o celular da bolsa e olho a telinha. — Tem razão, que burrice. — Sorrio e abro a porta, mas Olaf me olha fixamente.

— O que foi? — pergunto surpresa.

— Nada — diz secamente, empurra a porta e sobe a escada na minha frente.

— Você não está pensando que desliguei de propósito, não é? Por que faria isto?

— Sei lá — diz Olaf, com o tom ainda seco. — Talvez quisesse passar o dia sozinha.

Não sei realmente o que responder. Por um lado, acho o seu ciúme engraçado, mas por outro lado, me irrita. Abro a porta do apartamento e entramos.

— Quer beber alguma coisa? — pergunto-lhe, jogando minha bolsa no sofá.

Em resposta, ele me puxa para si. Com os braços ao redor da minha cintura, me olha.

— Sabine...

Fito-o.

— Ainda está tudo bem entre nós?

Seus olhos estão perto dos meus, sua respiração se mistura à minha e ele agarra a minha bunda com os dedos.

— Sim — digo, admirada. — Claro.

Sua respiração acelera. Ele se curva e me beija, mas não é um beijo bom. É duro, agressivo e quando me leva na direção do meu quarto eu o empurro. Um lampejo de raiva aparece no seu rosto e eu começo a me sentir pouco à vontade.

— Quer beber alguma coisa? — sugiro de novo sem convicção.

— Não. — Com uma leve pressão ele me empurra para o quarto e solta o meu sutiã por baixo da minha camiseta. Afasto-o.

— Olaf, não estou a fim — digo. — Estou cansada. Vamos beber qualquer coisa e ver televisão.

Irritado, ele me dá um empurrão e caio na cama.

— O que está havendo? — grunhe.

— Nada, só estou cansada. Não podemos simplesmente trocar uns beijos por enquanto? Abrir uma garrafa de vinho?

Na verdade, prefiro que ele parta, mas algo nos seus olhos me impede de mandá-lo embora.

Olaf me fita por um longo tempo.

— Tudo bem — diz finalmente.

Saio da cama e vou para a cozinha. Lutando com o saca-rolha, fico pensando no comportamento estranho de Olaf. Está com ciúmes, concluo. Morto de medo de ser rejeitado, só porque eu passei um dia fora e não liguei o celular. Minha nossa!

Puxo bruscamente a rolha da garrafa e vou para a sala. Olaf colocou duas taças na mesa e está sentado com os braços estendidos no encosto do sofá. Ainda está carrancudo e fico com vontade de ir sentar em outro lugar. Em vez disso, sento-me a seu lado e consinto que ele me beije. Agora ele está todo carinhoso, mas eu não consigo me recompor tão facilmente. Cuidadosamente, me afasto dele e encho as taças.

Quando a garrafa está quase vazia, ele já está de bom humor e se pendura meio sonolento em mim.

— Sabe, às vezes eu gostaria de acreditar em Deus — diz ele com a língua meio enrolada.

— Por que isso agora? — reajo com surpresa.

— Sei lá.

— E por que gostaria de acreditar em Deus?

— Porque a Igreja Católica dá muito apoio. E perdão.

— E de que pecado horrível você precisa ser perdoado? — pergunto, sorrindo.

Ele não responde, tira um cigarro do bolso, acende-o e sopra a fumaça para o teto. Não suporto cigarros na minha casa. Fumo de vez em quando, mas sempre fora, ou num bar. Mas este não é o momento de falar nisso. Procuro tolerar o cheiro e olho sorrindo para Olaf.

— Conte que segredos tenebrosos você está escondendo de mim.

Ele inala profundamente.

— Fiz algo terrível — confessa.

— O que foi? — pergunto com curiosidade.

Ele sacode a cabeça e afasta o olhar.

— Todos nós alguma vez fazemos algo do qual nos arrependemos mais tarde — digo com um ar divertido.

— Esta é a questão, eu não me arrependo — explica Olaf.

— Ah... — Fico assustada por um momento. — Então não precisa ficar preocupado, não é? Não deve ser tão ruim.

— Sabine, às vezes é difícil a gente prever as consequências. As coisas fogem do controle e é melhor guardá-las para si. Ninguém entenderia que essa não era a nossa intenção. Ninguém. Por isso é tão sério.

Sinto um calafrio subir pelas pernas. Os pelos dos meus braços se arrepiam.

Olaf se vira e com um dedo afasta uma mecha de cabelo do meu rosto.

— Com exceção de você — diz com ternura. — Só você compreenderia.

Não faço perguntas, olho-o com uma angústia crescendo dentro de mim. Não o quero tão perto de mim, tão perto que não possa mais me afastar. Não quero o seu rosto tão perto do meu. Não quero que me beije e que suas mãos me afaguem onde não gosto de ser acariciada.

O que será, meu Deus, que ele quer dizer? O que terá feito de tão terrível? Quero mesmo saber?

— Tenho que ir embora — diz Olaf inesperadamente.

Ele se levanta, vai até ao banheiro e, sem fechar a porta, urina. Quero me levantar para levá-lo até a porta, mas acho melhor não parecer tão ansiosa. Portanto, fico descontraída no sofá e me sirvo do resto do vinho. Olaf já terminou e vai para o corredor.

— Bem, vejo você amanhã no escritório — digo com alegria forçada.

— Amanhã é o segundo dia de Pentecostes — fala Olaf.

— Ah, é mesmo. Feriado, que bom!

— O que você vai fazer?

— Não sei ainda. Dormir até tarde — digo vagamente.

— E depois?

— Podemos marcar qualquer coisa — sugiro, baixinho.

— Vamos ver — fala Olaf. — Eu telefono, está bem?

— Está.

Levanto-me, com a taça de vinho ainda na mão, dou-lhe um beijo e abro a porta para ele sair. Quando a porta se fecha atrás dele, respiro profundamente, inalando e exalando. Pergunto-me o que terá de tão terrível na sua consciência.

24

ELE NÃO TELEFONA. Fiquei todo o feriado esperando por um telefonema em vão. Terça-feira, com o sol da manhã, vou pedalando para o trabalho. Assim que entro no escritório, a conversa para.

Renée e Margot, e até mesmo Zinzy, me olham como se tivessem sido apanhadas em flagrante. Olho para cada uma, não digo nada e ligo o meu computador. Com toda calma e autoconfiança, vou para a máquina de café no corredor. Imediatamente, Zinzy vem até a mim.

— Não estava fazendo parte das fofocas — ela me conta com uma expressão séria.

— Tudo bem — é só o que digo. Para falar a verdade, não sei o que pensar.

— Fiquei com medo de que você pensasse assim porque eu estava virada para elas.

Posso imaginar que Zinzy não queira tomar abertamente o meu partido, mas no meu lugar eu teria me afastado e continuaria a trabalhar. Evito olhar para Zinzy e digo-lhe que vou comprar um doce na máquina.

A caminho do elevador encontro Ellis Ruygveen, a chefe do Departamento de Recursos Humanos.

— Você parece contente — diz sorrindo.

Faço um trejeito com a boca simulando um sorriso.

— Ainda tem problemas com Renée? — pergunta.

Olho-a surpresa.

— Walter falou com Jan sobre isso — diz ela.

Jan Ligthart é o diretor de Recursos Humanos. Então eles também estão sabendo. Afasto os olhos, cansada disso tudo.

— Veja só, nem todos estão tão entusiasmados com Renée quanto o seu chefe — diz Ellis. — Ela se candidatou para trabalhar no RH, mas não me causou uma boa impressão.

— Ela se candidatou...?

— Estou grávida — diz Ellis com um sorriso.

Imediatamente, desvio os olhos para sua barriga, que realmente já está maior que antes.

— Quero voltar ao trabalho em meio expediente — diz Ellis. — E, como já estamos precisando de mais gente no RH, buscamos alguém para trabalhar em tempo integral.

— E Renée se candidatou para essa função? — Saio da parede do elevador e olho com interesse para Ellis. — Você acha que ela vai conseguir o posto?

— Deus me livre. Prefiro trabalhar com você, Sabine. Não está interessada em se candidatar?

O sangue corre veloz nas minhas veias.

— Estou, sim — digo. — Com certeza.

— Então, escreva uma carta. Hoje. Renée é a única candidata adequada, depois de você.

— Não sou tão adequada assim. Renée é a chefe do departamento.

— Chefe de quê?

— Chefe do departamento.

— De onde você tirou isso? — pergunta Ellis. — Esta função não existe. É bem típico do Walter inventar funções. Já fez isso antes, para motivar a sua equipe. É tudo besteira.

Olhamos uma para a outra. De repente o dia já parece menos longo.

— Agora que você está trabalhando em tempo integral, queria esclarecer umas coisas — diz Renée, com as mãos cruzadas sobre a mesa. — Sua atitude e esforço têm que mudar drasticamente e você... Está me escutando?

— Como? — pergunto olhando, ausente, para a tela do meu computador.

— Dizia que sua atitude tem que mudar drasticamente. E acho que...

— Estou com vontade de tomar café — comento, afastando minha cadeira. — Você também?

Ela me olha, atônita, sem saber o que dizer. No corredor, com uma satisfação maldosa, me sirvo de um copo de café. Quando volto, Renée ainda está sentada na mesma posição.

— Sabine — diz com frieza. — Estávamos conversando.

— Não, você estava se queixando — falo. — É algo muito diferente. E, oficialmente, você não tem porra nenhuma para dizer a meu respeito, e portanto eu não pretendo ouvir nada, entendido?

Vou para a frente do computador e bebo um gole de café.

Renée se levanta.

— Vou falar com Walter — diz comedidamente.

Eu rio.

Após as 18 horas, quando todos já estão de partida, eu fico protelando. Assim que me vejo só, formulo rapidamente uma carta de candidatura e um currículo. Depois de imprimir, deleto os arquivos, ponho as duas folhas num envelope e me dirijo ao departamento de Recursos Humanos. Ellis já foi embora. Jan ainda está no escritório; seu casaco se encontra pendurado na cadeira, mas ele não está na sua mesa. Coloco a carta sobre o seu teclado e vou para casa.

À noite Olaf telefona e eu lhe conto que me candidatei ao cargo.

— Você vai conseguir — diz ele imediatamente.

— Você parece muito seguro disso — rio.

— Estou, sim. Se a escolha for entre você e Renée, está claro quem vai conseguir. Não pense que ela é páreo para você — diz Olaf, decidido.

Espero que seja assim. Ele não explica por que não ligou antes e também não pergunto.

Eles ainda estão aqui, fragmentos de lembranças, imagens das profundezas mais negras do meu pensamento. Elas me atacam nos momentos mais estranhos e eu não lhes ofereço mais resistência. É o que tenho feito o tempo todo, percebo. Contudo, agora, estou mais velha. Já faz tanto tempo, tenho que superar isso.

E então, sinto o vento nos meus cabelos.

Meus braços estão apoiados no guidão da bicicleta. Vou pedalando, enlouquecida, ouço minha respiração ofegante, sinto falta de oxigênio nos pulmões. O pânico me faz correr, como uma rajada de vento inesperada. Enlouquecida, aumento a velocidade, já não aguento mais. Cada vez que uma lembrança invade a minha visão, sacudo a cabeça e pedalo com a maior rapidez possível.

Chego em casa, numa casa vazia. A bicicleta a motor de Robin não está na porta, nem o carro: minha mãe acabou de ir ao hospital.

Corro pela escada acima, para o meu quarto. O pânico já não pode me atingir, eu o enterrei atrás de uma neblina grossa, defensiva. Mas lá no fundo, meu coração ainda abriga o medo e o desespero.

Dou voltas e voltas, pouco consciente da minha compulsão. Só paro quando a neblina se dissolve e o meu quarto de menina dá lugar ao apartamento que me é familiar.

Devagar, vou até a cômoda. Com atenção, me examino no espelho antigo.

Não pareço uma jovem mulher carregando um imenso segredo. Mas talvez, olhando nos meus olhos, não se veja nenhum brilho, nenhuma centelha. Os olhos são o espelho da alma. Pressiono o nariz no vidro e olho. Os olhos azuis me olham de volta sem revelar seus segredos.

"Para os problemas, deve-se buscar as causas e não as soluções", disse a minha psicóloga quando eu estava em tratamento. "O seu subconsciente tem todas as soluções, lá estão armazenadas todas as suas motivações. O que você deve fazer agora é ficar consciente delas, do seu *self*. Tenho a certeza de que há algo escondido no seu subconsciente, mas não posso trazê-lo à tona. Não sem o seu consentimento."

Na época, não me interessei pelo seu discurso, mas agora me lembro palavra por palavra. De repente, o meu apartamento me parece pequeno, sufocante. Pego a minha bolsa, desço as escadas correndo e levo a bicicleta pelo corredor afora.

O tempo está bom. Quente. O ar fresco e o sol no meu rosto me fazem bem. A dor no peito diminui e o barulho da cidade é tranquilizador, familiar.

Salto da bicicleta em frente à biblioteca do Prinsengracht e a tranco com três cadeados. Se há algum lugar onde possa encontrar a resposta para minhas perguntas é nesta biblioteca; na seção de psicologia me mantenho ocupada até a hora de encerramento. Consulto um grande número de obras sobre o funcionamento da memória. Leio, copio, seleciono e volto para casa com uma pilha de livros.

Instalo-me na varanda com uma xícara de chá e começo a ler. *Onde se localiza a consciência?* É o título de um capítulo e algo que também gostaria de saber. Leio sobre o córtex cerebral, as células nervosas e lóbulos cerebrais, mas não dá para lidar com este tipo de problema pelo ângulo biológico. A consciência é um processo neurológico. É como uma peça musical, com contribuições de todas as partes do palco, de acordo com o neurologista americano Antonio Damasio. Imagine uma orquestra com inúmeros músicos. Onde se encontra exatamente a música?

Este assunto não me interessa tanto. Folheio o livro até encontrar algo que me atraia.

A memória.

Interessada, inicio a leitura.

As lembranças são construções, elas crescem e amadurecem à medida que a vida prossegue. Tenha cuidado com enunciados como: lembro-me como se fosse hoje, adverte o psicólogo Michael Ross.

E algumas páginas adiante: *Que a memória necessita de um empurrãozinho, William James já se tinha dado conta, no sécu-*

lo XIX. Suponha que eu fique calado por um momento, e então diga... Lembre-se! Chame! A sua memória obedece a ordem e produz uma imagem aleatória do passado? Claro que não, ela fitaria o espaço e indagaria: de quê exatamente você quer que eu me lembre?

A memória não funciona sob comando, mas é guiada por estímulos. Não adianta perguntar à memória o que precisamente ativou a lembrança, raramente pode-se identificar a alusão oculta.

Folheio mais adiante, o olhar passando de linha em linha.

Quando começamos a procurar lembranças que perdemos, entramos no estranho reino da psique chamado repressão. O conceito de repressão parte do princípio do poder do espírito. Os adeptos da teoria acreditam que o espírito se defenda de eventos traumáticos expulsando certas experiências e emoções do consciente.

Sinto o peso do livro nas minhas mãos.

Nossa disposição de espírito pode abrir ou bloquear as portas. O fenômeno se chama amnésia. Uma parte da memória, a explícita, não se recorda dos acontecimentos, enquanto que outra parte, a memória implícita, funciona independentemente, e se lembra do trauma na forma de sonhos e sentimentos de ansiedade e medo.

A repressão não é uma opção consciente. Está associada a uma situação psicológica ou física tão violenta que a pessoa não tolera se lembrar. Não optamos por banir uma imagem do pensamento, fazemos isso automaticamente. Através da repressão, nos protegemos. É a maneira do nosso espírito se defender de algo que não podemos enfrentar.

Sinto o vento no meu cabelo.

Todos os argumentos e conclusões são baseados em exemplos reais. Vou lendo, com um sentimento crescente de mal-estar. Deixo o livro cair no meu colo, pego o chá na mesa ao lado e tomo um gole. Lá do fundo, vem uma vozinha que há anos tento calar.

À noite, tento fazer uma experiência com a minha memória fechando os olhos e me abrindo para tudo o que bani. Não funciona. Parece que há uma sombra oculta dentro de mim que me leva para uma determinada direção e me dá a sensação de estar bem perto para, no último momento, desaparecer sem deixar rastros.

Talvez eu conseguisse me lembrar de tudo se fizesse o possível, mas não ouso.

Cada vez que bate a escuridão e vem um vislumbre do passado, resvalo nos meus sonhos covardemente. Sonhos reveladores que se dissolvem no raiar do dia e me despertam coberta de suor.

Exausta, me levanto e vou para o trabalho. Chove. O calor dos últimos dias é substituído por uma tempestade que libera odores dos parques. Entro depressa no carro, os para-brisas furiosos são a única visão que tenho da rua. Chego um pouco tarde no trabalho onde todos sacodem os casacos molhados e os guarda-chuvas.

Distraída, abro a correspondência. Os comentários maldosos dos colegas deslizam sobre mim como as gotas de chuva nas janelas.

Como se o meu corpo estivesse levitando, observo-me: excluída e isolada. Minha psicóloga me ensinou como devo me consolar. Ela me aconselhou a procurar a Sabine solitária e infeliz de antigamente e apoiá-la. Foi o que fiz. Procurei e encontrei aquela menina. Nas ruas de Den Helder e no pátio da escola.

E agora vejo-a no vestiário do ginásio de esportes. Ela entrou no chuveiro depois das outras, para manter a sua privacidade. O grupo a ignora como sempre e troca de roupa, falando e rindo ruidosamente. Todos já foram embora quando ela se move imperceptivelmente do chuveiro para o vestiário.

Lá fora, os alunos animados e barulhentos estão no pátio, é a hora do recreio. Mais cinco minutos, a sineta toca e a próxima turma entra para a aula de ginástica.

Ela se enrola na toalha para reprimir o pânico que toma conta de si. Seus olhos voam pelo espaço, pelos bancos de madeira e os ganchos de roupas. Não só as meninas se foram, mas também a sua calça jeans, a jaqueta branca, os sapatos e as roupas de ginástica. Ela sai pelo vestiário inspecionando todos os cantos, mas todas as suas roupas desapareceram.

Ela vai para o corredor, chama a professora de ginástica, mas ninguém atende. Finalmente, ela entra na sala onde guardam bolas de basquete, bastões de hóquei, achados e perdidos. Na cesta de roupas de ginástica esquecidas, ela pega uma camiseta e uma calça de moletom. Tudo serve muito bem, e antes de o sinal tocar ela vai descalça para o corredor, saindo da escola pela porta principal, o que é expressamente proibido.

Naquele momento, o sinal toca e o pátio fica vazio. Ela vai buscar a sua bicicleta e vê suas roupas espalhadas, pisoteadas e amassadas na lama. Ela apanha tudo: o casaco novo, a calça jeans preferida, os sapatos, a blusa rasgada em pedaços.

Observada por muitos olhares atrás das janelas, ela se veste com as roupas sujas, monta na bicicleta e vai para casa. Não há ninguém. Ela põe a calça jeans na máquina de lavar, limpa os sapatos com água morna e examina os buracos na blusa e os cortes no casaco. Joga-os fora.

De repente, tudo volta.

Foi Robin que a levou na garupa da bicicleta a motor à cidade para comprar outro casaco. Robin, que inesperadamente chegou em casa e a encontrou com as roupas destruídas.

— Não conte à mamãe — disse ela quando voltavam da cidade. — Ela já tem preocupações suficientes com papai no hospital.

Ele concordou, com uma expressão séria e os lábios contraídos.

Ela foi para o quarto e deitou na cama, se perguntando o que tinha feito de mau para que Isabel a odiasse tanto. Não encontrou motivos.

Até agora, eu ainda não encontrei. Provavelmente, eu tinha um ar vulnerável de vítima fácil, e esta deve ter sido a razão para o grupo explorar os meus limites. Estes eram bastante flexíveis. Eu nunca me defendia. Eu me fechava cada vez mais, até ficar completamente isolada dos outros, tentando vencer os longos dias na escola.

Ainda fico sufocada quando penso nisso. "O que você gostaria de dizer àquela menina solitária?", perguntava a psicóloga.

"Que não será sempre assim. Gostaria de acalmá-la e consolá-la."

"Faça isto. Abrace-a."

Tenho feito isto frequentemente. Ajuda. Não diretamente, mas num certo momento, pude me desvencilhar daquela menina. Pude me ver como uma Sabine diferente, uma Sabine mais velha, que tinha capacidade de consolar o meu outro eu, mais novo.

Entretanto, agora não quero mais dar consolo.

Eu quero respostas.

25

Não estou conseguindo me concentrar no trabalho. Tenho que voltar para Den Helder. Sem nenhum remorso, aviso que não trabalharei à tarde porque estou doente. E estou doente mesmo, completamente esgotada com as lembranças. É impressionante o quanto assoma; como se algum ímã tivesse sido acionado e puxasse uma recordação após a outra.

Não há como parar o filme e também não me esforço mais tentando. Conheço a história, imagino o final, mas não tenho certeza.

Vou ao refeitório apanhar uma xícara grande de café forte, pego as chaves do carro e vou embora. Sigo para Den Helder, o mais devagar possível, com o rádio ligado. Canto junto, baixinho, mas minha voz soa insegura. Quando me aproximo do centro de Den Helder, depois de uma horinha, sigo direto para o Bernardplein, retiro o rádio da gaveta, coloco-o na bolsa e desço do carro. À minha direita está De Kampanje, o teatro; à frente, a biblioteca central. Meu antigo refúgio para as longas e solitárias horas vagas. Entro no prédio familiar, subo as escadas, sento-me à mesa, exponho o diário e começo a folheá-lo sem pressa.

Passado um tempinho, a menina se aproxima de mim espontaneamente

— Você tem que me ajudar — peço.

Ela me fita com os grandes olhos azuis, mas não diz nada.

— Você não pode ficar em silêncio para sempre — digo.

Ela desvia o olhar.

— Você a viu. Não, não estou falando do cruzamento, mas depois. Por que não diz nada a respeito? Por que não me conta o que viu? — Ela continua em silêncio. Os cabelos louros caem desordenadamente sobre o rosto.

— Que tal darmos uma volta de carro? — sugiro.

Rodamos ao acaso. Choveu a manhã toda, mas, agora, o sol se insinua cuidadosamente. Den Helder parece tranquila, quase abandonada. Estamos em 2 de junho; as férias de verão ainda não começaram. Estão todos encarcerados atrás de vidro, seja em salas de aula ou no trabalho. Pegamos a Middenweg a caminho da escola e passamos pela praça, que brilha de tantas bicicletas. Não descemos, continuamos até o cruzamento na Jan Verfailleweg. O sinal está vermelho e eu piso no freio. Olho para a frente, em silêncio. A mocinha também olha para a frente. Procuro me colocar nos pensamentos dela, partilhar suas lembranças.

— Foi aqui — disse. — O micro-ônibus estava parado ali; e eu estava lá, de bicicleta. Isabel estava à frente. Ela não conseguia me ver.

Assinto com a cabeça.

— O sinal ficou verde. Isabel seguiu em frente, na bicicleta. O micro-ônibus alcançou-a e eu virei à direita — completa a menina.

— Sei — confirmo. — Você entra na Seringenlaan e, de lá, vai para as Dunas.

— Ela tinha um encontro — revela a menina.

Meu coração começa a palpitar; fecho os olhos por um instante.

— Com quem? — ouço-me perguntando com a voz embargada. — Com quem Isabel tinha marcado esse encontro lá?

— Não sei. Ela não me disse o nome dele e eu não vi ninguém.

— Mas você os viu entrando no bosque. Você os seguiu — insisto.

A menina vira o rosto para o outro lado.

— De jeito nenhum — diz, negando. — De onde você tirou essa ideia?

— Você pode me contar — acalmo-a, mais simpática e paciente do que me sinto. — Eu sei por que você os seguiu. Eu sei do que você tinha medo. — Olho para o lado, mas ela se recusa a me encarar.

— O que você viu é tão horrível assim? — quero saber. — Tão horrível que não queira nem falar comigo a respeito?

Ela emudece.

O sinal fica verde, engato a primeira e sigo em frente. Isto não está dando certo; tenho que tentar de outra maneira.

As Dunas Escuras erguem-se ameaçadoras como uma linha negra diante de nós. Elas só aparentam ser mais amáveis quando passamos pelo bosque. A luz do sol cai sobre as copas fechadas, espanta a sombra entre os troncos e deita um tapete de claridade sobre as trilhas. Anda-se de bicicleta, corre-se e passeia-se na via que ladeia o bosque. Há alguns adolescentes sentados na frente da lanchonete. Só quando dou a volta para entrar no estacionamento atrás do local vejo que ela começa a ficar nervosa. Mexe no anel, olha timidamente pela janela, passa a fitar os sapatos.

Tiro a chave do motor.

— Vamos? — Minha voz é agradável, mas o meu tom é decisivo. Abro a porta e saio, porém ela continua sentada.

— Vamos juntas — digo com convicção.

Após alguma hesitação, ela sai. Tranco o carro e atravessamos a estrada para entrar no bosque. Passamos pela chácara das crianças e vamos pelo bosque adentro. De vez em quando, uma ou outra pessoa fazendo cooper nos ultrapassa. Seguimos a trilha em volta da lagoa dos patos, do mirante, e mais adiante, onde a trilha é mais estreita e menos visitada, indo em ziguezague até as dunas.

De repente, a menina para. Diminuo o passo e olho para ela.

— Foi aqui, não é? — Pela primeira vez ela me encara, com os olhos bem abertos, cheios de angústia.

— Eles discutiram — sussurra ela. — Uma discussão fortíssima! Ele bateu nela, puxou seu braço, sacudiu-a toda, bateu de novo, mas ela se desvencilhou e correu. Para aquele lado. — Ela estica o braço e aponta para o mato espesso no bosque.

Olho para o ponto que ela indica. Um lugar tão desolado e quieto, tal como naquele dia de primavera. Fico olhando para o ponto e tento retroceder no tempo.

É um dia de calor, acabo de sair da escola. É segunda-feira de tarde, o pior dia da semana. O fim de semana terminou, e a sexta-feira ainda está longe. Segunda-feira à tarde é dia de ir à biblioteca. Daqui a pouco, vou passar horas procurando nas prateleiras livros que me transportarão para um outro mundo. Mas não estou na biblioteca, estou seguindo Isabel, que entrou no bosque com um homem, e que agora discute com ele num lugar silencioso.

Vejo-me parada lá ao lado da trilha, com a minha bicicleta. A vegetação me envolve num abraço sufocante. Há arbustos, ramos, troncos por toda parte; os dois na trilha do bosque não podem me ver. Mesmo quando Isabel se livra e foge para o bosque e seu atacante grita qualquer coisa, eles não me veem.

Saio da trilha do bosque lutando contra o mato que está mais espesso do que há nove anos. Como antes, sigo Isabel. Não vejo o seu atacante. Terá ido embora? Ou terá ido para outro lado planejando fazer uma emboscada?

Vou para a clareira, posso encontrá-la até de olhos vendados. Só preciso seguir a sombra que acena da parte mais remota da minha memória para chegar aonde jamais quis estar. As árvores retrocedem, tenho as solas cheias de areia, e lá está a clareira no ponto onde o mato fica menos espesso, e a curva da primeira duna começa.

Através da sombra das árvores, vejo a clareira arenosa na minha frente. O sol me cega. Pisco os olhos, ponho a mão na testa, dou um passo para a frente e vejo Isabel deitada, com o seu cabelo preto se destacando na areia branca.

Fico pensando nesta lembrança durante todo o percurso para casa. Tenho buracos na memória, mas não são negros, nem insondáveis. É como se por cima de tudo houvesse um tecido muito tênue no qual tento penetrar. Esforço-me para ver o que há dentro, mas ainda não está totalmente transparente.

Vou rodando na escuridão do túnel Wijker e, quando saio do outro lado na claridade, já deixei Den Helder para trás, e tudo o que me liga à cidade. Volto para o meu cotidiano e cumprimento sorrindo as placas sinalizam o bairro Bos en Lommer, tal como se tivesse escapado de um grande perigo.

Levo um quarto de hora para encontrar uma vaga. Afinal, consigo espremer o meu carrinho entre dois outros, empurrando um contra o outro, e pronto. Perfeito, nada mais a fazer.

No entanto, ao ver o meu apartamento da rua, sinto uma sensação esquisita. O sol se reflete nas janelas, enviando sinais de advertência.

Os meus passos na escada soam diferentes do normal. Estou pisando tranquilamente, em vez de subir com o ímpeto costumeiro. Noto que o meu coração mal aguenta o esforço, e olho para a minha porta com certa desconfiança.

Alguém terá vindo aqui?

Tento abrir a porta. Está trancada. Ponho a chave na fechadura, viro-a e empurro a porta. Como heroína do cinema, me detenho na porta, cautelosa e prudente. Sempre detestei os momentos previsíveis de filmes de suspense em que a heroína suspeita de algum perigo e, tremendo, entra na sua casa assaltada. Nunca lhe ocorre que poderia procurar uma arma, chamar a polícia, ou simplesmente acender a luz.

A minha casa não está escura, nem foi assaltada. Mas alguém esteve aqui.

Ali mesmo na entrada, através da porta do corredor, vejo um enorme buquê de rosas vermelhas na mesa, caprichosamente dispostas num vaso.

Não parecem tão perigosas, as rosas. Contudo, preciso fazer um esforço para entrar. Só posso pensar em uma pessoa que teria este gesto tão romântico. Mas como conseguiu uma chave?

Com sentimentos de ambivalência, me dirijo para a mesa e leio o cartãozinho pendurado numa das rosas. O texto é menos poético do que ele esperava.

Me ligue. Olaf.

26

— Sabine, você está em casa? Por onde anda? Telefone assim que ouvir esta mensagem. — A voz de Zinzy parece inquieta e apressada. Ouço as minhas mensagens contemplando as rosas de Olaf, com o seu cartãozinho na mão.

Na telinha da secretária vejo que me ligaram do escritório. Imediatamente, a dor de estômago volta, mais forte ainda do que quando eu subia as escadas para o meu apartamento. Merda, eu disse que estava doente. Levo algum tempo repetindo a minha defesa: *Fiquei quase o dia todo de cama. Não, não ouvi o telefone. Bem, ouvi uma vez, mas estava me sentindo tão mal que nem me levantei. Sim, agora estou um pouco melhor, não sei o que me deu.*

Consulto o relógio. Ainda não são 18 horas. Telefono para o escritório.

— É Sabine. Ouça, passei a tarde toda na cama e...

— Ah, Sabine, que bom que você ligou — Zinzy me interrompe. — Renée sofreu um acidente.

Não posso dizer que eu tenha me assustado muito. O meu primeiro pensamento é: bem feito!

Controlo-me, reprimindo a reação inicial, e pergunto com um tom preocupado:

— O que aconteceu?

— Houve um incêndio no apartamento dela. Renée teve folga esta tarde; aconteceu enquanto estava no chuveiro.

— Então ela estava em casa?

— Sim. A sala de estar e o corredor estavam cheios de fumaça, e aí ela abriu a porta da varanda e pulou para fora.

Ficamos em silêncio. Estou um pouco impressionada.

— E agora? Como ela está?

— Ela mora no primeiro andar, então se arriscou a pular, mas a queda foi ruim. Não sei exatamente o que aconteceu, mas ligaram dizendo que ela estava na UTI.

Fico olhando para a frente, chocada.

— O estado dela é crítico?

— Não tenho a menor ideia. Amanhã vamos visitá-la. Isto é, se for possível. Pode ser que só a família possa entrar.

Ela não pergunta se eu também vou e eu também não sugiro nada.

— Achei que você devia saber — diz Zinzy. — Todos aqui no trabalho só falam nisso. Seria esquisito você chegar aqui amanhã sem saber.

— Você tem razão. Obrigada, Zinzy.

— Até amanhã, Sabine.

Eu desligo e vejo que a secretária eletrônica continua piscando. Mais uma mensagem. A voz de Olaf toma conta da sala: *Oi, linda! Você deve estar em Den Helder. Queria dizer que estou pensando em você e que acho que nos vemos muito pouco. Gostou das flores? Se você quiser me agradecer pessoalmente, vou lhe dar esta oportunidade. Hoje, no Café Wallem, às 19 horas.*

Dou uma olhada no cartão na minha mão. Depois do seu mau humor de domingo, não sei se estou a fim. Mas decido lhe dar uma nova chance.

O Café Wallem é um restaurante da moda em Keizersgracht. É uma sala comprida e estreita com móveis assinados por um designer, piso de granito e está sempre cheio. Estive lá uma vez, e embora as cadeiras fossem desconfortáveis, a comida era boa e o ambiente, ainda melhor.

Espero encontrar Olaf sentado numa mesa reservada, com uma rosa entre os dentes, mas não o vejo entre todas as pessoas que falam e comem. Encosto-me no bar como se quisesse pedir uma bebida e não estivesse esperando por alguém, pego uma balinha de hortelã de uma vasilha, consulto o relógio e começo a ficar inquieta.

Sete e quinze. Eu cheguei tarde, mas ele ainda não chegou. Se há alguma coisa que detesto é homem atrasado.

Vou embora do bar e quando abro a porta dou de cara com Olaf.

— Oi, você já estava aí?

— Já — digo irritada.

Ele põe a mão na minha cintura, me puxa e me beija na boca.

— Nós nos vemos pouco — diz gravemente. — Precisamos mudar isso. Vamos seguindo?

— Você fez reserva? — pergunto. — Está lotado.

— A gente acha um lugar. — Olaf empurra a porta, me deixa atrás na rua e com passos largos entra no restaurante. Por pouco a porta não bate na minha cara.

— Obrigada! — exclamo, mas ele nem me ouve.

Sigo-o e olho em volta. No corredor estreito, todas as mesas estão ocupadas. No entanto, nos fundos, perto do jardim, um casal da nossa idade acaba de pôr a gorjeta de cinco euros no pratinho.

Olaf corre para a mesa, ultrapassando um casal de meia-idade que já espera há algum tempo. Com um largo sorriso ir-resistível, Olaf põe a mão no respaldo da cadeira e diz para o jovem casal:

— Vocês estão indo embora, não? Ótimo!

A moça sorri e se levanta da mesa.

— Está cheio, podem ir sentando, nós pagamos no bar. Venha, John.

Eu hesito, mas Olaf se senta. O casal de meia-idade olha um para a cara do outro, emudecido.

— Querem... — eu começo a falar, mas eles já estão partindo.

— Sente-se! — diz Olaf. — O que quer beber?

— Um vinho branco — respondo, puxando a cadeira.

— Frascati?

— Se tiverem.

— Claro que têm. Diga, você não ficou surpresa quando chegou em casa hoje à tarde? — pergunta com os olhos brilhando.

— Com certeza — respondo. — Fiquei me perguntando como você entrou.

— Ah, a sua vizinha do andar de cima me deu uma chave — responde Olaf.

Decido que preciso ter uma conversinha com a minha vizinha.

— Depois joguei a chave na caixa de correio dela — diz Olaf. — Ela achou muito romântico, as rosas. — Ele me olha com malícia.

— Eu também. Foi um gesto carinhoso da sua parte — forço-me a dizer.

O que está havendo comigo? O que aconteceu com o clima gostoso, descontraído entre nós? Por que estou sentada na ponta da cadeira procurando um assunto para conversarmos?

— Você já ouviu falar no que aconteceu com Renée? — pergunto.

— Já, o incêndio. Foi bom.

— Como assim?

— Por assim dizer. Foi em boa hora.

Olho-o sem entender.

— Ela queria aquele emprego na seção de Recursos Humanos — explica ele. — Ellis disse que Renée tinha agendado uma entrevista com Jan. Bem, isso não vai adiante. Agora você vai obter o emprego, pois não há outros candidatos.

— É uma conclusão precipitada. Eles podem estender o período para os candidatos, não é?

— Mas já está quase na época da licença-maternidade de Ellis...

— E com o nascimento... Não, você tem razão, vão ter que decidir logo. Tem certeza de que não há outros candidatos?

— Segundo Ellis, não. Não sei se Jan tem alguém em mente, mas presumo que tenha discutido todos os candidatos em potencial com Ellis. Afinal, mais tarde ela terá que dividir o trabalho com a outra pessoa.

— É, sim. — Estudo o cardápio, mas os meus pensamentos estão longe. Posso perfeitamente trabalhar com Ellis, é uma garota legal. Por outro lado, não gosto da ideia de Renée ter conseguido se livrar de mim. — Renée vai ficar muito tempo fora de circulação — digo, pensativa. — Merda, como vamos ficar sem a nossa chefe?

— Vocês vão ficar totalmente perdidos — diz Olaf, rindo.

O garçom limpa a mesa e anota o pedido. Escolho a salada César e um filé. Olaf opta por massa. As bebidas chegam e brindamos.

— Onde você esteve hoje? Em Den Helder?— pergunta Olaf.

— Sim.

— Por que você vive indo para lá?

— Estou começando a me lembrar de certos fatos de antigamente. Ajuda quando vou para lá.

— Por que quer fazer isso?

Estupefata, olho para ele.

— Porque quero. Fico irritada em esquecer coisas importantes.

— Você não sabe se são importantes, apenas acha que são — diz Olaf.

Olho para o seu rosto, que de repente parece fechado. Por que terá ficado zangado? Pergunto-lhe, e com um suspiro ele põe a cerveja na mesa.

— Eu não gosto de ficar remexendo e escavando o passado. O que passou, passou, fim de papo. Hoje em dia todo mundo parece ter tido algum trauma que precisa tratar. Tem que se conhecer profundamente, mergulhar nas emoções, trazer tudo à tona. Que besteira! Não é por acaso que estão escondidas, então deixe ficarem assim, eu acho. — Olaf me olha e vê que suas palavras não caem bem, pois acrescenta com uma voz suave: — Nós vivemos aqui e agora, Sabine. O que se consegue em revolver o passado?

— A verdade — digo.

A comida chega e então há um silêncio tenso por um instante. Quando o garçom se vira, Olaf retoma a conversa:

— E você fica mais feliz sabendo a verdade? — pergunta.

— Acrescenta algo à sua existência saber o que aconteceu com Isabel?

— Não sei.

— Pois eu sei. Não adianta nada! Só causará mais dor e sofrimento, e não trará Isabel de volta.

Fico em silêncio. Evidentemente, não é um assunto para se discutir com Olaf. Pena, seria bom poder trocar ideias com alguém que viu tudo de perto. Falamos sobre futilidades, é agradável, mas eu me sinto um pouco desapontada.

Não comemos sobremesa e voltamos pedalando pela cidade. Olaf me acompanha até a minha casa, mas eu não o convido para subir. Trocamos um beijo no portão de entrada, estou encostada na porta de madeira. Sua boca escorrega para meu pescoço, suas mãos puxam minha roupa. Deixo-o fazer o que quer, mas estou consciente da sua crescente urgência. Afasto-o de mim o mais gentilmente possível.

— Estou exausta — me desculpo. — Não vejo a hora de cair na cama.

Olaf levanta as sobrancelhas.

— Cansada? Por quê? O que fez você ficar tão cansada?

Dou de ombros.

— O trabalho e... estive a tarde toda em Den Helder.

— E agora está tão cansada que não pode beber nada comigo? Nem um copo?

Faço cara de desconsolada.

— Sabine, só são 10 horas!

Não gosto do olhar desconfiado que me lança.

— Desculpe, fica para a próxima — digo secamente, e me viro para a porta.

— Só uma bebida! Prometo não ficar muito tempo — insiste ele e me dá um beijo no pescoço.

195

Tenho certeza de que não ficará só nisso. Sorrindo, balanço a cabeça; vislumbro uma sombra de raiva reprimida passar pelo seu rosto. Ou estarei imaginando? Quando o olho com atenção, a sua expressão voltou ao normal.

— Quando te vejo de novo? — pergunta.

— Amanhã — sugiro.

— Na minha casa. Eu cuido do jantar. O que quer comer?

— Frango rôti — respondo.

Olaf faz uma careta.

— Frango rôti. Como se faz isto?

Rio, puxo o seu rosto contra o meu e lhe dou um beijo.

— Estou brincando, para mim tanto faz, mas quero uma surpresa.

— OK, durma bem.

Ele me beija, sobe na bicicleta e espera eu entrar. Eu sorrio, mando-lhe um beijo e fecho a porta.

Subo a escada e fico escutando no corredor. A Sra. Bovenkerk tem 70 anos e é meio surda. Como fica vendo TV até tarde, eu comprei uns tampões de ouvidos para abafar o som dos comerciais vibrando através do assoalho. Agora mesmo ouço alguém cantando louvores a um produto alimentício para gatos. Portanto, ela está acordada. Vou ao segundo andar e bato na porta.

— Sra. Bovenkerk, sou eu, Sabine — digo, para tranquilizá-la.

O comercial da comida de gatos para subitamente. Há o som da corrente na porta, da chave que gira, e então a Sra. Bovenkerk espia pela fresta.

— Sabine, é você?

— Sim, sou eu. Desculpe incomodar tão tarde, mas queria lhe fazer uma pergunta.

A porta se abre.

— Entre, minha filha, não fique parada na corrente de ar do corredor. Levei o maior susto quando você bateu.

— Lamento — repito, e entro num apartamento entulhado. Um armário cheio de estatuetas de porcelana, quadros de meninos ciganos chorando e uma parede cheia de fotos amareladas me chamam a atenção.

— Eu estava para tomar um copo de leite quente, você também quer?

— Não, obrigada, eu só queria perguntar se... — Calo-me, pouco à vontade. — Bem, queria lhe pedir para não dar minha chave para qualquer pessoa. Aliás, para ninguém. Namorados, noivos, ou seja quem for.

A Sra. Bovenkerk me olha, surpresa.

— Não, claro que não. Nunca faria isso.

— Mas a senhora deu a minha chave para Olaf hoje à tarde, não deu?

— Quem é Olaf?

— É aquele rapaz com quem tenho saído. Alto, loiro, bonito.

— Ah, que rapaz simpático. Mas não o bastante para eu deixar ele confiscar a sua chave.

— Mas hoje à tarde...

— Não vi o seu namorado, e fiquei em casa o dia todo.

Olho-a com surpresa.

— A senhora tem certeza? Ele trouxe flores.

— Ninguém veio bater na minha porta hoje à tarde — diz decidida a velha senhora. — E, se tivesse vindo, não lhe daria a chave. O que você acha? Eu sou desconfiada, você sabe. Há pouco, veio um fulano dizendo que era do banco. Disse que havia falsos cartões bancários circulando por aí e queria checar os meus. Eu lhe disse: vá checar a sua cabeça, se pensa que caio nessa. Bati a porta na cara dele. Posso ser velha, mas não sou retardada!

Sorrio, afastando meu sentimento de desconforto. Não, a Sra. Bovenkerk está longe de ser retardada.

— Mas como ele entrou? — pergunto em voz alta.

— Ele entrou? No seu apartamento?

— Sim. Tinha um grande vaso de rosas na mesa quando eu cheguei. Ele disse que tinha lhe pedido a minha chave e que depois a jogou na caixa de correio.

— Pois o seu namorado é um grande mentiroso.

Imediatamente, pego o telefone e digito o numero de Olaf. Ninguém atende, cai na caixa postal. Irritada, desligo o meu telefone.

— Tenha cuidado — diz a Sra. Bovenkerk. — Homens que entram sorrateiramente na sua casa, mesmo que tragam mil rosas, não são de confiança. São lobos em pele de cordeiro. Tal como o rapaz que hoje à noite estava mexendo na sua porta. Eu ouvi. Saí e perguntei: "O que o senhor está fazendo?" Ele balbuciou qualquer coisa e foi logo embora.

Sinto um arrepio percorrer todo o meu corpo. Não sei se aguento levar mais choques deste tipo.

— Um homem? Hoje à noite? O que estava fazendo exatamente?

— Mexendo na fechadura. Tocando a campainha. Com os ouvidos colados na porta. Era um tipo sinistro. Pensei em chamar a polícia, mas ele foi embora.

— Ele disse alguma coisa? Como era ele? Novo ou velho?

— Novo. Da sua idade, um pouco mais velho talvez. Cabelo castanho-claro.

Da minha idade? De cabelo castanho-claro? Quem poderia ter sido? Olaf, de qualquer forma, não foi, e depois eu conheço poucos homens. Certamente, nenhum homem que mexa na minha fechadura e fique com o ouvido colado à minha porta.

Nervosa, fico remexendo as chaves nos dedos.

— Sra. Bovenkerk, se a senhora por acaso vir qualquer coisa de suspeito no meu apartamento, gritos ou pancadas, por favor, pode chamar a polícia?

A Sra. Bovenkerk me olha com seus olhos azuis apertados.

— Sim, vou fazer isto. Um grito, e eu chamo a polícia.

— Obrigada.

Viro-me e caminho com relutância para o corredor. A Sra. Bovenkerk olha desconfiada sob a balaustrada quando eu desço as escadas.

— Está tudo seguro? — grita ela para baixo.

— Está.

— Fico aqui até você entrar. Se houver qualquer coisa, pode me chamar.

Sinto-me um pouco ridícula e mordo os lábios quando abro a porta. Meu apartamento me dá as boas-vindas no silêncio e na escuridão. Acendo a luz e imediatamente me sinto no meu porto seguro.

— Sabine, está tudo bem? — vem uma voz lá de cima.

— Sim, está tudo bem. Boa noite, Sra. Bovenkerk.

— Boa noite, minha filha.

Tranco a porta, passo a corrente. Por um momento, fico quieta na sala, então arrasto uma cadeira para o corredor e coloco-a contra a porta. O encosto alto é da altura do trinco. Mais tranquila, vou ao banheiro e abro o chuveiro. Tiro a roupa e ponho o celular no rebordo de pedra do chuveiro, bem ao alcance da mão.

Só então entro no banho quente e fico lá muito tempo, com o rosto levantado para receber a água ruidosa que cai.

27

A TRANQUILIDADE REINA no escritório. Alguns colegas foram visitar Renée, que já saiu dos cuidados intensivos, mas está com uma perna quebrada e com o baço rompido, e tão cedo não poderá voltar. Foi parar na terapia intensiva porque inalou muita fumaça e ficou sem ar. Agora está melhor.

Assinei meu nome no cartão ridículo que compraram, de um camundongo com um enorme gesso na pata, e vi Margot, Tessa e Roy saindo com uma monumental cesta de frutas.

— Pronto, já foram. Agora está tudo tranquilo. Quer café? — diz Zinzy.

Ela não espera por resposta, mas vai direto para a máquina. Volta, trazendo café com leite para mim e café com açúcar para ela, pousa os copos de plástico e se senta com as pernas na mesa.

— Ontem alguém ligou para você — diz.

— No trabalho?

— Sim, foi um homem.

O café quente sobe pela borda do copo, manchando a minha calça branca, mas não presto atenção. Tensa, olho para Zinzy e pergunto:

— Um homem?

— Sim, no final da tarde. Eu disse que você estava doente e tinha ido para casa. Mas ele falou que você não estava em casa.

— Como era o nome dele? — pergunto, em tom urgente.

— Não tenho ideia. Acho que nem disse o nome, esquisito.
— Preocupada, ela me olha: — Algum problema?

Faço um gesto de desamparo com a mão.

— A minha vizinha disse que, ontem à noite, havia um homem estranho remexendo na minha fechadura, com o ouvido colado à porta.

— Meu Deus! — grita Zinzy se inclinando para mim. — E aí? — pergunta, com um tom de quem está querendo ouvir algo sensacional.

— Bem, a minha vizinha não é uma pessoa medrosa, então ela o espantou — digo bebendo um gole de café e confesso: — Cheguei a sonhar com isso.

— Claro, o que você acha? Eu também sonharia. Você não tem ideia de quem possa ser? — pergunta Zinzy, horrorizada.

Sombria, olho fixamente para a frente.

— Eu já pensei muito, mas não sei mesmo.

— Talvez seja alguém que você conheceu há muito tempo. Alguém que não gosta muito que você fique indo e vindo para Den Helder atrás das suas recordações — ajuda Zinzy.

Com o coração pesado, olho para ela.

— É, também pensei nisso. Recentemente, visitei o antigo porteiro da escola. Lembrei-me de algumas coisas e queria descobrir ainda mais.

Zinzy me olha por cima da xícara de café.

— Do que se lembrou?

Conto-lhe sobre a van do Sr. Groesbeek, do bosque e da aflição que sentia a cada passo.

— Isto não me parece algo que se inventa — diz ela.

— Não, mas é tudo muito vago. O que não é vago é o que descobri na casa do Sr. Groesbeek.

Tiro os recortes de jornal que havia posto na bolsa com a intenção de mostrar a Zinzy.

— Todas são meninas desaparecidas — digo enquanto ela folheia.

— E estes são os nomes das gatas do Sr. Groesbeek. — Abro a agenda na página em que escrevi os nomes.

Zinzy lê, compara com os nomes dos recortes e me olha estarrecida.

— Nossa!

— Se fosse um homem velho remexendo na minha porta, eu até poderia pensar que tinha a ver, mas...

— Como você sabe que era um rapaz? — pergunta Zinzy, mexendo o café sem tirar os olhos dos recortes de jornal.

— Porque a Sra. Bovenkerk disse. A minha vizinha do andar de cima — esclareço.

— E quantos anos tem a Sra. Bovenkerk? — Zinzy me olha por cima dos recortes e os passa para mim sobre a mesa.

Ponho-os de volta na bolsa.

— Sei lá, por volta de 70.

— Nessa idade, um homem de 50 é ainda jovem, portanto pode ter sido qualquer pessoa. Talvez tenha sido o filho ou o neto do porteiro. Talvez o neto tenha ido visitá-lo e ele falou em você — sugere Zinzy, fantasiando.

O telefone toca. Com relutância, me viro na cadeira e atendo. Começo com o discurso habitual, ouço meu nome e uma voz animada:

— Oi, irmãzinha! Trabalhando muito?

Pulo com tanto entusiasmo que derramo o café.

— Merda! Robin! Não, não tem a ver com você. Acabo de derramar café na mesa. Sua voz está tão próxima.

— É claro, estou de novo na Holanda. Na minha antiga casa.

— Você está em Amsterdã, que legal! Vamos nos encontrar hoje à noite?

Zinzy entra correndo com um paninho sujo na mão e limpa a mesa.

— Ótimo — diz Robin —, também tenho que trabalhar. Há mil novidades no meu escritório, mas não quero incomodar você com detalhes. Você não sabe da maior. Ontem à noite, passei pela sua casa, mas você não estava. Fiquei esperando um pouco e uma velha doida desceu escadas abaixo com um bastão de beisebol. Levei o maior susto!

Caio no riso.

— Sou bem protegida.

— É bom saber disso. Vamos jantar em algum lugar hoje à noite? Vamos, diga aonde.

— Em Nieuwmarkt, naquele restaurante perto do antigo portão da cidade?

— OK. E então estarei lá às 19 horas. Que bom! — digo animada.

Quando desligo, Zinzy me olha, curiosa.

— De novo um encontro? Você agora está ficando superpopular, hein!

— Era meu irmão — respondo. — Era ele que estava remexendo na minha porta.

— Ah, ainda bem — diz Zinzy.

— Sim e.... ai, não! Eu tinha um encontro com Olaf hoje. Ele ia fazer um jantar para mim.

Escrevo um e-mail para Olaf.

Desculpe, aconteceu algo. Não vou poder ir jantar hoje na sua casa. Na próxima vez? Beijo, Sabine.

Sua resposta aparece imediatamente na tela:

Com certeza.

Que bom é ver meu irmão de novo! Robin já está no restaurante e se levanta quando entro. Nós nos abraçamos com efusão, com beijos no rosto, sorrindo um para o outro. Passamos toda a noite no tal restaurante, numa atmosfera maravilhosa. Rimos, comemos, conversamos, bebemos e relembramos nossa infância.

— Você se lembra da vez em que saiu e voltou muito bêbado para casa? Vomitou no banheiro todo — digo.

— E você dormia ali ao lado, acordou e se levantou às 3 da madrugada, encheu um balde de água e limpou tudo antes que papai e mamãe se dessem conta. Foi tão legal da sua parte!

— E você sempre me ajudava com matemática e física. E ia me buscar na escola para que aquelas pestes não me pegassem.

— Podemos chegar à conclusão de que somos os irmãos ideais! — diz Robin rindo. — Senti a sua falta, sabia?

— E eu a sua. Por que todos vocês inventaram de morar fora? Teria sido tão bom se estivéssemos todos juntos.

Robin concorda, desvia o olhar, e de repente parece pouco à vontade.

— O que foi? — pergunto alarmada.

— É... é melhor eu ir dizendo logo. Vou ficar pouco tempo aqui na Holanda, Sabine. Vou morar definitivamente em Londres.

— O quê?

— Eu sabia que você não ia gostar, desculpe, minha irmã. Conheci uma garota muito legal lá.

— Mandy.

— É. Você sabe como é.

Suspiro desanimada.

— Que ótimo! Vou ficar sozinha aqui.

— Mas agora você tem Olaf!

Dou de ombros. Tenho Olaf? Talvez sim, mas ainda não sei se ele me tem.

— Como estão as coisas entre vocês? — pergunta Robin.

— Ah, não sei. Ele é bonito e simpático, mas tem um lado complicado, para mim.

Robin anui.

— Eu falei. Olaf é muito sociável e simpático, mas tudo tem que andar conforme ele quer. Não dá a menor importância aos códigos sociais. De vez em quando, deixa a gente até envergonhado, mas sempre acabamos por rir. É atrevido de uma forma que desarma todo mundo.

Falamos sobre Olaf durante algum tempo, depois sobre Mandy, mas finalmente, voltamos a falar no passado. No enfarte de papai, nos meus problemas na escola. Na maneira de Robin ver tudo isso.

— Eu tinha tanta pena de você — diz com seriedade. — Você sempre chegava muito pálida da escola... Eu podia matar aquelas meninas. E depois, vendo Isabel por todos os lados quando eu saía, sempre me provocando, me desafiando. Nossa, que víbora!

— Mas você a beijou.

— Eu tinha bebido muito. E ela era muito bonita, Sabine. Bonita demais, até. E sabia disso. Ela podia conquistar quem quisesse.

— E quem ela queria?

— Todos. Não fazia distinção, ela deixava todos na corda bamba, seduzia-os e largava-os conforme desejasse. Fico feliz em ter botado um ponto final, depois da tal noite. Daquele momento em diante, ela não saiu mais de trás de mim, não tolerava a ideia de ter sido largada.

— E Olaf? Você disse que ele namorava Isabel, mas ele negou. Disse que deve ter sido Bart de Ruijter.

— Bart de Ruijter? Você não era namorada dele? — pergunta Robin, franzindo a sobrancelha.

— Talvez ele também namorasse Isabel escondido — digo. A ideia de que me tivesse traído me dá uma dor aguda.

— Não, eu teria sabido disso — afirma Robin. — Ele era doido por você.

— Por que então Olaf diz que Bart namorava Isabel e nega ter tido algo com ela? — pergunto-me em voz alta.

Robin acende um cigarro e inala com força.

— Quem sabe se para você não ficar magoada. Ele gostava de você, talvez achasse que era muito nova, mas gostava de você. Não me surpreende nada ele negar que tenha namorado Isabel, agora que estão saindo juntos. Deve morrer de medo de te perder. — Gesticula para o garçom indicando o seu copo vazio.

— Mas por que eu detestaria a ideia de ele ter namorado Isabel? Ainda mais se ela o tratava da mesma maneira como que me tratava? Então a gente teria algo em comum, e não nos separando, não é? Acho uma besteira ele mentir sobre isso.

— Os homens veem as coisas de uma maneira diferente — explica Robin dando de ombros.

À medida que a noite passa, conto a Robin sobre as recordações que voltam de repente, sobre o que descobri em Den Helder a respeito do Sr. Groesbeek, sobre as minhas lembranças confusas do bosque no dia do desaparecimento de Isabel.

— Como tem certeza de que ele está ligado ao desaparecimento de Isabel?

— Porque acho que eu a vi antes de ser assassinada.

Robin deixa cair o garfo. Em seus olhos vejo não só surpresa, mas também algo meio indefinido que poderia ser descrito como consternação.

— Eu não sei exatamente o que aconteceu, mas sei aonde e como — digo baixinho.

Robin olha para o seu prato, mas, obviamente, perdeu o apetite.

— Você estava lá — fala ele.

Balanço a cabeça, concordando.

— Tem certeza? Quero dizer, não pode ter sido um sonho?

— De vez em quando, sonho, e também consigo ver quem a matou. Mas quando acordo, tudo some. Já não sei mais em que acreditar. Quais são as recordações reais, quais são os sonhos? É tão confuso — digo, com cansaço na voz.

Robin pega o garfo e coloca de forma mecânica os legumes gratinados na boca.

— Talvez você deva tirar tudo isso da cabeça. Está arrasando você, dá para perceber.

— É, você tem razão. — Sorrio debilmente.

— Talvez esteja imaginando tudo. É tão fácil fantasiar as recordações e associar com coisas que não têm nada a ver.

— É isso aí — diz Robin. — Pare com isso.

Ele sorri com afeto, e olha para o meu prato vazio.

— Quer pedir mais alguma coisa?

— Um irish coffee seria ótimo — digo.

Robin chama o garçom e durante o resto da noite evitamos o assunto Isabel.

No meio da noite, o telefone toca. Pulo ereta na cama, com a mão no peito. Meu coração bate como se um alarme tivesse disparado no meu corpo. O som estridente do telefone penetra na escuridão e por todos os cantos do apartamento. Meu relógio digital marca 01:12.

Afasto o cabelo do rosto e atendo:

— Aqui é Sabine Kroese.

Silêncio.

Não repito o meu nome, já falei bem claro. Um som leve de respiração chega aos meus ouvidos e entra em todas as células nervosas do meu corpo.

Desligo. De novo, o telefone toca. Ainda que estivesse contando um pouco com isso, levo um susto. Atendo, mas não digo nada. Do outro lado da linha, só há silêncio.

Dá vontade de gritar obscenidades no receptor, mas eu me controlo. É justamente isso que muitos interlocutores querem. Desligo tranquilamente quando o telefone toca pela terceira vez e tiro o fio da tomada. Vá à merda, seu sacana. Seja lá quem você for.

Deitada de costas, quieta, com a minha lâmpada de cabeceira ligada, tento dormir.

Quem teria sido? O que queria de mim? Talvez eu o conheça.

Com um suspiro irritado, apago a luz e deito a cabeça no travesseiro. Que besteira! Vá dormir, Sabine. Era simplesmente um louco.

Mero acaso.

Então, eu a vejo por alguns segundos. O rosto apavorado de Isabel. Seus olhos abertos e seu rosto azulado. Pisco os olhos, mas a imagem não vai embora. Pulo da cama e acendo as luzes, mas carrego o rosto de Isabel comigo. Seu rosto está caído para trás, e seus olhos fitam o céu. O cabelo preto, curto, está cheio de areia.

O que é isso? Lembrança ou loucura?

Sento-me na cama e ponho as mãos no meu rosto. Isabel nunca foi encontrada, eu não posso tê-la visto morta. Deve ser a minha fantasia. Um produto da minha imaginação.

Minhas mãos tremem como as de um alcoólatra que precisa de bebida. Não posso impedir que tremam e que meus dentes parem de bater.

Ando quase correndo pelo apartamento, mas a imagem corre junto comigo. Cruzo os braços ao redor do meu corpo, fico rodando pelo quarto. Minhas unhas se cravam na pele. Tento emitir um longo grito de liberação, mas em vez disso me mordo até sangrar, com a mão na boca.

Ponho o fio do aparelho na tomada e ligo para Robin. Ele não atende, o telefone chama, porém ninguém atende. Preciso falar com alguém. Meus dedos digitam o número de Olaf. O telefona toca algumas vezes, e eu ouço sua voz.

— Olaf van Oirschot — murmura ele, bêbado de sono.

— Eu a vi — sussurro.

— Quem é? Sabine?

— Sim, eu a vi, Olaf.

— Quem você viu?

— Isabel.

Faz-se um silêncio desconfortável e prolongado.

— O que quer dizer? Que a viu?

— Sim. Estava no chão, morta, com areia no cabelo.

Olaf não diz nada e desta vez eu quebro o silêncio:

— Não sei o que foi, uma lembrança ou minha imaginação. Eu não estava dormindo, juro. Apareceu assim, de repente. Como é possível? Eu não posso ter visto isso, não é?

Minha voz soa aguda e vacilante.

— Eu vou até aí.

Olaf desliga, e eu fico sentada no sofá, tremendo, com os braços em volta das pernas.

Vinte minutos depois, a campainha soa. Eu me levanto, espio através das cortinas, vejo a cabeça loira de Olaf. Tranquilizada, aperto o botão do interfone, e logo depois ouço passos na escada.

— Está melhor? — Olaf vai comigo para o sofá. Sento-me e ele fica de cócoras na minha frente. Preocupado, me observa, se levanta e vai buscar um copo de água.

Não sei de onde as pessoas tiram a ideia de que um copo de água melhora tudo, mas fico agradecida pelo gesto. Portanto, tomo um gole e seguro o copo como se fosse uma boia de salvação.

— Ela está morta — sussurro.

— Você viu? — Olaf tira o copo das minhas mãos trêmulas.

— Sim, de repente, sem mais nem menos.

— Não estava sonhando?

Hesito.

— Não, eu me lembrei. De repente, eu me lembrei.

— Tinha mais alguém por lá? — Olaf me sacode com suavidade. — Você também viu isso? Diga! Também viu isso?

Olho para suas mãos fortes com as juntas brancas, ouço sua voz insistente.

— Eu... não sei, era só ela.

Ele me solta. Não ouso olhar para ele, apanho o copo e bebo. Meus dentes trincam no vidro.

Olaf me examina por longo tempo.

— Nos últimos tempos você anda pensando muito nisso — diz finalmente. — Talvez seja melhor distanciar-se de tudo.

— É, talvez sim — respondo sem tirar os olhos das mãos dele.

— Não vá mais a Den Helder — diz Olaf. — Agora sua vida é aqui em Amsterdã, o que passou, passou. Você não pode mudar nada.

— Para os pais dela, talvez alguma coisa mudasse se eles soubessem o que aconteceu.

— Você quer lhes passar esta informação? Ou ir à polícia? Ora, Sabine, você sabe como reagiriam!

— Sei.

— Ou você viu mais coisas?

— Não, nada. Só que ela estava no chão morta.

— Com areia nos cabelos — acrescenta Olaf. — Só pode ter sido nas dunas. Mas eles fizeram uma enorme investigação lá. Com cães, escaneamento infravermelho, tudo... Se ela estivesse nas dunas, teria sido encontrada.

Não necessariamente. Lydia van der Broek foi encontrada meio ano depois num canteiro de obras de um novo bairro. Os arbustos onde foi enterrada esconderam-na do escaneamento infravermelho. Cães de caça passaram pelo lugar mas o vento levou-os para outra direção. Só quando o bairro foi ampliado, anos depois, é que ela foi encontrada.

Porém, não faço comentários a respeito.

Olaf levanta meu queixo com seu dedo e me força a olhar para ele.

— Não pense mais nisso — diz suavemente. — Não há nada que possa fazer. Quer que eu fique esta noite?

— Não, já me sinto melhor.

— Tem certeza? Já estou aqui. Se você recomeçar a sonhar, eu te acordo.

Estou cansada demais para resistir.

— Está bem.

Dormimos, ele com o braço em volta da minha cintura. Eu me deito de costas para ele, sentindo o peso do seu braço no meu corpo, com os olhos abertos, fixos na escuridão.

28

HÁ FUMAÇA POR todo o lado, negra como carvão, densa como uma neblina baixando do céu. Enche todos os cantos do meu apartamento e se alastra para o meu quarto. Paralisada, vejo-a rastejar por baixo da porta, me perseguindo. Sei que preciso fazer alguma coisa, telefonar para os bombeiros, pular da janela. Mãos invisíveis me deixam pregada no colchão. Luto para me soltar e consigo saltar da cama. A fumaça sufocante fica no ar, como uma cortina negra fechando hermeticamente a única saída.

Desesperada, olho à minha volta, mas meu quarto não tem janela nem varanda. Isto me surpreende. Afinal, eu sempre pude sair do quarto pela varanda, ou não?

A fumaça se alastra rapidamente pelo quarto e atrás da porta ouço o barulho de fogo estalando. Grito.

A fumaça entra pela minha boca, garganta, pulmões. Não quero morrer. Não quero morrer. Não quero morrer!

Horrorizada, abro os olhos. O branco do teto faz um enorme contraste com a escuridão anterior, e fico sem entender. Olho em volta; não há fumaça.

Com imenso alívio e com a mão no peito, aquieto meu coração.

No mesmo momento, sinto o cheiro. Fumaça. De pijama, saio correndo pelo corredor.

— Merda! — grita Olaf, deixando cair qualquer coisa no chão.

Ele está de cuecas na cozinha, com uma torrada queimada nos seus pés. Na pia, a torradeira solta uma fumacinha.

Esfrego os olhos.

— O que você está fazendo? Esse negócio está quebrado, os pães não pulam mais automaticamente.

— Não me diga! — Olaf apanha do chão a crosta escura de pão. — Eu queria fazer uma surpresa e levar chá e torrada para você na cama. Que pena.

— Bem, a surpresa teve efeito. — Eu bocejo e me espreguiço. — Vou entrar no chuveiro. E não se preocupe, eu não como muito no café da manhã. Sabe do que gosto? Pão escuro com...

— Morangos — diz Olaf. — É, eu me lembro. Pode deixar, madame. Vá tomar um banho gostoso.

Ele é tão carinhoso comigo! Enquanto eu relaxo, nas nuvens de vapor e de água, fico tentando entender porque não me abro mais para Olaf. Ele é atraente, simpático e, obviamente, louco por mim. Por que não me entrego? Por que me incomodo que ele mexa nos meus armários de cozinha, respire o ar do meu apartamento? Deve ser por causa do comentário de Robin sobre a sua personalidade, esse lado de Olaf que me aborrece. Mas a verdade é que também conheço um outro Olaf que me agrada.

Cantarolando, me ensaboo com o sabonete líquido de maçãs. Olaf é legal. Pelo menos parou de ser intrometido. Que homem teria, naquele momento, o autocontrole para fazer meu café da manhã, em vez de abrir a cortina do chuveiro e se atirar em mim? A verdade é que tenho sorte de tê-lo, só que ainda não me dei conta disso.

Fecho a torneira e pego a toalha.

— Quer café ou chá? — grita Olaf.

— Chá! — grito de volta, secando o cabelo. Enrolo a toalha na cabeça e apanho uma outra para secar o resto do corpo.

— Acabo de ter um sonho terrível. Deve ter sido por causa da torrada queimada!

— Com o que você sonhou?

— Que meu apartamento estava pegando fogo e que eu estava trancada no quarto. Queria fugir para a varanda, mas não tinha portas.

Nua, só com a toalha na cabeça, vou para o quarto e abro o armário.

— Pode ser que tenha a ver com o que aconteceu com Renée.

Olaf vem até a porta entreaberta e me olha. É curioso, mas me sinto envergonhada, como se ele me visse nua pela primeira vez. Apressadamente, ponho o sutiã, uma calcinha e a primeira camiseta branca que vejo.

— Sim, é verdade. A gente fica com isso no subconsciente. Como é que o fogo começou?

— Essas casas antigas são assim. Fiação ruim, para começo de conversa. Acho que foi a televisão, o aparelho dela era préhistórico, deve ter dado curto circuito.

Olaf volta para a cozinha. Ouço-o mexer na chaleira e na máquina de café. Franzo a sobrancelha e estico a perna para vestir uma calça cinza e branca listrada.

— Como você sabe? Já esteve na casa dela?

— Não — grita ele de volta. — Ela mesma me contou.

Tento imaginar uma conversa que inclua aparelhos de televisão. Aliás, tento imaginar uma conversa entre Olaf e Renée. Pensava que ele a detestasse.

Após me olhar com aprovação, vou para a cozinha e me sento na mesinha contra a parede. O meu pãozinho com morangos está pronto, acompanhado de uma xícara de chá.

Olaf vem se sentar do outro lado, ainda de cuecas, com um ovo cozido e uma caneca de café.

— Não sabia que vocês dois tinham esse convívio tão amigável — digo.

— Não temos. Não suporto aquela criatura, mas de vez em quando nos falamos. É inevitável.

— É — admito, e consulto o relógio. — Olhe, precisamos nos apressar. Daqui a 15 minutos temos que ir.

Ainda que eu lamente o que aconteceu com Renée, sem ela o escritório está muito mais tranquilo. O silêncio de agora é diferente. Automaticamente, retomo as tarefas que Renée tinha assumido. Agora que trabalho o dia inteiro, estou a par de tudo que se passa; portanto, esvazio o escaninho de Renée e coloco a sua agenda na minha mesa.

Uns dias depois, o pessoal da equipe administrativa, hesitante e pouco à vontade, pede a minha assistência.

— Na verdade, acho que Renée foi longe demais com os comentários sobre você — diz Tessa. — Todos nós achamos. Também não acredito na metade do que ela disse.

Não respondo.

— Pois é — continua Tessa. — Eu queria dizer que preciso de ajuda hoje com uma grande encomenda. Temos que enviar uma correspondência imensa. Você tem tempo?

— Claro.

— Pode ser que a gente só saia mais tarde hoje, por volta das 19 horas.

— Não tem problema. Só preciso da manhã para terminar meu serviço.

— Está bem. Vamos falar sobre isso durante o almoço?

— Tudo bem.

Ela sorri para mim, sorrio de volta, mas meus olhos não sorriem.

Durante toda a manhã, trabalho feito louca para terminar o meu trabalho e o de Renée. Evidentemente, trata-se de uma tarefa sem fim; portanto, deixo o que ainda falta na mesa de Margot. Zinzy sorri.

Não tenho tempo para os e-mails que Olaf me envia a cada 15 minutos. Às 12h30, ele está me esperando no restaurante da empresa.

— Você nem me respondeu — diz, em tom de repreensão.

Caminho para o armário das bandejas, e ele me segue.

— Desculpe, agora que Renée não está, fiquei muito ocupada. Você queria perguntar alguma coisa? — Ponho um prato e os talheres na bandeja.

— Não, só queria bater um papo — resmunga.

— Desculpe — repito. — Não tive mesmo tempo.

— Vamos ao cinema hoje à noite? Ver o filme com Denzel Washington?

— Vou precisar ficar trabalhando. Não até tarde, mas acho que vou estar cansada para ir ao cinema. Faz muito tempo que não ando tão ocupada assim.

Ele fica quieto. Estudo imperceptivelmente a sua fisionomia zangada quando ele escolhe as sobremesas da geladeira. Ainda não sei o que vou querer, mas ele agarra um pote de iogurte de pêssego, vai com a bandeja ao caixa, paga e, sem uma palavra, vai se sentar com os colegas.

Dou de ombros, pago e também vou sentar com a minha equipe. Bom convívio. Pela primeira vez, desde muito tempo, dirigem-me a palavra e perguntam afetuosamente como estou. Respondo, converso com eles. Preciso tanto deles quanto eles de mim.

Tessa se senta na minha frente e fala comigo como se fôssemos amigas há anos.

— E aí, você tem alguma coisa com o cara do TI? — pergunta de repente, olhando para a mesa de Olaf.

— É, tenho sim — digo. — Só que ainda não sei direito o quê.

— Então não é sério. É porque ele teve um encontro com Renée — comenta rindo.

Levanto os olhos do meu sanduíche de queijo.

— O quê?

— Na casa dela — diz Tessa.

Apoio a faca na mesa.

— Há anos ela está apaixonada por ele. Desde que você estava doente.

Tessa abre sua caixinha de leite e se serve.

— Eles estavam saindo?

— Não, isso não. Ele não dava a mínima para ela, a infeliz. E aí você voltou.

— Ah, é?

Tessa toma um gole grande e me olha.

— Sei o que você está pensando. Sabe o que ele disse para ela? *Não gosto de mulheres de nariz grande.* Na frente de todo mundo. E todos sabiam que ela era doida por ele, coitada.

Ainda assim os olhos dela brilham. Os meus não.

— Ele disse mesmo isso? Puxa!

— Ela tem mesmo um nariz grande — diz Tessa rindo.

Fico olhando para a cara dela. A amizade é algo muito relativo.

— Mas por que ele marcou encontro com ela se não a suportava? — pergunto.

— Foi sexta-feira, na semana passada. Ela estava com um problema no computador de casa e se queixou muito. É um aparelho muito velho e ela estava pensando em comprar outro. Olaf entrou e se ofereceu para ir ver. Foi isso.

— Então não foi um encontro de verdade.

— Para ela, foi.

Mergulhada nos meus pensamentos, observo o restaurante cheio. Penso na confissão de Olaf de sábado passado. A voz de Tessa me atinge tanto quanto as outras à minha volta, como uma corrente infinita de ruídos sem significado. Será difícil mexer nuns fiozinhos no computador para causar problemas? Incêndio, por exemplo? Mas algo que pegue fogo na mesma hora.

Demora um pouco para eu me dar conta de que estou olhando para Olaf. Ele está um pouco afastado, come com grandes garfadas e uma expressão carrancuda no rosto. Como se sentisse meu olhar, ele se volta. Nossos olhos se encontram. Viro o rosto.

O pedaço de pão com queijo parece uma bola pegajosa na minha boca, e não desce pela garganta. Com um sentimento desagradável, afasto o prato.

— Vamos começar — sugiro a Tessa. — Talvez a gente consiga terminar logo.

29

Segunda-feira. Pela primeira vez não me incomodo em ir para o escritório e trabalho com a mesma intensidade de quando Jeanine se sentava do lado oposto. Até Walter percebe. Ele sorri de novo para mim e conta piadas, o que, da sua parte, é a máxima expressão de reconhecimento.

— Queria que Renée nunca mais voltasse — digo a Zinzy. Estamos no décimo andar, comendo um chocolate Mars.

— Vai demorar um pouco — diz Zinzy. — Mas ela volta.

— Então muita coisa terá mudado na chefia do nosso departamento.

— Na verdade, você é a chefe, é justo, está aqui há mais tempo.

— Zinzy, esta função não existe. Ellis, dos Recursos Humanos, me disse. Renée não ganha mais para isso, e depois, não existe nenhum documento oficial sobre o cargo. Ela ficou amolando Walter com esta história de chefia e, para incentivá-la quando eu estava fora, ele lhe disse que ela era a chefe.

— E ela se comporta como tal. Você deveria ter enfrentado Renée desde o início.

— Quis manter paz e harmonia, mas foi burrice. Porém, ainda não é tarde.

Jogo o papel de Mars na lixeira e olho para Zinzy com um olhar significativo.

A semana voa e na sexta-feira à tarde estou exausta. Todos fazem questão de manter a tradição de começar às 16 horas o happy hour semanal. Dois colegas vão buscar cerveja, vinho e salgadinhos, os outros ficam batendo papo no escritório. Faz tempo que não frequento esses encontros de sexta. Quando trabalhava meio expediente, já não estava presente e antes eu fingia fazer qualquer coisa nos arquivos. No fundo do corredor, escondida entre as pastas poeirentas, eu ouvia a voz de Renée dominando a conversa.

Será que estou imaginando ou os outros também parecem mais relaxados? Estou bem sossegada. A semana foi árdua e rejeito o convite de ir para o barzinho. Hoje à noite, vou cedo para a cama, com certeza.

Quando estou pronta para ir embora, Olaf entra no escritório. Seu olhar procura o meu e, com um sorriso largo, ele vem na minha direção.

— Pronta para uma noite toda especial? — pergunta.

— Para falar com franqueza, não estava planejando nada de especial — digo, arrumando a bolsa. Vou cedo para a cama hoje.

— Cedo para a cama? Numa sexta-feira à noite? — pergunta ele com desdém.

— Por que uma pessoa não pode ir cedo para a cama numa sexta à noite, se está a fim disso?

O rosto de Olaf fica sombrio.

— Eu estava planejando ir ao Clube Paradiso — diz, menos animado.

— Pode ir — encorajo-o. — Você não precisa ir cedo para a cama.

Ele me segue no corredor, me segura, me empurra contra a parede, deslizando as mãos por baixo da minha roupa.

— Pensando bem, ir cedo para a cama é justamente o que quero — murmura com sua boca no meu pescoço.

Assustada, olho em volta. Não suportaria se um dos colegas viesse para o corredor. Ainda mais agora, que Olaf está abrindo o botão da minha blusa.

— Olaf, por favor. Estamos no trabalho.

Envergonhada, empurro-o, abotoando a blusa.

— E daí? Se eles não gostarem podem virar a cara para outro lado — diz Olaf me puxando.

Começa a me beijar furiosamente, como se estivéssemos na cama sozinhos. Não aprecio estas manifestações em público, é o meu jeito. Talvez me importe demais com o que os outros pensam de mim, mas não gosto de perder o controle no ambiente de trabalho.

Inicialmente, tento me desvencilhar cuidadosamente do abraço de Olaf, mas quando ele me aperta ainda mais, mordo seu lábio.

— Filha da puta!

Consigo me soltar logo, e levo um bofetão no rosto. Surpresos, nos encaramos. Olaf limpa o sangue do lábio e diz calmamente:

— Desculpe, mas você pediu.

— Eu pedi? Deixei bem claro que você tinha que me soltar. Você é que pediu. Sabe de uma coisa, vire-se! Não me telefone mais, não me convide para sair, não me envie e-mails, me deixe em paz. Não quero mais saber de você!

Ele me olha com incredulidade. Quer dizer alguma coisa, mas eu não espero. Pego a bolsa pela alça, penduro-a nos ombros e corro pelo corredor afora.

— Sabine! — grita Olaf.

Não me viro, fujo para o banheiro feminino. O cretino ainda vai gritando pelo corredor afora. Todo mundo deve ter ouvido. Com as mãos na água fria, vejo meu rosto zangado no espelho. O bofetão de Olaf não chegou a deixar marcas, mas sinto as faces ainda formigando. Robin tinha razão: é preciso tomar cuidado com esse lado da personalidade de Olaf. Meu irmão rompeu com ele e é justamente isto que estou fazendo.

Tomo um gole de água, vou ao banheiro e só quando estou mais calma volto para o corredor.

Hoje de manhã o tempo estava ruim, uma chuva de verão espantou os longos dias de calor e eu vim para o trabalho dirigindo. Ainda bem, pois choveu o dia todo. Vou para o estacionamento, evito as poças de água e entro no carro. Quando estou saindo, vejo no espelho retrovisor, o carro de Olaf atrás de mim.

Franzo as sobrancelhas. Será que este louco esperou por mim?

Engato a segunda marcha e vou até o final da rua. No espelho, fico observando o Peugeot preto. Olaf mora no sul da cidade, portanto deveria virar à esquerda.

Ele vira à direita.

Engato a terceira marcha e ainda consigo passar pelo sinal amarelo. Olaf ultrapassa mesmo com o sinal vermelho. O que terá em mente? Por que não veio ao meu encontro no estacionamento, se queria falar comigo?

Eu vou para o meu bairro, para a minha rua, e estaciono na frente do edifício. Ainda bem.

Olaf estaciona ao lado do meu carro, mas não desce. Fica no volante, com uma expressão muito estranha.

Insegura, abro a porta, saio do carro, pego a bolsa e corro para o portão de entrada. Apressadamente, ponho a chave na fechadura, escancaro a porta, bato-a com força e corro com passos fortes escada acima.

Dentro do apartamento, me sinto segura; com um suspiro profundo entro no hall e fecho a porta.

Jogo a bolsa no sofá, vou até a cozinha e faço um chá de erva-doce bem tranquilizante. É o que necessito. Sigo um ritual completo, com uma luz de vela na mesinha da sala, pedacinhos de chocolate num pratinho, tal como minha mãe fazia antigamente. Jogo um saquinho de chá numa xícara de água fervendo, sentindo que preciso desse antigo ritual.

Com a caneca na mão, espio pela janela. Olaf ainda está com o carro estacionado paralelo ao meu, a janelinha do carro aberta, seu braço balançando para fora e os olhos voltados para o meu apartamento.

Viro-me rapidamente, e sento com as pernas cruzadas em cima do sofá. É, ele vai me assediar. Mas vai se cansar, pois não planejo sair de casa tão cedo. Se ainda estiver aqui amanhã de manhã vou morrer de rir.

Contudo, não estou me divertindo nem um pouco. Tomo um gole de chá, mas em vez de paz interior, queimo os lábios.

Rogando praga, coloco a caneca na mesa e encaro os chocolates. Tinha botado duas barrinhas do tipo amargo mais para enfeitar, mas o pratinho ficou vazio em minutos. Pesquisas científicas demonstram que o chocolate tem substâncias muito positivas para o humor. Não sei por que se gasta tanto dinheiro numa pesquisa cujo resultado é óbvio. Pergunto-me por que não colocam chocolate nos antidepressivos, já que ajuda tanto.

Um pouco enjoada, um dos efeitos colaterais, bebo o chá que esfriou. São 18h30, porém não estou mais com vontade de jantar. Quando meu estômago tiver superado a overdose de chocolate, faço um misto quente.

Sirvo-me de mais chá, vejo um programa de televisão e, uma hora depois, sinto um pouco de fome. A caminho da cozinha, dou uma olhada lá fora. Olaf ainda está parado em frente, mas agora estacionou o carro numa vaga.

Ponho um CD de Robbie Williams e canto alto e desafinado, corto queijo, pego o presunto e ponho nas fatias de pão branco.

— *Come undone.* — E o pão estala, gostoso, no aparelho.

Um som alto abafa minha voz. Pego o telefone, mas é a campainha da porta que toca ruidosa e insistentemente.

Olaf. Nem preciso olhar pela janela para saber que é ele. Imagino-o, na sua pose normal com a mão na porta, o longo corpo inclinado esperando com impaciência.

Ignoro a campainha. O meu celular toca, vejo na tela o nome dele, desligo o telefone. Robbie Williams canta mais alto ainda para abafar a campainha.

Durante toda a noite Olaf fica na minha porta, toca, vai embora, volta, toca a campainha de novo, buzina longamente e deixa recados na secretária eletrônica.

Mais tarde, quando escurece, ouço-o finalmente ir embora. Com enorme alívio, entro no chuveiro e me enfio na cama. Não sei se poderia dormir com a ideia de Olaf fitando a minha janela. Será que ele vai voltar amanhã? Não vou ficar esperando; vou ficar fora durante todo o fim de semana. De volta a Den Helder.

30

Na manhã seguinte, saio de casa às 8h30, antes que Olaf apareça de repente na minha porta. Dormi mal. Olaf estava nos meus sonhos, mas já não sei bem de que forma. Só sei que acordei com a sensação de estar sendo perseguida e meu rosto ainda dói onde ele me bateu.

Pois aquela foi a primeira e a última vez, penso, andando para o carro. Entro, ligo o rádio e ponho uma garrafa térmica com café. Até Den Helder leva uma hora, e sem café, não dá.

Dou a partida, e com um suspiro profundo, deixo Amsterdã para trás. Vai ser um longo dia. Felizmente, o trânsito está tranquilo, pois me sinto muito inquieta para me concentrar na direção. Fico o tempo todo na faixa da direita, só ultrapasso quando necessário, e de vez em quando tomo um gole de café.

Pouco antes de Den Helder, saio da estrada e me dirijo para o vilarejo onde passei minha infância. Os inúmeros jardins e praças dos bairros que surgiram nos anos 1970 devem ser um suplício para os carteiros iniciantes. A enumeração sem lógica das casas não ajuda ninguém a achar o caminho nesse labirinto, mas eu sei muito bem onde Isabel morou.

Ainda é cedo, só são 9h30 quando eu estaciono o carro e caminho para a casa. O jardim da frente é ainda o mesmo: floreiras feitas de dormentes de estrada de ferro, cheias de gerânios. Uma placa florida no muro anuncia que Elsbeth, Luuk, Isabel e Charlot Hartman moram ali.

Fico olhando a placa longamente antes de apertar a campainha.

Ninguém aparece. Que burrice, nem levei em consideração a possibilidade de ninguém estar em casa. No momento em que vou embora, abrem a porta. Uma mulher baixinha, morena, de cerca de 50 anos me olha inquisitivamente. Olho-a esperando que me reconheça. Mas ela continua me fitando e levanta as sobrancelhas.

— A senhora não está me reconhecendo? — pergunto. — Sou Sabine Kroese.

O seu olhar é de surpresa. Elsbeth Hartman põe a mão na boca.

— Sabine? — sussurra. — Ah, agora estou reconhecendo. O que faz aqui? — Provavelmente se dá conta da indelicadeza da pergunta, pois imediatamente escancara a porta. — Entre, minha filha. Estou totalmente perplexa! Que bom ver você de novo! Por acaso estava nas vizinhanças?

— Organizaram uma reunião — digo, entrando no corredor estreito.

— É, li no jornal. Você vai?

— Ainda não sei.

Elsbeth entra na sala na minha frente. Os meus olhos voam sobre a sala — móveis escuros, o piano em que Isabel e eu costumávamos tocar —, e se fixam na parede, na foto emoldurada de Isabel. A última foto escolar.

— Quer chá? — pergunta Elsbeth.

Viro-me, sorrindo.

— Sim, por favor.

Sento-me, espontaneamente, satisfeita que Elsbeth fique na cozinha até o chá ficar pronto. Ela vai precisar de tempo para se refazer da surpresa. Assim, tenho tempo de olhar em volta e de processar as lembranças que me atacam.

Elsbeth entra com uma bandeja. Um bule de vidro de chá com pratinhos de biscoitos, e duas xícaras. Ela entra devagar e afasta umas revistas que estavam na mesinha da sala. Sorri para mim e pousa a bandeja. Sua mão treme quando ela serve o chá.

— Que surpresa. Estou completamente perplexa — repete. Posso ouvi a pergunta na sua voz.

— Por acaso estava nas vizinhanças — falo. — Não sei direito por que vim parar aqui. Foi um impulso.

— Fico satisfeita — diz Elsbeth. — Faz tanto tempo que não nos vemos. Como vai você?

Tomo um gole, queimo meus lábios. A porcelana fina conduz o calor tão bem que o chá esfria mais rápido que a xícara. Lágrimas me vêm aos olhos e apressadamente coloco a xícara na mesa. Elsbeth me olha com atenção. Há uma tensão no silêncio.

Começamos a falar ao mesmo tempo e caímos no riso. Com um gesto Elsbeth indica que eu devo iniciar a conversa. Falo sobre meus estudos, o meu trabalho. Sobre meu apartamento, no segundo andar em Amsterdã. Cada palavra lhe dói, ainda que ela sorria me encorajando.

De repente, não aguento mais. Inclino o corpo e toco seu braço.

— E a senhora, como vai? Como estão as coisas por aqui? — pergunto num tom imperativo. Os meus olhos fixam-se nos dela, o sorriso desaparece do seu rosto.

— Ah — diz ela baixinho. — O que devo dizer?

Lágrimas aparecem nos seus olhos. Eu aperto o seu braço suavemente.

— No início, a gente tem esperança. Acordamos de manhã com a ideia "quem sabe, hoje"... Mas à medida que os dias passam, é uma luta para me levantar. Para preencher as horas com ocupações inúteis. Mais tarde, tentei retomar minha vida, só por causa de Charlot. Mas em tudo que faço penso naquilo. Quando faço compras, procuro algo para ela. Quando me perguntam quantos filhos tenho, não sei se devo dizer um ou dois. E todos os anos é o aniversário dela, e do dia em que desapareceu...

A voz dela some. Ela contempla um passado cheio de dor e de um desespero indescritível. Tomamos o chá, cada uma mergulhada em seus próprios pensamentos. Lá da parede, os olhos negros de Isabel nos fitam. Parece me olhar diretamente, e fico cada vez mais atraída pela foto.

Elsbeth repara.

— Todas as vezes que olho para a foto tenho a impressão de que ela me vê. De que me encara dizendo: *Vocês já desistiram? Continuam a viver sem mim?* Não ouso fazer mais nada do que gosto, me sinto culpada se rio ou se consigo por uns momentos parar de pensar nela. Como se ela imediatamente viesse a me ocupar os pensamentos.

Não sei o que devo dizer.

— Enquanto não houver certeza absoluta, fico esperando que um dia ela apareça ali na porta — diz Elsbeth.

— Não há nenhuma novidade?

— Não, nada. Mas ainda estão se ocupando do caso. O delegado responsável pela investigação mantém contato conosco e há pouco tempo houve um apelo no programa *Desaparecidos*.

— Algum progresso?

— Tivemos milhares de reações, mas nada de concreto.

— Lamento tanto...

Elsbeth se empertiga, e me serve de chá.

— De qualquer maneira, fico contente em ver que você está bem — fala ela num esforço corajoso para parecer alegre. — É bom vê-lo de novo. Você sempre foi uma boa amiga de Isabel. Eu só a deixava ir sozinha para a escola porque sabia que você estava com ela, no caso de ela ter um ataque. Ainda me lembro de que quando estavam no primário, você leu tudo o que encontrou sobre epilepsia para poder ajudar Isabel. Sempre lhe disse que sorte minha filha tinha em ter uma amiga como você, que sempre estava prestando atenção, cuidando dela...

— Eu me lembro de uma vez que fomos a um parque de diversões com a escola. Tínhamos cerca de 10 anos.

Elsbeth sorri.

— Eu não queria que Isabel fosse, porque teria estímulos demais. Mas você jurou que não iriam cometer nenhuma extravagância, que a ajudaria a se lembrar de tomar o outro remédio e que não a deixaria sozinha. Eu não precisava pedir, você mesma se oferecia.

— E aí ela pôde ir.

— Sim, aí deixamos que ela fosse. Mais tarde, a professora disse que você parecia um cão de guarda com Isabel. Ela ficou impressionada com isso.

Caímos novamente no silêncio, sem nos olharmos. As lembranças estão presentes, pesadas e dolorosas.

— Penso muitas vezes em Isabel — comento, sem entrar em detalhes. — Ainda mais quando li no jornal sobre a reunião. E por acaso, encontrei alguém que ela namorou durante algum tempo.

— Ah, é? — diz Elsbeth.

— É, Olaf van Oirschot. A senhora o conhece?

— O nome não é desconhecido, mas devo confessar que não estava a par dos namoros de Isabel. Ela nunca trouxe ninguém aqui em casa.

— Ela ia sempre à lanchonete Vijverhut, não é?

— É, e também a Mariëndal, perto das Dunas Escuras. Não sei bem, ela era muito independente.

— Ela era muito popular. Naquele período, a polícia não perguntou com quem ela saía?

— Naturalmente. Quiseram saber exatamente quem eram seus amigos. Todos eles foram interrogados. Não que eu conheça todos os amigos de Isabel; eu consultei a sua agenda.

— A agenda dela? Não estava com ela quando desapareceu?

— Não, tinha esquecido. Ainda estava na mesa dela.

Sinto a agitação subir à cabeça.

— A senhora ainda a tem?

— Claro, está no quarto dela. — Olha-me com curiosidade: — Por quê? Você quer ver?

— Sim, por favor.

Elsbeth não faz menção de se levantar e sinto que espera uma justificativa. Coloco a minha xícara na mesinha de vidro.

— Vou ser franca com a senhora. Durante muitos anos eu não conseguia me lembrar de quase nada do desaparecimento de Isabel, mas nestas últimas semanas as recordações estão voltando com bastante frequência. Na psicologia, eles chamam isso de repressão. Trata-se de algo que nos afeta tanto que banimos da memória, para não nos recordarmos mais. Entretanto, não sei como nem por quê, mas nestes últimos tempos, as recordações estão voltando cada vez mais.

O olhar de Elsbeth brilha. Tenho que ser cuidadosa, não lhe dar falsas esperanças.

— Talvez isso não signifique nada, mas nunca se sabe. Estou tentando fazer uma retrospectiva daquele dia. Talvez possa ser de algum auxílio para a polícia.

Elsbeth fica sentada imóvel na beira da cadeira. Olha para a janela, para a foto de Isabel e depois para mim.

— Posso ajudar? — pergunta ela suavemente.

— Sim. Gostaria de ver a agenda.

— Venha.

Ela se levanta e vai para a porta. Eu a sigo. Subimos para o quarto de Isabel. Com a respiração presa, olho para a porta fechada. O que espero ver? O seu quarto que vi pela última vez quando tínhamos 12 anos? Cheio de pôsteres de artistas, a mesa cheia de papéis, os livros abertos no chão, as cadeiras de palha em volta da mesa, onde trocávamos segredos?

Elsbeth abre a porta e entramos. O papel de parede mudou. Não há mais livros no chão, tudo está arrumado nas prateleiras. A cadeira de palha ainda está lá, com um vaso de flores na mesa. A escrivaninha está encostada na parede, perto da porta, caprichosamente arrumada. Não duvido de que as gavetas estejam cheias de cadernos, canetas e outros objetos pessoais. No entanto, não é um mausoléu. O quarto é alegre, claro e arrumado. Apenas não foi alterado.

Elsbeth abre a gaveta da escrivaninha e tira uma agenda grossa.

— Está cheia de fotos — diz com uma risadinha nervosa. — Talvez você reconheça as pessoas.

— Posso levar para casa?

Ela me olha, assombrada.

— Levar para casa?

— Desculpe — digo rapidamente. — Foi uma pergunta idiota. Eu vejo aqui mesmo.

Eu gostaria de fazer isso sozinha, mas Elsbeth se senta na ponta da cama e fica observando.

Folheio a agenda demoradamente. Estudo cada página com atenção. Meus olhos resvalam pela lista de endereços. Com uma letra pequena, caprichosa, estão alinhados os nomes, endereços e os telefones dos colegas. Entre eles o de Robin, de Olaf e de outros rapazes que não conheço.

Pego minha agenda e anoto tudo, e ponho um traço abaixo do endereço de Olaf.

Em seguida, olho as diversas fotos. Isabel no centro de um grupo de jovens que não conheço. Estão em algum lugar ao ar livre, um com os braços em volta do ombro do outro, formando uma linha. Os rapazes são todos um pouco mais velhos que as garotas.

Isabel no bar com Robin, os dois se virando, parecendo meio assustados.

Isabel e Olaf se beijando. Isabel abraçada com um desconhecido. Na próxima página, a cara morena e sorridente de Olaf, muito mais novo, com cabelos molhados, e o mar lá no fundo.

Abro a página no dia 8 de maio. Algumas anotações sobre os deveres de casa, e embaixo, com a mesma letra pequena e caprichosa está: DEIO.

— O que é DE, dez? — pergunto a Elsbeth.

— Não sei — diz ela. — A polícia pensava que se tratava de um encontro às 10 horas com alguém com as iniciais DE. Mas não conseguiram descobrir ninguém com as iniciais entre os conhecidos. Depois achavam que significava Dunas Escuras, mas não temos certeza.

— Fizeram uma busca?

— Sim, com uma equipe de busca e com cães. Também com helicóptero e escaneamento infravermelho, mas isso só funciona em terrenos abertos, no mar, na praia ou nas dunas. Os policiais e os cães vasculharam o bosque juntos, mas não encontraram nada. Mesmo uma busca tão minuciosa pode perder algum detalhe. E quando se procura o dia todo, no início todos se concentram muito, mas duas horas depois, se descuidam. Por isso, repetiram a busca uma semana depois, mas não obtiveram nenhum resultado.

Ouço com um só ouvido, estou seguindo os meus próprios pensamentos.

— Não sei por que ela iria marcar um encontro às 10 horas. A esta hora ainda estava na escola. Só saímos por volta das 14 horas. Tenho certeza de que ela não matou a aula.

— Eu sei, a polícia checou. Isabel tinha frequentado todas as aulas. Talvez ela tivesse um encontro às 10 da noite, mas nunca saberemos com quem.

Observo a letra certinha, o tracinho longo, reto e o zero redondo atrás. É importante. Eu tinha ouvido Isabel falando sobre um encontro depois da escola nas Dunas Escuras. Não ouvi com quem, nem me interessou. Problema dela. Agora lamento não ter escutado melhor.

— Dez — digo. — O que será isso? Isabel tinha um diário?

Elsbeth balança a cabeça.

— Não, não fazia o seu tipo. Muito impaciente, muito ocupada, sempre indo para algum lugar. — Ela sorri com tristeza. — Ela cultivava um grande círculo de amigos. Este foi o grande problema quando desapareceu. Não tínhamos a menor ideia de onde procurá-la.

Olho mais uma vez o dia 8 de maio na agenda de Isabel. Começo a me dar conta do que ela quis dizer com *dez*. Sinto uma tensão à medida que, aos poucos, vou percebendo. Com muito esforço consigo me controlar para não falar abruptamente. Não faz o menor sentido deixar Elsbeth nervosa, ou dar-lhe falsas esperanças. Apanho minha bolsa e me levanto.

— Quer mais um pouco de chá? — pergunta Elsbeth.

— Não, obrigada, tenho que ir.

Elsbeth balança a cabeça e me segue nas escadas. À porta, ela me beija nas duas faces.

— Foi bom você ter aparecido, Sabine — diz afetuosamente.

— Coragem — falo com suavidade.

Ela fica segurando nas minhas mãos para retardar a minha partida.

— Se ao menos ela fosse encontrada — diz ela, com tristeza.

— No fundo do coração não tenho mais esperanças de que esteja viva, mas se for encontrada, podemos encerrar o caso, dizer adeus.

Olho para o rosto precocemente envelhecido de Elsbeth e nos seus olhos cheios de lágrimas.

— Sim — digo. — A senhora tem razão. Ela tem que ser encontrada logo.

31

No CARRO, ME dou conta de que o celular está desligado. Ligo-o e checo as minhas mensagens de voz. Cinco. Todas de hoje de manhã, pois quando fui dormir ontem apaguei todas. Ouço-as imediatamente.

9h11: *Sabine, é Olaf, estou na frente do seu prédio, mas acho que você não ouve a campainha. Preciso falar com você.*

9h32: *Andei rodando por aí, mas você ainda não se levantou. Não sabia que dormia até tarde. Onde está o seu carro? Você viajou? Ligue assim que ouvir esta mensagem. Vou para casa agora.*

10h15: *Sabine, ligue de volta.*

10h30: *Onde é que você está? Por que seu celular está desligado?*

10h54: *Estou a caminho de Den Helder e queria fazer um programa legal com você, mas você tem que me ligar. Onde é que está?*

Ele é mesmo incrível! Nenhum arrependimento, nenhum pedido de desculpas...

No meu relógio, são quase 11 horas. Rapidamente, desligo de novo o celular, antes que toque. Com a voz de Olaf na cabeça, dirijo-me ao primeiro endereço que transcrevi da agenda de Isabel.

O canal Prins Willem Alexander fica no Cinturão Dourado, um bairro chique com casas antigas e altas. Não quero estacionar à beira do canal, portanto deixo o carro numa rua atrás e ando de volta. Paro no número 23.

FAMÍLIA VAN OIRSCHOT está escrito na placa de cobre ao lado da porta.

Aperto a campainha. Um som agradável toma conta do corredor. Quase imediatamente, ouço passos na escada e logo depois a porta se abre. Uma senhora de idade, com lindos cabelos brancos presos num coque, me olha com curiosidade.

— É a Sra. var. Oirschot? A mãe de Olaf? — pergunto.

— Sim — diz ela com hesitação.

Estendo a minha mão.

— Sou Sabine Kroese. A nova namorada de Olaf.

Com um gesto gracioso, ela aperta levemente a minha mão e dá uma olhada para a rua.

— Estou sozinha — sorrio. — Olaf tinha que fazer outras coisas. Por acaso, precisei vir a Den Helder e passei por esta rua. Nem sei bem por quê, resolvi parar. Sou uma pessoa curiosa, creio. Se estou incomodando, por favor, me diga.

Um sorriso clareia seu belo rosto.

— Imagine, acho ótimo você ter aparecido. A gente sempre deve seguir um impulso, daí vêm os melhores momentos. Entre, Sabine, eu ia mesmo tomar café.

— Que bom! — digo, seguindo a senhora pelo corredor.

— Kroese — repete ela sem se virar. — O nome não é desconhecido. Já nos encontramos?

— Não — respondo.

— Estranho...

O corredor alto e estreito dá para um oásis de luz e espaço: a sala de estar. Um piso reluzente de madeira, tapetes de excelente gosto em tons pastel, paredes rebocadas de branco, muitos móveis antigos. O teto é, ao que parece, decorado com ornamentos do século XIX.

— Que casa linda — digo, cheia de admiração.

A Sra. van Oirschot sorri.

— É muito bonita — confirma ela. — Gosto de morar aqui. Olaf acha muito grande para uma pessoa sozinha, mas eu não penso em sair daqui.

— Tem toda razão.

Sento-me na poltrona que ela indicou. Ela se senta no sofá.

— O café está quase pronto — diz ela. — Nesse meio-tempo vamos nos conhecendo. Que ótimo que Olaf tenha, finalmente, uma namorada. Estão juntos há algum tempo?

— Algumas semanas — respondo. — Por que a senhora disse *finalmente*? Olaf deve ter tido muitas namoradas.

A Sra. van Oirschot sacode sua cabeça bem penteada.

— Olaf não é assim tão fácil com as moças. É bastante crítico.

— Mas é bastante popular com as garotas do trabalho.

A Sra. van Oitschot sorri.

— Elas não significam nada, aparentemente. Eu tento descobrir como são os contatos dele com as moças, curiosidade de mãe, você sabe, e pelo que ele me conta, tenho poucas esperanças de ter uma nora. Uma é exageradíssima, a outra não tem nada na cabeça, a terceira é convencida demais da sua beleza, e por aí vai. Há alguns meses ele ainda me disse: *Mãe, parece que não existem mais garotas autênticas. Não fazem outra coisa a não ser seduzir e flertar, mas não se pode ter uma conversa normal. Só querem saber de me seduzir e umas semanas depois não dão mais atenção.* Olaf não aguenta isso. É um rapaz sério, afetuoso. Nenhum cabeça oca.

— Mas antes de mim ele teve uma outra namorada, não? — investigo.

— Claro, mas eu não conheci nenhuma. Já tinham terminado. Todas as vezes, ele ficava muito desapontado.

— A senhora sabe quem eram? Talvez eu as conheça.

— Ah, minha filha, eu não saberia dizer. Como já contei, eu nunca estive com nenhuma garota, com uma exceção: Eline Haverkamp. Uma menina simpática, inteligente. Pena que não foi adiante. Você me desculpe, vou ver se o café está pronto. — Ela se levanta com elegância e sai da sala.

Eu pego minha agenda e escrevo o nome: Eline Haverkamp.

— Acho que conheço a Eline — minto, quando a Sra. van Oitschot entra com uma bandeja. — Ela não mora em Amsterdã?

A mãe de Olaf reflete, e um vinco surge entre as sobrancelhas.

— Não, creio que ela é de Den Helder. Os dois estudaram juntos em Amsterdã, mas ela voltou a morar aqui. Mas me conte, minha filha, onde vocês dois se conheceram?

Com estilo, ela serve o café e me apresenta um pratinho com biscoitos deliciosos. Aceito, e fico me lembrando dos bombons do Sr. Groesbeek.

— No trabalho — respondo. — O mais engraçado é que já nos conhecemos há muito tempo. Olaf era amigo do meu irmão Robin.

— Robin Kroese! É claro, é daí que conheço o seu nome. Conheci Robin muito bem. Então você é a irmã dele. Não me diga!

Com um amplo sorriso, ela pega com a pinça um torrão de açúcar para pôr na xícara.

— Você também quer açúcar, Sabine? Não? Faz muito bem, isso engorda. Mas você não precisa se preocupar, é bastante esbelta.

— A senhora também — digo, espontaneamente. — Tem uma ótima aparência. A senhora é bem diferente do que eu imaginava.

— É? O que tinha imaginado?

Sinto-me corar, do pescoço até as faces.

— Bem, quero dizer... Às vezes, Olaf pode ser meio rude. Diferente da senhora.

A Sra. van Oirschot mexe o café sem me olhar.

— Entendo o que quer dizer — diz. — Ele é assim. Puxou ao pai, que também tinha um comportamento um pouco rústico. Mas no fundo é um menino bom, afetuoso. Vem me visitar todos os sábados de tarde. — Surpreendida, ela me olha. — Por que não vieram juntos?

— Como assim?

— Todos os sábados ele vem almoçar comigo. Deve vir por volta do meio-dia.

O gole de café esfria na minha boca. Olho rapidamente para o relógio à frente. Onze e meia. Em goles rápidos, termino de beber. Queria fazer tudo aos poucos, mas agora não há mais tempo.

— A senhora se lembra de Isabel Hartman?

— Sim, claro que me lembro.

— Eu estava na mesma turma que ela.

— Eu sei — responde brevemente.

Isto me surpreende. Fico tão surpreendida que nem sei como devo continuar. Eu nem mesmo sei o que pretendo com esta conversa. Informação? Respostas? Mas é preciso fazer as perguntas corretas. Lanço um olhar desesperado ao relógio e vou arrastando a conversa adiante.

— Olaf estava muito apaixonado por Isabel, não é verdade? — pergunto.

— Muitos rapazes eram atraídos por ela. Eu não gostava dela, ela brincava com os sentimentos dos outros. Da parte dela, era atrair e rejeitar. Eu avisei Olaf, mas ele estava cego. Ficaram muito tempo juntos, até o dia do desaparecimento. Olaf ficou arrasado quando ela sumiu. Durante semanas, não falava com ninguém.

— Mas ele foi interrogado pela polícia?

— Naturalmente, mas não soube dizer nada. Não tinha visto Isabel naquele dia.

— Não? Eu pensava que eles tinham um encontro naquela tarde.

— Olaf tinha prova e, quando terminou, veio direto para casa. Eu também contei isso para a polícia.

— Ele não foi ao encontro?

— Não. Veio para casa imediatamente. — A Sra. van Oirschot empertiga-se na poltrona. Vejo-a se transformar perante os meus olhos, há uma frieza na sua voz que não me agrada.

Ela fica me examinando como uma ave de rapina avalia a fraqueza da presa em potencial. Eu me mexo na poltrona, dou mais uma olhada no relógio e dou um sorriso forçado.

— Bem, foi muito agradável, mas eu tenho que ir embora. Obrigada pelo café.

— Fique sentada — diz friamente. De repente, vejo de onde vem o olhar frio de Olaf.

Ela se inclina para mim, exatamente como Olaf faz, e diz:

— Você não veio aqui para me fazer uma visita, não é?

Não respondo, pego minha bolsa do chão e ignoro sua ordem de que me sente.

— Preciso mesmo ir. Até logo.

São dez para o meio-dia.

— Sabine! — diz ela atrás de mim.

A contragosto, fico parada na porta. Ela vem na minha direção, mas não tenho medo dela. Eu também a avalio. Uma mulher tão frágil não vai poder me deter.

Terá visto a mudança no meu olhar? Ela fica em pé com as mãos juntas e nada diz. O silêncio paira como uma espada entre nós. Quando ela finalmente fala, sua pergunta me surpreende:

— Você é mesmo a namorada de Olaf?

— Era.

— E ele já sabe disso?

Após hesitar, nego.

Ela faz que sim, resignada.

— É o que eu temia.

— Temia? Por quê?

— Como já disse, Olaf não consegue prender as namoradas. Não sei por quê. Eline também não soube me explicar. Você pode?

Doze pancadas soam pela casa.

— Sinto muito, tenho que ir.

Viro e saio quase fugindo pelo corredor. A porta de entrada está fechada com uma correntinha. Com um esforço, consigo abri-la escancarando-a. A qualquer momento espero sentir uma mão no meu braço, mas agora já estou na rua e sinto o sol bater no meu rosto.

No final do canal, dá para ouvir o barulho de um pesado motor. Tenho que ir para aquele lado, mas corro para a direita. Não me interessa se a Sra. van Oirschot está me vendo, ou não. Começo a correr. O carro se aproxima e para na porta de onde acabo de sair.

Olho para trás. Um Peugeot preto. As portas permanecem fechadas, ninguém sai. Com pressa, viro na esquina e espero ouvir o meu nome. Mas tudo está calmo. Para me certificar, fico andando por algumas ruas, me escondo num beco e recupero o ar, me encostando numa cerca.

Quando me recomponho, vou procurar o meu carro, que está bem longe. Pulo para dentro e tranco todas as portas.

Ligo o celular. Tenho seis mensagens de voz. Sem ouvi-las, ligo o motor e parto em direção ao correio.

32

HAVERKAMP. UM NOME muito comum na lista telefônica. Vou à agência de correio com a intenção de checar cada número, mas no terceiro, acerto.

— Eline Haverkamp — diz uma voz clara e jovem.

— Boa tarde, aqui é Sabine Kroese. Nós não nos conhecemos, mas temos um conhecido em comum. Olaf van Oirschot.

Ela fica em silêncio.

— Alô, você ainda está aí? — pergunto.

— Sim. O que tem Olaf?

— Nada, só que no momento temos um relacionamento e...

— Tenha cuidado — ela me interrompe.

— Como?

— Ele não é tão bonzinho assim quanto aparenta. Falo por experiência.

— É por isso que estou telefonando. Será que posso ir aí?

— Agora?

— É importante.

— Está bem. Moro em Schooten, conhece o bairro?

— Conheço, sou daqui. Agora estou no correio de Middenweg, então daqui a uns 15 minutos estarei aí.

Desligo e anoto o endereço. Logo depois, já estou a caminho de Schooten, um bairro fora de Den Helder. Antigamente, Miriam morava lá.

A rua onde Eline Haverkamp mora não é difícil de achar e a área de estacionamento é grande. Eu ainda estou trancando o carro quando ela abre a porta. Uma moça de cerca da minha idade sorri para mim. Entro pelo jardinzinho e nos cumprimentamos na soleira da porta, com um forte aperto de mão.

— Olá — diz Eline. — Entre. Não tropece nas caixas de compras, acabo de vir do supermercado.

— Fez compras para a semana toda, pelo visto — digo sorrindo e saltando pelo caixote.

— Sim, quando a gente trabalha a semana inteira... Quer café?

— Não, obrigada, acabei de tomar.

Eu gostaria de comer alguma coisa, mas não posso dizer isto. Então me sento na pequena e agradável sala de estar. Bem do meu gosto: madeira branca e plantas. Uma enorme estante de livros ocupa uma das paredes.

— Tenha cuidado com Olaf van Oirschot — diz Eline, enquanto se senta e nervosamente acende um cigarro. — Tive uma relação com ele durante um ano, mas só durante metade do ano foi bom.

— Por quê?

— Por quê? — Ela dá de ombros. — Ele era dominador e muito possessivo. Desde que começamos o namoro, passou a me considerar como propriedade sua. Todos os minutos do meu tempo livre tinha que passar com ele. Quase não via mais os meus amigos, ele ia comigo a todos os lugares. Se eu tinha meus próprios planos, ficava mal-humorado como uma criança. Às vezes era desmedido, procurava briga, fazia as pazes, e depois recomeçava tudo de novo. Só ficava simpático quando eu fazia o que ele queria. — Ela me olha com curiosidade. — Há quanto tempo estão juntos?

— Só há algumas semanas, mas nos conhecemos há muito tempo.

— Como é mesmo o seu nome?

— Sabine Kroese.

— Conheço um Rob Kroese, era um amigo de Olaf.

— Robin. É o meu irmão. Foi assim que conheci Olaf. Há pouco tempo nos encontramos por acaso e logo houve um contato, mas eu sempre fui meio ambivalente, não sei por quê.

— Pois eu sei. — Eline dá uma tragada no cigarro. — Porque ele é desequilibrado. Olaf van Oirschot é um caso clássico de um rapaz bonito que se transforma num tirano quando rejeitado.

— É tão ruim assim?

— Pode ficar ruim. Quanto mais tempo dura a relação, mais ele afunda os dentes. Procure se livrar dele antes que fique violento.

— Violento?

— Ele bateu em mim — diz Eline. — Não com muita força, mas... Um homem que bate na namorada não presta. Depois da primeira bofetada quis me livrar dele, mas não foi fácil. Ele me assediava, telefonava constantemente e importunava os meus amigos para me localizar. Finalmente, chamei a polícia. Cheguei até a processá-lo e ele foi intimado a ficar longe. Mesmo assim, continuou a me telefonar durante semanas e a escrever cartas me ameaçando. Num certo momento, terminou. Acho que já tinha uma outra garota em vista.

Reclino-me nas almofadas macias do sofá.

— Acho que gostaria de tomar café — confesso, e também acendo um cigarro.

Eline sorri compreensiva, levanta-se com um movimento rápido. Vai à cozinha preparar o café e se encosta no bar que delimita o espaço.

— Eu a amedrontei?

— Não, você confirma o que eu já suspeitava — respondo.
— Antigamente, quando ainda estava na escola, ele namorava Isabel Hartman. O nome lhe diz alguma coisa?

— Quem não ouviu falar neste nome? — Eline continua encostada no bar enquanto o café escorre. — Durante muito tempo havia cartazes dela na ferrovia. Olaf a namorava?

— Ele não contou?

— Não. Que esquisito!

— Concordo, principalmente por você também ser de Den Helder.

Eline esmaga o cigarro no vaso de uma planta do bar.

— Eu estava na mesma turma que Olaf — disse ela. — Foi assim que conheci Robin. Então, Sabine, nós estávamos na mesma escola. Estranho eu não me lembrar de você.

— Eu não era um tipo que chamasse atenção — digo sorrindo. — Depois, estava duas séries abaixo da sua.

— É verdade. Você estava na mesma turma de Isabel?

— Sim.

— Fico me perguntando por que Olaf nunca revelou que a conhecia tão bem. Chegamos a ver juntos o programa *Desaparecidos* na TV, onde apresentaram o caso de Isabel — diz Eline, pensativa.

— Ele também não me disse nada. Conforme a mãe dele falou, parece que ele ficou arrasado após o desaparecimento. Também contou que ele não tinha visto Isabel naquele dia, mas sei que não é verdade. Eles tinham um encontro marcado nas Dunas Escuras. Pouco antes de ela desaparecer.

Eline vira-se, com uma expressão preocupada, apanha duas canecas do armário da cozinha e serve o café. Volta para a sala com as canecas fumegando e pousa-as na mesa.

— Você acha que Olaf está ligado ao desaparecimento? — pergunta, preocupada.

— Seria até possível. Ele foi a última pessoa a vê-la, mas nega de todo jeito.

— Como você tem certeza de que ele foi a última pessoa a vê-la?

— Porque na agenda de Isabel constava que eles tinham um encontro marcado nas Dunas Escuras. Ela comentou sobre isto na escola, mas não sabia de quem se tratava. Mas hoje, vi o tal encontro marcado na agenda dela. Estava escrito IO. Isabel Olaf — revelo.

— Não acredito!

Olhamo-nos.

— Pode ser que o encontro não tenha ocorrido — diz Eline.

— Mas Isabel partia do princípio de que sim — constato.

— Eu a vi pedalar para aquele lado, depois das aulas. Ela não seguiu o caminho habitual para casa, mas para a direção das Dunas Escuras.

Eline sopra o café quente.

— Isto não significa necessariamente que ela tenha encontrado Olaf lá. Ele pode ter se esquecido de ir.

— Sim, pode. Mas não é muito provável. Isabel queria falar com ele. Pela conversa com as amigas, entendi que ela não estava muito alegre com esse encontro. *Ele não vai gostar*, disse uma delas. *Azar o dele!*, respondeu Isabel. Acho que planejava dar o fora nele.

Apago o cigarro e tomo um gole de café.

— E isso não se faz com alguém como ele — diz Eline devagar. Ela me lança um olhar penetrante por cima da xícara. — Acho que você deveria ir à polícia.

Para ordenar os meus pensamentos, vou ao parque ao lado da antiga escola. É reconfortante observar o lago tranquilo e os gramados onde tantas vezes eu passeava com um pacotinho de sanduíche nas mãos, naquela fase da minha juventude.

O parque verde me acolhe com uma calma serena. Eu sigo por uma trilha, observo os tijolos do prédio da escola e me sinto como uma adolescente matando aula.

Mas eu não sou nenhuma adolescente, tenho 24 anos, um trabalho, buracos na memória e um namorado em que não confio. Nove anos depois, não estou muito melhor. O que devo fazer? Ir à polícia? É a minha obrigação, depois de ter descoberto as iniciais na agenda de Isabel. Mas quem disse que se trata de Olaf? Na realidade, não posso me lembrar de outros rapazes cujos nomes comecem com a letra O, mas eu também não conheço a cidade toda. E quem disse que O se refere a um garoto?

As trilhas se dividem; uma vai para uma parte escura do parque, a outra leva a um gramado ensolarado. Escolho o sol, levanto o meu rosto para o sol e me sento num banquinho.

Um homem com um cão anda pela beira do lago. Brincam um com o outro, o dono joga tacos, o cachorro corre atrás latindo alegremente. Quando um taco, por acaso, cai lá dentro, o cão não hesita nenhum momento e se joga na água entre os lírios. O riso do dono ressoa pelo gramado, um riso que me parece conhecido.

Estudo-o com atenção. Parece ter a minha idade, mas a distância é grande para poder vê-lo direito. Quando ele prossegue o caminho, levanto-me num ímpeto e o sigo como que por acaso. Ele está usando uma jaqueta jeans, tem ombros largos, mas não é muito grande e tem cabelo preto, grosso. A sua maneira de ficar parado, as mãos nos bolsos, um pé na frente, tem qualquer coisa de familiar, mas eu só o reconheço quando ele está parado no meio da trilha e se volta para o cão que fareja nos arbustos.

O meu coração dispara. Ele parece anos mais velho e o cabelo preto que antes caía pelos olhos está curto, mas eu não preciso olhar duas vezes para saber quem é. Nestes últimos tempos, ele tem estado constantemente nos meus pensamentos e, agora, se encontra bem na minha frente: Bart.

33

ATÉ O PARQUE parece parar de respirar quando nossos olhos se encontram. Os galhos das árvores balançam suavemente, os pássaros cantam e a luz do sol filtrada pelo arbusto verde cai sobre nós dois.

Bart. É ele. Examino cada detalhe do seu rosto, o azul dos olhos, os cabelos pretos, lisos. É mais baixo do que eu pensava, apenas um pouco mais alto que eu, e de repente surge uma lembrança. Eu me vejo botando sapatos baixos antes de um encontro para não ficar mais alta que ele.

Terá me reconhecido? Ele me olha longamente, mais do que o comum. Eu poderia falar com ele, mas não confio na minha voz e, sobretudo, tenho medo de se tratar de um sonho que se dissolva quando nos tocarmos.

Bart faz um movimento na direção do seu cão. Bate nas coxas para que o cachorro venha até ele, mas eu corto o caminho, fico na frente dele com um sorriso sem graça.

— Oi — balbucio.

Foi a palavra mágica, que me dá acesso à memória de Bart. Ou talvez, reconheça minha voz. De qualquer maneira, ele para e no seu rosto aparece um sorriso.

— Sabine — diz ele.

— Oi — repito. — Você não me reconheceu?

— Estava em dúvida. Até você sorrir.

O cão está a seu lado, me olha e entra nos arbustos como se percebesse que tão cedo o dono não lhe dará atenção. Em lugar do reencontro romântico que eu imaginava, Bart e eu ficamos algum tempo sorrindo um para o outro, pouco à vontade. O longo momento faz com que antigos sentimentos me envolvam. Parada ali, eu me apaixono de novo por ele.

— Que coincidência te encontrar aqui — disse finalmente. — Passeio por aqui todos os dias com Rover, mas nunca te vi.

— Não moro mais aqui — revelo. — Fui para Amsterdã.

— Ah, a fascinante Amsterdã! E o que faz lá? — pergunta com interesse.

— Sou secretária — digo, o que não é assim tão fascinante.

— Ah — repete ele.

O cão vem com um pedaço de pau na boca, joga aos pés de Bart, cheira a minha mão e põe o nariz entre as minhas pernas.

— Rover, pare, tenha boas maneiras! — grita Bart puxando o cão pela coleira, com um sorriso envergonhado. — Vamos andando? Se não ele vai ficar te aborrecendo.

Consinto e caminhamos pelo parque em uma área coberta pela sombra. Imediatamente uma sensação de intimidade se estabelece entre nós, é inacreditável que quase não ousei lhe dirigir a palavra. Contudo, ficamos naquela conversinha inevitável de quem não se vê há muito tempo.

— E você, o que faz? Suponho que ainda more em Den Helder — pergunto, mostrando um genuíno interesse. Embora o que mais queira descobrir é se ele casou e tem filhos.

— Sim, moro aqui perto na rua Celebestraat. Trabalho como jornalista do *Diário do Norte da Holanda*.

— Ah, você conseguiu! — digo, surpresa.

Ele faz que sim e chuta uma pedrinha perto do sapato.

— É, sempre quis ser repórter — fala. — E você, como vai? Namorando, noivando, ou casada?

— Nenhum dos três — digo, contente em não precisar mentir, contente por estar livre para que ele me convide para sair.

Nos meus pensamentos nos vejo num restaurante íntimo perto do porto, inclinados um para o outro, sua mão na minha...

O cão vem correndo até nós e pula em Bart, que o segura, rindo. Sua mão fica bem à mostra. É difícil ignorar a aliança fina de ouro.

— Então — digo com entusiasmo, ainda que minha voz soe meio falsa aos meus ouvidos. — Você está bem instalado por aqui. Um cão, um bom trabalho, mulher, filhos.... — pergunto com um tom de voz mais alto, mas Bart não entra no assunto.

— Pois é — responde.

— Como, pois é? — Na última tentativa de esconder meu enorme desapontamento, começo a falar a esmo, sem parar: — Não é o que todos nós queremos, casa, família, cachorro? Bem, nem todos nasceram para isso ou não estão prontos. A gente vê que os jovens estão se casando cada vez mais tarde, não é? As mulheres têm filhos mais velhas, frequentemente depois dos 30. Antes era diferente, mas...

— Estou me divorciando — revela Bart.

Minha boca se fecha, a torrente de palavras para repentinamente.

— Nossa — digo, esperando que meu tom alegre não seja óbvio. Bart não está alegre, na realidade ele caminha com uma expressão sombria. Como sou egoísta em me alegrar com a relação falida de uma pessoa. Como se isso significasse que ele iria automaticamente recomeçar tudo comigo! Não foi por nada que terminamos!

— Que chato, não é mesmo — comento, botando a mão no seu ombro num gesto de consolo, o que parece um pouco hipócrita da minha parte, mas Bart não vê assim. Olha-me de lado e sorri com gratidão.

— Você tem filhos? — pergunto com interesse, e todo o meu ser deseja uma resposta negativa.

— Uma menina — diz Bart suavemente. — Tem 7 meses. Combinamos que vai morar com a mãe, mas nos fins de semana Kim fica comigo e nesse meio-tempo vou visitá-la sempre que posso.

A tristeza na sua voz me faz calar, mas meu coração bate com uma alegria imperturbável. Um menininha, um bebê, dá para conciliar. Sou doida por criança pequena. Ela me chamará de tia Sabine e ficará louca por mim. Quando ficar mais velha a levaremos ao Parque Efteling e vai passar um fim de semana conosco e o outro com a mãe, quando Bart e eu ficaremos a sós.

É isso que quero. Quero tanto e a cada passo que nos leva adiante no parque, em cada pedaço de dor e tristeza que Bart me confia, acredito que é possível. Serei sua salvação, seu apoio, seu velho novo amor, e ele será meu apoio. Precisamos um do outro.

— Tenho que ir — diz Bart. — Hoje de manhã tive folga, mas agora preciso ir para o trabalho. Que merda, aliás, nem sei por que você está em Den Helder hoje.

— É uma longa história — respondo sorrindo e o fito nos olhos como se quisesse forçá-lo a me fazer contar a história num restaurante íntimo no porto.

Bart olha para o relógio e baixinho pragueja quando Rover, num pulo impressionante, mergulha no lago.

— Não tenho tempo para isso — reclama ele e anda com irritação para o lago. — Rover! Aqui! Saia daí já!

Todo molhado, o cachorro vem se sacudindo para cima de nós. Pulamos para trás. Bart me beija nas duas faces.

— Foi bom te ver de novo, Sabine — diz. — Gostaria de continuar a conversa, mas não dá.

Ele me olha penalizado e eu faço o mesmo.

— É, o trabalho vem antes. — Não sou a favor do princípio, há com certeza muitas situações que vêm antes do trabalho, mas é Bart que tem que decidir.

— Peraí — diz ele de repente, como se um novo pensamento lhe ocorresse.

— Sim? — falo, encorajando-o.

— Você vai à reunião? Está sabendo sobre a reunião da escola, não é? — pergunta Bart.

— É, eu li. — Sei aonde quer chegar. Não é exatamente o que eu pensava, mas é melhor que nada.

— Você vai? — pergunta Bart, e percebo uma tensão na sua voz.

— É claro — digo com entusiasmo. — Acho muito legal!

— Ótimo! Então podemos conversar com calma — reage Bart, entusiasmado. — Gostei de ver você de novo, Sabine. Você tem que ir à reunião.

— Sim — concordo. — Com certeza.

Ele me beija no rosto e eu o beijo de volta. Com um sorriso e aceno, nos despedimos. Viro antes que ele faça o mesmo e dou adeus. Ele acena de volta, segura Rover na coleira e parte. Não ouso olhar por sobre os ombros para ver se ele me olha, embora morra de vontade. Se quiser revê-lo, não há outro jeito, a não ser ir a essa reunião idiota.

34

A IDEIA DA reunião deve ter sido dos alunos populares, bem-su-
cedidos, que na época de colégio eram os donos do pedaço e
não conseguem deixar essa fase para trás. Esperam voltar mais
uma vez aos seus dias de glória, ficando sob os holofotes. Naturalmente, durante a festa vão ficar rodeados por aqueles que faziam parte da "turma" e esperar que os bobocas fiquem isolados
e ignorados. É o que imagino.

O que os bobocas têm a ganhar numa reunião dessas? O
que os levaria a encenar o mesmo papel de antes? Talvez tenham
mudado nesses anos todos. Pode ser que demonstrar seu sucesso e autoconfiança seja necessário para encerrarem essa fase de
suas vidas.

No sábado, dia 19 de junho, pouco antes do grande êxodo
das férias de verão, dirijo para Den Helder e me pergunto que
tipo de pessoa Isabel se tornaria. Como seria sua aparência,
que estudos e profissão teria escolhido. De qualquer maneira,
ela ainda dominaria a cena. Certas coisas não mudam. Mas eu,
sim. Se ela ainda fosse viva, eu iria de qualquer forma à reunião.

Esta ideia me surpreende. Tiro uma bala do saquinho ao
meu lado e fico pensativa. Será que eu poderia enfrentá-la? Talvez sim.

Confrontar alguém tem a ver com o limite de tolerância —
até que ponto permitimos que alguém nos magoe e nos persiga.
Sempre aparecerão pessoas desse tipo pela vida afora. A gente as

reconhece a distância, fica atenta e procura não repetir os mesmos erros.

Já passou das 19 horas, o raio dourado do sol da tarde desaparece atrás das dunas. Os campos extensos com as tulipas parecem um sonho, com as últimas luzes do dia. Trazem lembranças da época em que eu cortava tulipas, trabalhinho de verão que compartilhava antes com Isabel.

Em agosto, havia uma quermesse na cidade. Isabel e eu tínhamos 13 anos e fomos para lá de bicicleta à noite. Depois de uma noite divertida, cheia de atrações e doces gostosos, procuramos nossas bicicletas. Eram 22 horas, ainda estava claro, porém escurecia rapidamente. A bicicleta de Isabel tinha desaparecido. Ficamos quase uma hora examinando todo o terreno, mas não a encontramos. Nos olhamos perplexas, mas de repente ela deu de cara com um menino que conhecia e que acabava de subir na sua lambreta. Conversaram rapidamente e ela subiu na garupa, acenou para mim e os dois foram embora. Nesse meio-tempo já eram 23 horas, alguns fregueses da quermesse já estavam bêbados. Berrando, os homens giravam pela barraca de tiro ao alvo e pela roda-gigante, e quando me viram, vieram para cima de mim. Eu subi rapidamente na bicicleta e pedalei correndo para fora da cidade, através da tranquila avenida Lange Vliet. No entanto, já estava escuro, e de vez em quando um carro ou uma lambreta passavam, eu estava me sentindo muito só, com o meu coração batendo com força de tanto medo. É claro que eu poderia ter ligado para o meu pai ou para Robin virem me buscar, mas nem pensei nisso. Estava estarrecida com o fato de ter sido abandonada pela minha melhor amiga, depois de eu a ter ajudado por uma hora a procurar sua bicicleta.

Pode ser que eu fosse boa amiga demais. Minha mãe tentou me dar mais força, me tornar mais resistente, me dar uma saudável dose de egoísmo. Porém, para mim, uma amiga era uma amiga e tinha que ser perdoada pelos seus erros. Sempre.

Estaciono o carro perto do parque onde há não muito tempo me deparei com Bart e olho para o colégio. De repente, não tenho a menor vontade de ir à reunião, mas a ideia de rever Bart me impede de voltar para Amsterdã.

Com um profundo suspiro, pego a minha bolsa, abro a porta e estico minhas pernas bronzeadas para fora do carro. Ainda bem que estou com ótima aparência, melhor do que nunca. Pus minha nova saia de camurça, uma camiseta bonita de diversos tons de rosa que combinam com a tonalidade dourada da minha pele. Prendi meu cabelo com uma fivela e, quando me olho no espelho retrovisor, fico contente. Isso faz diferença. Com uma renovada autoestima fecho a porta e vou, confiante, para a entrada. Eles vão ver só!

Infelizmente, minha entrada não produz o resultado esperado porque cheguei cedo. Cedo demais, o salão está praticamente vazio. Deslizo os olhos pelos presentes, mas não reconheço ninguém. É uma reunião de toda a escola, então devem ser os antigos alunos de outros anos.

Dou uma volta, me encaminho para o salão, vejo as informações no quadro de avisos e nomes de professores que conheço e vou ao banheiro. Sentada no vaso, o espaço é preenchido com os ruídos de antigamente. Leio os textos escritos na porta; ofensas dirigidas aos atuais alunos. Fico angustiada por eles.

Lavo minhas mãos e examino minha maquiagem no espelho. Estou muito bem mesmo. Nada mais a fazer. Ombros para trás, peito para a frente e vamos lá, Sabine!

Respiro fundo e saio do banheiro. O salão se enche aos poucos de gente que saiu da adolescência há algum tempo, circulando com a mesma expressão melancólica no rosto. Reconheço Miriam Visser por causa da sua corpulência. Sorri exageradamente para alguém, mas credo, o que aconteceu com seus dentes? Estão saindo para fora da boca! De repente me sinto grata ao meu aparelho que causou tantas piadas no início da escola secundária.

Com um olhar crítico observo cada pessoa que chega. Reconheço quase todos porque sei quem posso esperar. Na rua, passaria por eles sem notar. Meus olhos procuram Bart, mas não o vejo. Ele não vai me deixar na mão, não é? Foi por causa dele que vim.

— Sabine Kroese? É você?

Alguém bate no meu ombro, viro-me automaticamente e vejo o rosto totalmente desconhecido de uma moça da minha idade.

— Oi! — digo com um sorriso sem graça.

— Achei que era você, mas não podia acreditar. Você está tão... diferente! — diz ela. — Ah, que ótima ideia, esta reunião, não é? Quem você já viu?

— Bem... quase todos — respondo vagamente.

— Bart de Ruijter também está aqui — revela-me. — Acabei de falar com ele. Vocês não namoravam? Ele ainda é um gato, você nem imagina.

Nem me preocupo em saber como ela estava a par de que eu namorava Bart, mas olho com atenção a minha volta.

— Onde você viu Bart?

Minha interlocutora desconhecida aponta na direção da sala superlotada.

— No bar. Bem, vou andando por que acho que... sim, lá está Karin. Como é possível! Karin! Karin! — ela grita, acena e corre para o bar.

O bar está cheio, mas Bart, é claro, desapareceu. Peço um vinho, viro-me e Miriam está na minha frente.

— Oi — diz ela com entusiasmo. — É Sabine, não é? Ah, você também veio!

— Não perderia isto por nada — digo. Lá longe, num grupo, vejo Bart, mas ele não me vê. Procuro chamar sua atenção, mas o perco de vista novamente.

— Você viu alguém? — pergunta Miriam.

Ela veste uma saia azul com uma jaqueta da mesma cor e um grande laço atravessado que ela deve achar elegante, mas que faz lembrar um ovo de Páscoa.

— Bart — digo. — Bart de Ruijter.

Seu rosto denota alegria, surpresa e desprezo, como se ela perguntasse o que quero com Bart. Meu Deus, como seria bom se ele aparecesse de repente, viesse e me abraçasse. Mas eu não o vejo mais; se não quisermos nos desencontrar, vou ter que procurá-lo.

— Tchau — digo a Miriam, que contava uma história a que não prestei atenção e me viro.

Olho à esquerda e à direita, fico na ponta dos pés, estico o pescoço e quase morro do coração quando descubro Olaf. Os nossos olhos se encontram por um momento, mas finjo não tê-lo notado e me misturo na multidão, indo para o outro lado.

Então vejo Bart. Ele está na porta da entrada principal fumando um cigarro com uns colegas que não conheço. Minha conhecida timidez me invade e me retenho. Agora eu tenho que andar com passos firmes, colocar minha mão no braço dele e com um sorriso exprimindo alegria e autoconfiança dizer: *Bart, que bom ver você!*

Mas não consigo, pela simples razão de que não possuo tanta autoestima. Pode ser que ele me olhe com indiferença e eu faça papel de idiota. Viro e vejo Miriam no último degrau da escada para o salão. Seus olhos deslizam por várias cabeças e param na de Bart. Em seguida, ela me vê e sua expressão de desprezo de nove anos atrás reaparece no seu rosto. Ela não é a única que me olha. Vejo Isabel ao seu lado e as duas me olham com o desprezo e a ironia de antes.

Eu me afasto e de repente vejo, num canto, a menina. Os seus ombros estão arqueados, o seu olhar é esguio, dirigido para Bart, como um cão esperando um agrado.

Saia da toca!, grito para ela em pensamento. Queixo para cima, mostre quem você é.

Amedrontada, ela esquiva seu olhar. Eu gostaria de sacudi-la toda até seus dentes baterem, mas ao mesmo tempo, um enorme sentimento de tristeza me invade.

Alguém bate casualmente em mim e derrama Coca-Cola nos meus sapatos. Ele nem nota, mas o líquido pegajoso me faz acordar. Com passos decididos vou até a entrada, ponho a minha mão no braço de Bart e digo com o meu sorriso mais charmoso:

— Oi, Bart!

Ele continua conversando com os seus velhos amigos, mas quando me vê, uma expressão de contentamento aparece no seu rosto.

— Sabine! — Ele segura meus braços, me dá três beijos no rosto e me puxa para ele. Eu espero que todos possam nos ver.

— Estava procurando por você — diz no meu ouvido. — Está cheio de gente, não?

— Cheio demais — concordo, gostando de sentir sua respiração no meu rosto.

— Vamos — sugere ele.

— Vamos — concordo.

Ele me pega pelo cotovelo, me puxando para fora. É uma noite quente e nenhum de nós trouxe casaco. Isso é bom, pois quando caminhamos pela calçada dou uma espiada na entrada e vejo Olaf me olhando com uma expressão muito estranha.

35

— ENFIM, UM pouco de ar fresco — diz Bart, satisfeito.

Ele solta meu cotovelo e andamos para os carros. Não sei que planos terá. Será que vai para casa?

— Não entendo por que fui até lá — diz Bart, apontando para o colégio.

— Você não gostou de rever todo mundo? Os seus anos lá foram legais, não foram?

— Certo, mas nove anos é muito tempo. Nunca mais reencontrei a maioria dos amigos da época. Ainda tenho contato com dois, para isso não preciso de uma reunião. A gente já sabe de antemão como vai ser: *blá-blá-blá*. Temos que conversar rapidamente com todos ao mesmo tempo sobre estes últimos anos da nossa vida. Não funciona, então a gente se concentra em uma ou duas pessoas, senão fala demais. — Ele imita o tom entediado de quem repete uma história e tagarela: — É, é mesmo, ainda moro em Den Helder. Sou jornalista do *Diário do Norte da Holanda*. Casado, divorciado, uma filha. É, é difícil. Como? Você está vendo um conhecido? Tchau! Oi, Peter! É, ainda moro em Den Helder. Como estou? Bem, pois é: fui casado, sou divorciado, tenho uma filha...

Bart suspira e ri.

— Prefiro me concentrar na única pessoa com quem quero mesmo falar — continua Bart. — O que vamos fazer, Sabine? Beber qualquer coisa na cidade?

Uma leve brisa acaricia minha face. Desisto da agitação de um bar, prefiro curtir a noite de verão.

— Eu gostaria de ir à praia — digo. — Os bares lá ainda devem estar abertos.

— Boa ideia — concorda Bart. — Vamos!

— No seu carro ou no meu? — pergunto.

— Carro? Eu vim a pé, moro aqui na esquina — comenta Bart.

— Então vamos no meu — falo, e aponto para o meu Ford Ka prateado. — Espero que você consiga se ajeitar dentro dele.

— Eu me viro — diz Bart.

Abro a porta, entramos e vamos para a praia. Para caminhar ficaria longe, mas de carro logo chegamos. A maior parte dos banhistas já voltou para casa, mas ainda há alguns que gostam de tranquilidade e agora se dirigem para lá.

— Se eu soubesse teria trazido minha roupa de praia — digo. — Está quente e a água deve estar ótima.

— Eles deviam ter escrito isto no convite: tragam seus trajes de praia — fala Bart.

— E o seu bom humor.

— E depois, ainda levamos você para casa — diz Bart, e rimos da piada.

Subimos uma ladeirinha que leva à praia e temos uma vista linda do mar.

O sol bate na água, que parece uma lago vermelho e laranja.

— Uau! — exclamo.

— Que boa ideia a sua.

A mão de Bart procura a minha, agarra-a com força e quando eu rio nervosa de tanto romantismo, ele me arrasta cada vez mais depressa pela duna abaixo. Dou um gritinho e acompanho os seus passos rápidos, não há outro jeito. Bart corre mais depressa e eu caio. Imediatamente ele se deixa cair também e juntos rolamos pela duna abaixo. Com falta de ar, paramos, cheios de areia por todo lado. Sinto-me como se tivesse 15 anos de novo.

— Não é bem assim nos filmes — digo com tom crítico.

— Depende de que filmes você vê — observa Bart. Ele vem para meu lado, me abraça e o seu rosto fica bem perto do meu.

— Comédia ou romance. Qual dos dois você prefere?

Olho para o azul intenso dos seus olhos, o azul que jamais consegui tirar da minha cabeça.

— Romance — respondo.

— Que coincidência, eu também — diz Bart.

Ele se inclina e me beija. Beijos curtos no meu lábio superior, inferior, na minha boca toda. Cada vez que quero retribuir o seu beijo, ele se retrai até sua boca tocar meu pescoço e de lá procurar o caminho de volta para os meus lábios, onde fica. Eu não lhe dou a chance de se mexer de novo. Eu o enlaço com firmeza e o beijo com toda convicção.

Agora sei o que faltava em Olaf. Agora sei por que um beijo não é igual ao outro. Não me importam os banhistas que passam rindo e olhando e até mesmo parando. Tenho Bart de volta e o resto do mundo pode se enterrar na areia.

Finalmente, nossos lábios se soltam porque o próximo passo iria longe demais para o lugar onde estamos, mas continuamos abraçados e não paramos de nos olhar.

— Por que demorou tanto para isto? — pergunta Bart casualmente. — Nove anos! Não posso acreditar que você esteja aqui tão perto.

Com os dedos delineio o contorno do seu rosto.

— Pensei tanto em você... — acrescento.

Bart beija o meu dedo.

— Eu também em você. Sofri muito quando acabamos.

— Por que você acabou? — Não queria perguntar, mas as palavras me escapam.

Bart afasta seus lábios do meu dedo e me olha com surpresa.

— Por que fui embora? Você mesma terminou, não queria mais me ver.

Fito-o em grande confusão.

— Não é verdade — afirmo, sentindo uma pontada de dor de cabeça.

— É verdade! Todos os dias eu passava pela sua casa, jogava pedrinhas na sua janela, apertava a campainha, mas você não abria. Você olhava para fora, balançava a cabeça e era isso. Finalmente, Robin me disse que não queria mais me ver.

Afasto-me de Bart e ponho a mão na minha cabeça dolorida, que bate com força.

— Não é verdade, não é verdade! — digo.

Bart me olha com as sobrancelhas levantadas.

— Mas você sabe disso muito bem!

Abaixo a mão e, cansada, balanço a cabeça.

— Não, não sei de nada disso. Eu é que terminei? Tem certeza? Mas por quê, por que fiz isso?

Bart me olha com incredulidade.

— Como você pode ter esquecido? — diz sem entender.

Mordo os lábios, limpo a areia da perna.

— Esqueci de tantas coisas. Coisas demais. Não sei como, mas há grandes falhas na minha memória.

— Falhas? O que quer dizer com isso?

— O que estou dizendo: faltam muitos pedaços.

— Desde quando?

— Desde que Isabel sumiu. Mas eu achava que era só o período relativo ao desaparecimento, não tinha ideia de que havia esquecido isso tudo sobre nós.

Olho para Bart para ver se acredita em mim.

— Foi um período muito confuso — diz ele. — Aconteceu tanta coisa. Isabel desaparecida, inquérito policial, a mídia. Toda a escola ficou de cabeça para baixo. Exames finais. E aí, você terminou tudo. Eu me senti como tivesse perdido meu porto seguro.

Eu examino seu rosto que me é tão familiar, onde após a intensidade de há pouco posso ler tantas emoções e lembranças.

— Quando terminei? Quando Isabel desapareceu?

— É, na mesma semana. De um dia para o outro você não queria mais me ver. Nunca entendi o por quê, tive que me conformar.

Sentimentos de culpa me invadem, mas ainda fico sem entender. Por que fiz isso? Por que terminei com ele, por quem estava tão apaixonada?

— Li uns livros sobre o funcionamento da memória — digo, hesitante, com medo de parecer uma idiota. — Parece que a gente reprime experiências traumáticas. Não sei como funciona, mas é possível bani-las da memória como medida de autoproteção. Pode parecer que a gente tenha influência sobre isso, mas é um determinado lado do consciente que decide. Eu acho, não, eu sei, que aconteceu alguma coisa comigo. Devo ter visto ou ouvido algo que a minha memória reprimiu porque emocionalmente eu não conseguia lidar com aquilo. Mas ainda me lembro de muita coisa, os fragmentos estão voltando rapidamente.

— Você esqueceu todos aqueles tormentos que te sujeitavam?

— Não, é meio estranho, mas eu me lembro de tudo daquilo. Tem a ver com o desaparecimento de Isabel — digo.

— Ah, é? — Bart se inclina interessado para mim.

— Não é nada de especial — conto com hesitação. — É difícil de expressar porque não há imagens concretas. É mais... um sentimento.

Bart se deita de costas na areia e põe as mãos apoiando a cabeça.

— Sabe, eu acredito que a memória seja capaz de fazer isso. Vi um programa no Discovery. — Ele me olha de lado, com seriedade. — Não tenha medo que eu vá achar que você é louca, não vou fazer isso.

— Está bem! — Não hesito mais. É bom poder falar sobre isso com alguém, alguém que me leva a sério e que conhece as pessoas em questão. — Eu me vejo nas Dunas Escuras e vejo alguém caminhando. De repente, a pessoa desapareceu. Pedalo em frente, mas volto. Talvez alguma coisa tenha atraído a minha atenção, mas não sei de que se trata. Salto da bicicleta e saio da trilha, entro no bosque. Com cuidado, como se sentisse que acontecesse alguma coisa que não posso ver. O bosque dá para o terreno das dunas. No fim da clareira paro e me escondo entre as árvores.

Paro de falar e varro a areia da minha perna.

— E depois? O que vê? — insiste Bart, pondo a mão no meu braço.

— Nada. O sol bate nos meus olhos e me cega. Pisco, mas as manchas não saem dos meus olhos. Aí as lembranças param. — Fito o mar que de vez em quando bate na praia. — Para dizer a verdade, nem sei se é uma lembrança. Talvez seja a minha fantasia e aí eu penso que se trata de uma lembrança.

Bart senta-se de lado apoiando-se no cotovelo, pisca seus olhos até eles ficarem pequenos, enquanto me fita.

— Mas no fundo do coração você acredita que foi testemunha de alguma coisa terrível. Do que aconteceu com Isabel no bosque. A única forma de ter certeza é informar a polícia e fazê-los investigar. Você ainda sabe em que parte do bosque foi?

Imagino só a cena. Estou sentada diante do delegado Hartog.

— *Lembrei de repente que estou correndo para o bosque e vi uma clareira* — digo a ele.

— *O que a senhorita viu lá?*

— *Bem, na realidade não vi nada. Não sei se era uma lembrança ou um sonho. Mas por que o senhor não vai lá com toda a polícia cavar um buraco?*

Sombria, balanço a cabeça e enterro meus dedos do pé no chão.

— Eles nunca iriam acreditar. Tenho que ter elementos mais concretos, indicar o lugar exato.

— Você pode fazer isso? Sabe aonde é? — Bart me olha interrogativamente.

— Não, é o que acabo de dizer. Não sei exatamente.

Não é bem verdade. Eu poderia ir direto para lá se quisesse, mas algo me impede de partilhar com ele esta informação. Bart pode inventar de me levar até Dunas Escuras e isto é a última coisa que quero.

— Há pouco tempo estive na casa do Sr. Groesbeek — digo, mudando de assunto.

— Groesbeek? O que foi fazer lá?

— Lembrei-me de repente. Muito estranho como isso acontece. No dia em que Isabel desapareceu eu pedalava atrás dela e a vi no cruzamento das ruas Jan Verfailleweg e Seringen. Durante muito tempo não pensei na van na minha frente, verde, suja igual à de Groesbeek. E que o veículo seguiu o mesmo caminho que Isabel.

— A van a seguia?

— Não, ela a ultrapassou, mas isto não quer dizer nada. Ele pode ter esperado por ela mais adiante.

Bart se retesa e pensa na minha informação.

— Você falou com Groesbeek sobre isso?

— Não, não disse nada. Nem sei por que fui visitá-lo, o que esperava. Ele não me reconheceu e o nome de Isabel não lhe disse nada. Mas descobri algo extraordinário.

Bart me olha com interesse e eu faço um relatório breve da minha conversa com Groesbeek e uma descrição viva do meu contato com suas gatas.

— Elas todas tinham nomes de meninas — digo. — Anne, Lydie, Lies, Nina, Roos, Belle... Lies pode ser apelido de Liet. Anne vem de Anne Sophie, Lydie de Lydia, Nina ficou Nina, Roos é Rosalie e Belle pode ser Isabel.

— Você está brincando? Ele deu esses nomes às gatas? — pergunta Bart, pasmo.

— Deu.

— Então você tem que contar à polícia.

— Já contei. Não vão falar com ele, ainda que ficassem impressionados.

— Eles são cegos ou o quê? Todas são meninas que foram vítimas de alguma coisa!

Fico espantada por ele sacar isso imediatamente. Eu nunca tinha ouvido falar nas meninas antes de ler os artigos dos jornais.

— Você está a par de tudo — digo.

— Sou jornalista, preciso estar. — Bart se levanta e estende a mão para mim. — Vamos caminhar um pouco?

Deixo ele me levantar e me alegra que não solte a minha mão. Caminhamos algum tempo ao longo do mar. E então Bart me fita com seriedade.

— Não gosto da ideia de você ter ido sozinha à casa de Groesbeek, Sabine. Se ele tiver alguma coisa a ver com essa história, você poderia ter tido graves problemas.

— Eu estava perto da porta.

— Então você não estava se sentido à vontade. Por que foi?

— Porque minhas lembranças voltaram. Quanto mais me esforço, mais eu me lembro. Uma lembrança atrás da outra. Sempre tive a ideia de que sabia mais sobre o desaparecimento da Isabel. Agora tenho certeza.

Olho de lado para Bart, que está parado e fita o mar.

— Por que as pessoas reprimem os acontecimentos da sua vida? — pergunta pensativamente.

Não sei se espera uma resposta, ou se é uma pergunta retórica. Fazemos silêncio durante um tempo, até ele me lançar um olhar inquisitivo.

— Porque são traumáticas demais para se viver com elas — digo.

— E o que poderia ser tão traumático para você? — continua Bart.

— Não sei — respondo, e evito seu olhar.

Bart põe a mão no meu queixo e me força a olhá-lo.

— Eu acho que você sabe muito bem. Deve suspeitar de alguém. Por que não fala sobre isso?

Suspiro e confesso:

— Porque não tenho certeza.

— Do quê?

— De que fui testemunha do que ocorreu com Isabel — digo com desânimo.

— Também acho. Mas por que você reprimiu? Se ela foi assassinada, posso imaginar que deva ter sido testemunha disso e ficou com muito medo, então se fechou para o mundo num primeiro momento. Que não quisesse nem mesmo *me* encarar.

Mas por que não foi à polícia mais tarde, por que reprimiu isso com tanta intensidade? — A voz de Bart fica cada vez mais insistente e suas mãos me seguram o antebraço com tanta força que quase dói. Os seus olhos estão perto tão perto, que não consigo me livrar do seu efeito magnético.

— Não sei — sussurro, mas não é verdade.

Começo a chorar. Nós dois sabemos porque só há uma razão para eu evitar a verdade: é porque conheço o assassino. Porque se trata de alguém de quem gosto muito.

36

A ATMOSFERA MUDOU completamente. O clima romântico desapareceu e surgiu algo indefinido em seu lugar. Bart segura minha mão com tanta força que minhas juntas se dissolvem.

— Não fui eu, no caso de você pensar assim — diz ele. — Eu não gostava dela, mas eu não tinha nenhum problema com ela.

— Olaf van Oirschot achava que você e ela tinham um relacionamento — falo.

— Você também acha? Enquanto eu saía com você? Essa não, Sabine! Você sabe que não é possível! — diz Bart com indignação.

É verdade que nunca suspeitei de nada, mas será que a gente sempre vê tudo o que se passa na nossa frente com clareza? Bart interpreta corretamente o meu silêncio.

— Com Isabel, você saberia! — resmunga Bart. — Ela era uma piranha. Quando um cara a olhava, ela partia para cima, somente porque pensava que poderia seduzi-lo. Ela tentou isso comigo, aliás, com quem ela não tentou? Mas não adiantou.

Eu tinha imaginado um passeio na praia totalmente diferente. Não quero ouvir nada disso, quero recuperar o clima romântico, mas agora é tarde.

— Ela tentou me seduzir até o dia do seu desaparecimento. Nesse meio-tempo, se contentava com quem pudesse atrair, e olhe que eram muitos — conta Bart.

Penso em Olaf, Robin. Rapazes inteligentes, com senso crítico, mas que não resistiram ao poder de sedução de Isabel.

Como posso ter certeza de que Bart também não se deixou levar? Depois de tanto tempo isso não faz diferença, se levarmos em consideração que uma briga de namorados seja motivo para assassinato.

— Então por que a nossa relação era secreta? — pergunto, meio perdida. — Por que ninguém podia saber? E, por favor, quer largar a minha mão? Está doendo.

Contrito, Bart leva minha mão aos seus lábios.

— Desculpe, por que não disse antes?

Ele beija a minha mão algumas vezes e diz:

— Nossa relação era secreta porque eu não queria criar problemas para você. Isabel estava atrás de mim porque não podia me conquistar e, se descobrisse que eu estava apaixonado por você, a sua vida, Sabine, seria um inferno. Achei que você entendia.

— Eu achava que você se envergonhava do nosso namoro, que não ousava assumir — respondo. — Mas eu estava tão apaixonada que me contentei com isso.

— Foi por isso que acabou. Meu Deus, quanta coisa pode dar errado se a gente simplesmente acredita que o outro entende nossos motivos — desabafa Bart suspirando.

Deixo de lado a explicação do fim do nosso namoro. Aliás, eu nem sei por que terminei. Não me lembro de nada. Pode haver mil razões, uma delas é bem clara. Mas não, não quero acreditar.

Como posso me apaixonar por esse cara se nem lembro do nosso passado em comum? No entanto, eu quero Bart.

Olho para seu perfil bonito, forte, e me sinto irresistivelmente atraída por ele, uma sensação que nunca mudou. No tumulto de emoções e lembranças, só posso confiar neste sentimento, é tudo o que tenho.

— E agora? — diz ele com o queixo na minha cabeça. — O que vamos fazer?

O sol desapareceu há algum tempo, está ficando mais frio e a escuridão tomou conta da praia.

— Estou com frio e cansada — digo.

— Quer ir para casa?

— A minha casa é bastante longe daqui — resmungo, encostando o rosto na sua camiseta.

— A minha é perto — ouço-o dizer.

Afasto-me dele e empurro-o um pouco para trás para poder vê-lo.

— É, então vou ter que dormir na sua casa.

Bart concorda com entusiasmo.

— Dormir — repito com ênfase.

— Está claro, entendi. Finalmente vamos dormir uma vez juntos.

A tensão vai embora, sorrimos um para o outro e de mãos dadas saímos da praia. Não há mais nenhum banhista. Por isso, quando entramos no meu Fordezinho, o carro que está de partida chama a atenção. Dou marcha, saio do estacionamento e olho no retrovisor. Na escuridão embaixo da duna não posso enxergar direito, mas se não me engano, o Peugeot escuro está atrás de nós.

Acelero, fico de olho e dou seta para a direita. O Peugeot nos segue logo atrás. No cruzamento faço como se fosse seguir adiante, mas no último momento viro a direção e sigo à esquerda.

— Ei, está indo do lado contrário — grita Bart.

— Desculpe — digo. — Me enganei.

Entro depressa numa rua lateral, dou umas voltas. Bart me olha muito surpreendido.

— O que está fazendo? — pergunta.

— Achei que estávamos sendo seguidos — desculpo-me.

Bart olha por cima dos ombros para a estrada vazia, sorri e diz:

— Mulheres.

No caminho da casa de Bart não vejo mais traços do Peugeot, mas só depois de algum tempo deixo de me sentir perseguida.

37

Parece incrível, mas passamos a noite só dormindo. Bem, é verdade que nos beijamos, sussurramos, rimos e ficamos recordando o passado, até de madrugada.

Juntos, caímos no sono feito uma pedra, como se nunca tivéssemos nos separado.

Acordar com ele é muito diferente do que com Olaf. Fico deitada de lado, relaxada, ouço a respiração de Bart, rio dos ruídos que faz e reprimo a vontade que tenho de acariciar o seu rosto. Ainda é muito cedo, cedo demais. Deixo que ele durma bem.

Encosto-me nele, suspiro de alegria e caio de novo no sono. Quando abro os olhos, vejo o rosto de Bart.

— Bom dia — diz ele suavemente.

— Bom dia — murmuro me espreguiçando. Que horas são?

— Não muito tarde. Ainda temos bastante tempo. — Ele me beija de leve, com carinho, e eu sinto uma certa excitação.

— Muito tempo para quê? — pergunto com malícia enquanto respondo os seus beijos.

Bart se apoia no cotovelo e me olha.

— Para reparar os danos passados. O nosso encontro de agora tinha que ser, sabia? Há meio ano eu ainda estava casado.

Ele não deveria ter dito isto. Parte do meu sentimento de felicidade some. Podemos fazer tudo para reparar os danos, mas há nove anos entre nós, anos de formação, em que nos tornamos pessoas diferentes. Este não é o Bart que conheço, é um homem com um casamento nas costas, pai de uma menininha.

Bart sente minha mudança, um antigo talento que tem.

— Estou falando sério, Sabine, você sabe disso, não?

— Hum... — Sorrio, sinto uma corrente morna que leva embora minhas dúvidas. — Eu também estou.

Trocamos beijos. O sol se insinua por uma réstia na cortina, nos lembrando de que é hora de levantar, mas ficamos deitados. A nossa excitação aumenta e de repente carícias e beijos não são o suficiente. O telefone toca. Isso é mesmo muito chato.

Olhamos com raiva para a mesinha de cabeceira. Bart não se deixa impressionar pelo som agudo e se concentra novamente em mim, mas o aparelho insiste. Finalmente, irritado, ele se desvencilha de mim e atende.

— Aqui é o Bart.

Do outro lado da linha, ouço distintamente uma voz de mulher. Bart ouve, faz que sim — como se ela pudesse ver — e diz:

— Hum... *compreendo* e *não tem problema, já vou.* — E desliga.

Preocupada, olho para ele:

— Você tem que sair?

— Tenho, desculpe. — Geme e enterra a cabeça no meu pescoço. — Desculpe, desculpe! Eu queria fazer uma porção de coisas com você, mas Dagmar está gripada e os pais estão de férias. Ela me pediu para eu cuidar de Kim para ela poder descansar.

— Ah! — digo.

— Eu não podia recusar. Como ela poderia cuidar de Kim se está na cama com febre? — Bart me olha se desculpando.

É uma chateação, mas é melhor eu me acostumar, e ainda melhor, vou mostrar como sou generosa e sei lidar com o assunto.

— Não, é claro que não — digo com um tom de compreensão. — Vá logo vê-la, a gente se fala na próxima vez.

— Você é um amor. — Bart me beija longamente, com gratidão. — É verdade, você é mesmo um amor. Vamos tomar café juntos e eu telefono mais tarde. Deixe o seu endereço e telefone.

Na mesa do café trocamos nossos dados. Bart está inquieto. Quer ver a sua filha, talvez a ex-mulher. Os dois já se amaram, se casaram, a filha é o elemento de ligação. Quantos sentimentos deste tipo ficam escondidos, mesmo que se esteja divorciado?

A nossa despedida foi longa, ainda um último beijo e mais um outro. Um carinho, um aceno, um último beijo, eu entro no meu carro, Bart no dele, e buzinamos, como despedida final.

Apesar do final abrupto da nossa noite juntos eu dirijo com um sorriso idiota no rosto. Vou para o centro, depois pego a estrada para o canal do Norte e me dou conta de que meu telefone ainda está desligado. Talvez Bart tenha enviado um torpedo.

Com a mão cato o celular da bolsa e ligo. Há cinco mensagens de voz insistentes de Olaf dizendo que quer falar comigo, o que faz minha sensação de felicidade diminuir.

— Que imbecil! — reclamo.

Tenho que fazê-lo compreender que não estou mais interessada. Provavelmente já desconfia, se é que ontem estava lá na praia. Qual será sua reação sabendo que estive lá com Bart? Muito má, receio.

No percurso para Amsterdã fico nervosa e, quando entro na minha rua, inspeciono os carros estacionados ao longo da calçada. Não há nenhum Peugeot preto.

Estaciono, saio, fecho a porta e atravesso a rua. Pouco à vontade, abro o portão e fecho-o com força. Meus passos soam ocos na escada velha de madeira. Na porta do meu apartamento hesito. Fico olhando para a porta de madeira como se esperasse ter poderes paranormais que me dissessem o que devo esperar atrás dela.

Com os joelhos tremendo, subo mais um lance e aperto a campainha da Sra. Bovenkerk.

— Quem é? — pergunta com uma voz sonolenta.

— Sou eu, Sabine. A senhora pode abrir?

— Já vou, um momentinho.

Aflita, espero e olho para a escadaria. A porta se abre e a Sra. Bovenkerk sorri para mim.

— Olá, minha querida. O que posso fazer por você?

— Só queria saber se alguém esteve na minha porta — digo.

— Não ouvi ninguém — responde ela. — Mas ouvi o telefone tocar várias vezes.

— E ninguém lhe pediu a minha chave?

— Não, ninguém. Também não ia adiantar pois eu não daria. Sorrio.

— Obrigada, é só isso que queria saber.

Ela me olha com curiosidade.

— Há algum problema? Estão te incomodando?

— Um pouco — digo.

— Mude a fechadura — aconselha ela. — Ou ponha umas cadeiras atrás da porta. Sempre faço isso à noite. Perto de mim ninguém chega! E se por acaso conseguirem entrar, eu tenho o bastão de beisebol do meu neto embaixo da cama. — Ela olha para a escadaria como quem está disposta a brigar, esperando que uma figura suspeita suba. — Ah, minha querida, vou ficar uns dias fora com a minha filha, espero que você possa ficar de olho no meu apartamento.

Talvez eu deva até me mudar para lá, penso, reprimindo um sorriso.

Tranquilizada, desço e abro a porta do meu apartamento. O sol bate na sala com seus raios dourados, iluminando tudo o que gosto e me é familiar.

Não há flores na mesa. Nenhuma surpresa. Nem Olaf.

Com um suspiro profundo expulso toda a tensão do meu corpo e fecho a porta com a chave. Um banho de chuveiro, roupas limpas e uma xícara de café na varanda

Ignoro a secretária eletrônica que pisca para mim. Só depois do banho vou ouvir as mensagens.

— *Oi, minha querida e linda Sabine.* — É Bart com sua voz baixa. — *Queria dizer que adorei acordar esta manhã ao seu lado. Pena que não pudemos passar o domingo juntos, mas vamos compensar logo, está bem? Você não está em casa, mas eu ligo mais tarde.* Ruídos de beijos encerram seu recado e eu sorrio, porém o riso desaparece do meu rosto quando depois entra a voz de Olaf, num recado após o outro, num tom que varia da recriminação à raiva. Apago-as e verifico se a porta está bem fechada. Não apago a mensagem de Bart para poder ouvi-la algumas vezes.

Durante toda a tarde fico lendo na varanda e à noite ponho uma pizza no forno. Ainda tenho alface e tomate e, portanto, não preciso sair. Como a refeição calórica na frente da TV, pouco entretida com uma comédia boba. Quando o filme está quase no fim, a campainha toca.

Como se fosse um alarme eu me sento ereta e desligo a TV. De novo soa a campainha pela casa, acompanhada de batidas na porta.

— Sabine! Você está em casa? Sou eu!

Olaf.

— Sabine!

Quieta, fico sentada no sofá olhando para o controle remoto e desejando que, com um toque, conseguisse fazer Olaf sumir. Nesse meio-tempo ele bate com mais força com o punho na porta.

— Sabine! Abra! — O ódio na sua voz me deixa aterrorizada.

Na ponta dos pés, vou até o telefone, mas quando vou ligar o número de alarme, meu dedo fica dançando sobre os dígitos. Qual era mesmo o número? 122? Não, 112, ou tem outro número antes? Merda, por que a memória falha no momento em que a gente precisa dela?

Corro para o quarto, na cama está minha bolsa com o meu celular. Na lista digital está 112. Com o dedo no dígito, ouço os murros de Olaf na porta. Assim que ele der um chute na porta, eu ligo.

Ele não chuta a porta. Agora, o corredor está silencioso e eu espero que ele tenha ido embora. Ouço com atenção, saio do quarto e fico parada sem me mover. A porta do corredor se abre e Olaf entra, com uma chave na mão.

O choque é tão grande que sinto o sangue correndo pelos meus ouvidos. Fito-o, perplexa. Ele me olha e ficamos os dois parados de frente um para o outro.

— Olaf — digo finalmente, meio abobalhada.

Ele me olha com uma calma estudada.

— Então você está em casa. Por que não abriu a porta?

— Não ouvi você chamar — digo com uma cara de inocente. — Como você entrou?

Ele vem até a mim e balança minha chave de reserva no meu rosto.

— Achei — diz friamente —, já faz algum tempo.

— Achou? Quer dizer, levou! Não me lembro de ter lhe dado nenhuma chave.

Com a chave na sua mão, tento mostrar autoconfiança, mas o medo surge atrás da máscara.

— É, eu levei — diz Olaf.

A irritação dá lugar ao medo. Fique quieta, ele entrou, não o deixe ficar zangado. Ele está com uma expressão estranha nos olhos, não alimente isso.

Com um leve sorriso, eu me afasto de Olaf.

— Bem, agora você já está aqui. Quer beber alguma coisa? Uma cervejinha?

Já estou indo para a cozinha. Olaf me segue e fica parado. Está encostado na porta, de braços cruzados, seguindo todos os meus movimentos. Com grande esforço, consigo abrir a garrafa de cerveja. Eu também preciso tomar uma. Pego mais uma garrafinha, abro-a, viro-me e ofereço-a para Olaf. Ele pega a cerveja, mas não a bebe. De costas para o móvel da cozinha, evito olhar para ele, que continua me encarando.

— Por que você não abriu? — Sua voz parece calma, mas vejo um músculo do pescoço tremer.

— Não ouvi você tocar — repito.

— O que estava fazendo?

— Estava ouvindo música — digo, e ando descontraída para o quarto, para ficar perto do telefone.

Olaf me segue, toma um gole de cerveja e me olha durante algum tempo em silêncio.

— Soube que você esteve na casa da minha mãe — diz, num tom de recriminação.

— É, boa ideia, não? — digo com voz aguda e alegre demais.

— Estava por perto e pensei: ah, vou ver onde Olaf morava. Aí vi que a sua mãe ainda morava lá e fui vê-la.

— Por quê?

— Assim, sem mais nem menos. — Consigo fazer uma voz de surpresa. — É normal conhecer os pais do namorado.

— Eu tinha imaginado irmos os dois juntos — diz Olaf secamente.

— Às vezes, as mulheres gostam de conversar sozinhas.

— Sobre o que conversaram? — Imediatamente ouço um tom de suspeita na sua voz.

Penso um pouco. É possível que a sua mãe tenha lhe contado sobre a nossa conversa.

— Sobre você — digo. — Sobre Isabel e Eline. Queria saber quem mais você tinha namorado. — Dou um sorriso de namorada ciumenta.

— Você poderia ter me perguntado — diz ele mais relaxado.

— É verdade — admito. — Você está chateado?

Ele estende os braços e me puxa para ele. Não ofereço resistência, ainda que o seu olhar seja duro.

— Gostou de reencontrar Bart? — indaga.

Os meus olhos não se afastam dos seus.

— Na reunião, você quer dizer. Sim, foi bom. Gostei de rever todo mundo.

— Você não ficou tanto tempo por lá — diz friamente.

Não sei bem o que dizer. Por que deveria dizer alguma coisa? Não é da sua conta!

— Você nos seguiu — digo num tom igualmente frio. — Não é verdade? Vi o seu carro. Por que fez isto?

Ele me solta, ou mais precisamente, me empurra.

— Porque não podia acreditar que você tenha ido embora com ele.

— O que há de errado em conversar com um velho amigo? Nós fomos simplesmente dar um passeio pela praia.

Fazemos silêncio. Nossos olhares se fixam um no outro, medindo forças.

— Você saía com ele antigamente, não é? — diz Olaf. — Robin me contou uma vez. E agora se encontraram de novo, muito romântico. Mas você sabe muito bem, Sabine, que isso não vai dar em nada. O que este cara significava para você? Vocês namoravam, mas ninguém podia saber. Amor de verdade. — Ele ri com sarcasmo.

— Ele fazia segredo para me proteger do grupo — digo.

Olaf torce o nariz com desprezo.

— Sabe o que eu respeitaria? Se ele tivesse assumido que gostava de você. Se não se importasse com a opinião dos outros, você teria superado o grupo. Conquistado. Isto é o que deveria ter feito. É o que eu faria!

Acredito nele. Sim, acredito mesmo que teria feito isto. Ficamos por um momento nos olhando. Tudo em mim pede para que ele parta, mas em vez disso Olaf parece muito à vontade na minha sala e de uma só vez bebe a cerveja. Põe a garrafinha vazia no armário da mesa e dá um arroto.

— Tem mais uma?

Faço que sim e desapareço na cozinha. Minhas mãos tremem lutando com o abridor. Ouço Olaf andando de lá para cá. Quando olho pelo cantinho da porta vejo-o parado em frente da secretária eletrônica, apertando o botão. Assustada, ouço a voz de Bart enchendo a sala:

— *Oi, minha querida e linda Sabine. Queria dizer que adorei acordar esta manhã ao seu lado. Pena que não pudemos passar o domingo juntos, mas vamos compensar logo, está bem? Você não está em casa, mas eu ligo mais tarde.*

Os sons dos beijos que esta manhã me deram uma sensação de carinho agora me congelam, e eu lamento a decisão sentimental de ter guardado a mensagem.

Sorrateiramente, saio da cozinha e dou uma olhada na sala. Olaf está de costas para mim, com as mãos no armário, a cabeça inclinada, como alguém que faz o possível para se controlar.

Seu dedo vai para o aparelho e Bart lhe conta novamente como adorou acordar ao meu lado. Com um gesto abruto Olaf apaga a mensagem, Bart se cala e Olaf se vira.

Corro para o banheiro e tranco a porta. Os passos de Olaf passam por mim, ouço-o indo para a cozinha.

— Onde você está? — pergunta.

Engulo em seco e me reanimo.

— No banheiro! — grito. — Já vou, pegue a sua cerveja!

Ele não pega a cerveja. Ouço o som da garrafa se espatifando no chão e me encolho. Em seguida ouço o ruído de várias garrafas quebradas na mesa da cozinha. É aterrador.

Devagar, viro a fechadura da porta do banheiro e olho. Olaf está jogando uma cadeira no vidro da porta da varanda. Eu voo para o hall, apanho minha bolsa no quarto e corro para a porta. Olaf está fazendo muito barulho na cozinha para poder me ouvir; agora é a vez de os meus pratos serem destruídos. Escancaro a porta, entro no corredor escuro, tranco a porta. Assim o detenho, se ele descobrir que eu fugi. Há algumas chaves de reserva pela casa, mas ele não vai encontrá-las logo.

Corro pela escada abaixo e abro o portão. O frio da noite acaricia meu rosto afogueado. Felizmente, o carro está na porta, rodo a chave e quase caio lá dentro. Tranco tudo, dou partida e vou embora.

38

Sempre me espanta o número de pessoas que já tarde da noite caminha, anda de bicicleta, sai de carro. É domingo de noite e durante a semana a esta hora a cidade tem sempre movimento.

A sensação de ter companhia é boa, ainda que seja a dos frequentadores de bares. A iluminação das ruas, os comerciais em néon e as janelas iluminadas dos bares me levam de volta a um mundo em que a noite é a hora da diversão.

Espero que Jeanine também me acolha assim. Infelizmente, ela nem percebe que eu chego. Aperto a campainha longamente muitas vezes e não ouço passos correndo para a porta. Finalmente pego o meu celular e digito o seu número. Sei que ela deixa o aparelho na mesinha de cabeceira, para casos de emergência.

Antes de a mensagem de voz começar, ouço a sua voz sonolenta.

— Jeanine, sou eu, Sabine. Estou no seu portão de entrada. Você pode abrir?

— Sabine?

— Sim, por favor, abra a porta.

— O que você veio fazer aqui?

— Já explico. Você vai abrir?

Esperando que ela venha, me escondo na sombra do pórtico. Os meus olhos vigiam a rua silenciosa.

A porta se abre e o rosto pálido de Jeanine, emoldurado pelo cabelo espetado, me olha, cheio de sono.

— O que houve? A gente ficou de sair?

— Posso dormir na sua casa? — pergunto entrando.

— O que aconteceu? Não pode entrar em casa?

— Não. Olaf está destruindo tudo.

— O sexo foi tão ruim assim? — pergunta de olhos arregalados.

— Não é brincadeira, Jeanine. Ele não é o que parece.

— Pode me contar — diz ela e me leva para dentro.

Faço um resumo e o meu relato é tão real que ela, surpresa, balança a cabeça.

— Quem diria isso de Olaf? Você se importa se a gente for logo dormir? Estou morta de sono. — Jeanine boceja. — E não estou a fim de tirar as coisas do sótão, portanto você tem que dividir a cama comigo.

Não me importo. Dispo-me e deito na cama de casal. Jeanine dorme com a facilidade de alguém que mal acordou, mas que foi se arrastando até o banheiro no piloto automático. Quanto a mim, fico deitada de lado por um longo tempo, olhando para o contorno dos móveis e outros objetos que tomam forma no escuro.

A cada momento aguardo um telefonema, mas isto não acontece. Olaf ainda não notou que fugi. Ou estará a caminho? Ficará no portão daqui a pouco? Ou quem sabe, amanhã de manhã, quando eu acordar?

Não, ele não sabe onde Jeanine mora. Ele vai descobrir, mas não no meio da noite. Aliás, ele nem mesmo sabe que eu estou aqui e amanhã ele tem que trabalhar.

De qualquer maneira, durante o sono a sensação de inquietação persiste. Levanto-me e vou para a sala, onde há uma cadeira de balanço. Sento-me, abro um pouco as cortinas, a janela e acendo um cigarro. Como terá Olaf reagido ao descobrir que eu fui embora? Talvez ele tire um dia livre e fique toda a manhã no meu apartamento. Não posso voltar mais. Não há como escapar, nós nos encontraremos no trabalho, mas isto não é ruim, desde que eu não fique sozinha com ele. Eu tinha que ter feito a denúncia hoje! Ah, que burrice! A polícia o teria posto para fora e eu poderia entrar no apartamento.

Inalo fundo e sopro a fumaça para fora da janela. Fico de olho na rua através da fresta da cortina e a cada quarto de hora que passa vou ficando mais e mais insegura. Fumo um cigarro atrás do outro, mas não há sinal de nenhum Olaf furioso.

Então o meu telefone toca. Pulo assustada, bato com o cotovelo no parapeito e engulo a dor enquanto pego minha bolsa. Na tela aparece o número do meu próprio telefone. Atendo.

— Sabine, é Olaf — diz com tranquilidade. Eu não falo nada. — Você vai voltar — afirma no mesmo tom impassível. — Ficarei esperando até que volte.

— Você ficou maluco? Se amanhã não tiver ido embora, chamo a polícia.

— Neste caso, vou te buscar agora. Onde está? Pode deixar, eu te encontro.

Desligo com raiva, mas preciso de dois cigarros para me acalmar um pouco. Ele é mesmo muito perturbado.

Vou para a cama tropeçando, escorrego para baixo das cobertas reprimindo a vontade de me encostar em Jeanine.

— E agora quero saber exatamente o que aconteceu. — Jeanine põe uma bandeja na cama. Um cheiro delicioso invade o quarto. Café, um ovo cozido e torrada com geleia. Ela está arrumada e maquiada.

— Que gentileza! — Levanto-me, ponho o travesseiro na parede e me recosto.

— Você falou durante o sono, sabia? Em Olaf e *não faça isso*, e em *Isabel*. — Jeanine se senta na ponta da cama. — Eu deixei você dormir.

Observo a sua aparência bem-cuidada.

— Que horas são?

— Oito horas. Tenho que ir para o trabalho.

— Eu também — digo. — Mas acho que não vou.

Apanho a minha bolsa e o telefone. Não há novas mensagens.

— Como isso tudo foi acontecer? Vocês iam tão bem! — diz Jeanine, preocupada.

Durante o café, conto-lhe tudo. Sobre minhas dúvidas na relação com Olaf, as suas insistências, os e-mails, a torrente de telefonemas, as rosas no meu apartamento, sobre Bart, e de como Olaf de repente entrou ontem com a chave de reserva.

Conto-lhe sobre minhas visitas a Den Helder, sobre o seu encontro com Isabel no dia em que ela desapareceu, sobre a experiência de Eline com ele, sobre o telefonema dele nesta madrugada.

— Nunca imaginaria que Olaf fosse capaz disso — desabafa Jeanine, assustada. — Ele te bateu mesmo?

— À primeira vista parece simpático e charmoso, mas também pode ser muito violento — digo.

— Mas, chegar à conclusão de que ele assassinou Isabel... — Jeanine faz cara de dúvida e come o ovo, pois perdi o apetite.

— Isabel tinha um encontro com ele nas Dunas Escuras — digo, com a boca cheia de torrada. — Vamos supor que eles se encontraram na lanchonete. Em seguida, caminharam até o bosque, onde Isabel lhe diz que pretende terminar o namoro. Olaf surta e a ataca, ela corre para dentro do bosque, mas ele a alcança.

— Ela também pode ter sido atacada por um desconhecido. Tem muitos tipos estranhos andando pelo bosque e pelas dunas.

— É possível, é claro. Mas então, por que ele mentiu para mim a respeito da sua relação com Isabel, por que não contou à polícia que tinha um encontro com ela?

— Você lhe perguntou isto?

— Não ousei. Se realmente ele é violento e responsável pelo desaparecimento de Isabel...

— É — diz Jeanine pensativa. — De qualquer modo não posso imaginar Olaf fazendo isso.

— É meio estranho, Jeanine. Quem fica o dia todo deixando mensagens para alguém que não está em casa?

— Alguém que está muito apaixonado.

— Ele também estava muito apaixonado por Isabel — digo, botando a bandeja no chão. — Mas ainda tem outro candidato, o Sr. Groesbeek.

Jeanine ri da minha história dos pelos de gato no meu chá e dos deliciosos bombons que ele me ofereceu. Ainda ri quando conto os nomes de todas as gatas, mas fica em silêncio quando menciono que estive na polícia. Fico quieta a respeito de outros possíveis suspeitos que não consigo tirar da cabeça.

— Você está mesmo envolvida nisso, não é? — diz Jeanine.

— Se eu pudesse me lembrar do que vi na clareira... — reflito. — Por que não gritei por socorro? Acho isso tão estranho, que eu queira aparentemente me esquecer. A única explicação que tenho é que eu conheço o assassino.

Jeanine segue com os dedos o padrão floreado da colcha.

— Você tem certeza de que se trata de recordações, Sabine? Quero dizer, é tudo tão vago. Talvez você tenha sonhado. Por que as recordações param no momento em que você está na clareira? Não é lógico, tal como num sonho. Quando a gente tenta contar um sonho, não dá certo, porque eles são feitos de impressões e sentimentos. As imagens não se enquadram, tudo é vago e nebuloso. Muitas vezes, um sonho volta com frequência, acrescenta-se um fragmento, tudo se junta até nos perguntarmos se realmente aconteceu.

— Não sonhei. Um sonho em geral toma uma direção totalmente diversa que não tem a ver com as outras. No momento em que o sonho inicia, a mudança de direção parece lógica, mas à luz do dia, a gente tem até que rir. Ou nos esquecemos da metade. Isso é muito diferente, Jeanine.

— Você acredita que poderá se recordar de mais coisas?

— Não tenho a menor ideia. Espero que sim, mas me pergunto do que me adianta. A polícia não acredita em nada. Até você não acredita!

— Acredito sim, estava apenas sugerindo que a conclusão pudesse ser outra. Mas o que você disse agora é verdade. Os sonhos são muito vagos e pouco lógicos. As suas memórias são cronológicas e parecem reais. Sabe o que poderíamos fazer?

— O quê? — indago.

— Poderíamos ir juntas ao tal lugar no bosque Ver se corresponde às suas lembranças.

— Já fiz isto. Tudo estava certo: o bosque, a clareira, o mato... Tudo.

— Tudo bem, então só há uma maneira de descobrir se você sonhou ou se era mesmo uma lembrança de verdade.

— O quê?

— Vamos cavar no local.

Só a ideia me dá arrepios nas costas. Vejo nós duas encontrando os ossos de Isabel no fundo da areia e de repete começo a duvidar. Será que Jeanine tem razão? A minha mente está me pregando uma peça? Estarei transformando os medos, suspeitas ou até desejos remotos em imagens que nada têm a ver com a realidade? O meu coração grita que não, mas a minha razão diz que tenho que me confrontar com a possibilidade.

E, de repente, aparece uma nova lembrança que varre todas as dúvidas sobre a veracidade das minhas lembranças.

Deve ter sido pouco depois do desaparecimento de Isabel, pois o meu pai ainda está no hospital. É tarde da noite e eu desço as escadas cambaleando de sono.

A minha mãe segura uma taça de vinho na mão vendo TV. Sem dizer nada, vou para o corredor e ponho o meu casaco.

— O que você vai fazer, minha querida? — pergunta minha mãe.

— Tenho que ajudar Isabel — murmuro.

A minha mãe me olha.

— Volte para a cama — diz ela suavemente.

Começo a chorar, o meu braço na manga do casaco.

— Mas ela precisa de mim!

Rompo em lágrimas e minha mãe me força suavemente a voltar para a cama, e eu durmo logo. Mas todas as vezes que isso acontece de noite, acordo com vestígios de lágrimas secas no rosto e um intolerável sentimento de culpa.

Minhas memórias são reais.

A campainha toca alta e insistente. O susto é tão grande que eu pulo da cama. Jeanine foi para a cozinha e volta agora. Inseguras, nos olhamos.

Vou ao seu encontro, espiamos e através do vidro opaco da porta vemos uma figura alta, forte. Olaf.

— Vista-se rápido — diz Jeanine apressadamente.

Voo para o quarto e em alguns segundos já estou vestida.

A campainha toca de novo. Desta vez Olaf fica apertando sem parar e o som agudo entra pela casa como uma advertência.

— Calma! — grita Jeanine. — Posso me vestir? — Ela me empurra para as portas abertas do quarto que dão para o jardim. — Se você subir na lata de lixo poderá pular a cerca facilmente. Rápido!

Fujo. Jeanine joga a minha bolsa para mim, tranca as portas. Do jardinzinho de fundos ouço Olaf esmurrando a porta. Apanho minha bolsa, corro para a cerca, ponho os pés na lata de zinco, seguro na cerca e subo. Como se eu pulasse cercas com frequência, eu levanto a perna e salto.

A vizinha turca de Jeanine pendura a roupa no jardim. Ela deixa cair os lençóis na cesta e me olha atarantada.

Dou um rápido sorriso, corro para o portão, abro a tranca e logo me vejo num beco úmido. Saio correndo.

39

PARA ONDE É que se pode ir quando se está fugindo de alguém que pertence ao seu círculo de amigos? Para lugar nenhum. Nem mesmo para o trabalho posso ir. Só há uma coisa a fazer: ficar rodeada do maior número de pessoas possível.

Deixo o meu carro na rua de Jeanine, convencida de que isto possa reter Olaf por lá, e pego o bonde elétrico para o centro. No caminho ligo para o trabalho e tiro o dia livre.

Em Leidseplein, no centro, salto e procuro um lugar atrás das plantas, num bar ao ar livre. Enquanto espero o garçom, pego o meu celular e vejo as mensagens. Nenhuma de Bart. Fico batendo com o celular na mesa. Por que será que não ligou? Se não tivesse deixado a tal mensagem na minha secretária eletrônica, eu teria dúvidas. Telefono para ele? Nunca telefone para um homem, dizia sempre a minha mãe. Um conselho sábio, mas pouco prático. Se eu ficar me fazendo de muito difícil, aos 30 anos ainda estarei solteira.

Busco na tela o número de Bart, digito, o telefone toca algumas vezes e eu ouço: *Aqui é Bart de Ruijter. No momento não posso atender. Tente mais tarde ou então deixe o seu recado que eu telefono de volta.*

Não deixo nenhum recado. Uma moça de cabelos escuros num rabo de cavalo e avental branco vem para minha mesa, tira um bloquinho do bolso e me olha:

— Um café com leite, por favor — peço.

A moça vai embora. Ponho os meus óculos escuros, fico olhando as pessoas passarem e de vez em quando dou uma olhada no celular como se quisesse forçá-lo a tocar. Trazem o meu café, um drogado anda com a mão estendida de mesa em mesa e a linha do bonde 5 passa em frente. Os meus olhos observam cada janela.

Mais tarde, vem a linha número 2. Um homem alto e loiro salta e anda na minha direção. Fujo para o bar, para descobrir lá dentro que se trata de um estranho. Olho meio sem graça para a moça que me serviu. Ela me lança um olhar inquisitivo, sorri e continua o trabalho.

Vou ao banheiro, tranco a porta com força. Depois, lavo as mãos, pago no caixa e entro no primeiro bonde que para e vou sentar perto do condutor, longe do barulho. Rodamos pelo centro de Amsterdã e nesse meio-tempo procuro o número da polícia em Den Helder no celular e peço para falar com o delegado Hartog.

— Ele só vem à tarde para a delegacia — diz o policial que atende.

— O senhor pode dar um recado? É urgente. Diga-lhe que Sabine Kroese telefonou. Ele sabe quem sou. Diga-lhe que estou sendo assediada por um certo Olaf van Oirschot.

Ainda que tente me manter calma, a minha voz está mais alta que o normal. O homem promete dar o recado.

Desligo e olho em frente. Provavelmente Hartog está em casa tomando café, lendo jornal, e não vai fazer nada com esta informação, mas de qualquer forma tentei.

Deste momento em diante, vou mantê-lo a par de tudo que se passa na minha vida até ele começar a me dar atenção. Hoje à noite, vou para um hotelzinho por aqui e telefono de novo. Amanhã, vou trabalhar, mas espero que Olaf esteja mais tranquilo. Além disso, estarei a salvo entre os colegas.

Não quero pensar muito mais adiante. Jeanine tem razão, o melhor é ir a Den Helder e escavar no lugar onde vi Isabel. Nem quero pensar na possibilidade de o corpo não estar lá. Neste caso, é melhor eu me internar numa clínica psiquiátrica.

Estou descendo do bonde quando a musiquinha alegre do celular toca. Chego a pular de susto. Olho na tela: chamada desconhecida. Cheia de desconfiança, atendo:

— Alô?

— Falo com Sabine Kroese? — pergunta uma voz que não conheço.

— Sim — confirmo.

— É do Hospital Gemini em Den Helder. Queria lhe informar que o Sr. de Ruijter foi internado ontem.

— O quê? — digo, sem entender. — Bart está no hospital?

— Bart de Ruijter, sim. Teve um grave acidente de carro.

— Mas... como ele está? O que tem? Vai ficar bom? Por que só agora me ligaram? — balbucio, totalmente transtornada.

— Naturalmente a família foi logo informada e eles vieram ontem, imediatamente, mas hoje de manhã ele perguntou pela senhora. É melhor vir logo — diz a enfermeira, ou médica, ou seja lá quem ela for.

— Obrigada — agradeço meio tonta. — Vou agora. É muito grave? A senhora ainda não me disse como ele está.

— Ele quebrou vários ossos e teve uma grave concussão cerebral. O seu estado é estável no momento, mas há algo que nos preocupa. — Ela fica em silêncio e depois vem com o golpe de misericórdia: — Depois de ter perguntado pela senhora, ele ficou inconsciente. Ainda não voltou a si.

O mais rápido possível vou para a Estação Central e, correndo, ainda consigo pegar o trem para Den Helder. Lá dentro, me dou conta de que esqueci de comprar a passagem. Durante uma hora fico roendo as unhas, ouvindo a música alta dos fones de ouvido e o ruído das folhas de jornais sendo dobradas. Quero gritar de frustração quando o trem fica parado no meio do campo. Após dez minutos exasperantes, continuamos sem ter nenhuma explicação para a demora. Finalmente, rangendo e chiando, o trem chega a Den Helder. Sou a primeira a sair, pulo para fora e corro para o ponto de ônibus da estação.

— Vai para o Hospital Gemini? — pergunto ao condutor.

— Não — responde, me indicando um ônibus que acaba de partir. — É este que você tem que pegar.

Eu poderia soltar um berro. Impaciente, vou procurar um táxi e sigo para o hospital.

Na recepção, pergunto por Bart de Ruijter e eles me dizem como chegar à sua ala. Está tudo tranquilo no hospital, o horário de visitas ainda não começou. Apresso-me para pegar o elevador e, em seguida, pelos corredores brancos sem fim. Há anos fiz a mesma rota quando meu pai foi hospitalizado. Quem poderia imaginar que eu voltaria aqui, tão preocupada quanto antes?

Quarto 205, quarto 205. Os meus olhos percorrem as placas e paro subitamente quando vejo o nome de Bart.

Cuidadosamente, empurro a porta e me preparo para tubos, monitores e balões de oxigênio, mas não estou preparada para a cama vazia no quarto particular. Confusa, olho para a placa ao lado da porta. Estou no lugar certo? Sim, o nome dele está lá. Mas onde está ele? O que aconteceu?

Disparo para o corredor e agarro uma enfermeira.

— Vim visitar Bart de Ruijter. O quarto está vazio, onde ele está?

— Quem é a senhora? — pergunta.

— Sabine Kroese. Telefonaram do hospital hoje à tarde.

A enfermeira consulta a sua tabuleta.

— O Sr. de Ruijter foi atropelado ontem quando atravessava a rua. Ele estava indo bem, levando em conta as circunstâncias, mas hoje à tarde, de repente, ficou inconsciente. Estão fazendo ressonância magnética. Assim que soubermos, lhe informamos.

Ela me acena com simpatia e segue em frente. Arrasada, fico para trás. Perto, ouço um choro abafado. Olho para o lado, para a sala de espera, e vejo uma mulher loira sentada. Está de costas para mim, com as costas arcadas, seus ombros tremendo. Ao seu lado, há uma criança pequena sentada numa cadeirinha de carro Maxi Cosi.

Hesitante, fico parada no corredor. Serão Dagmar e Kim? Mas Dagmar não estava doente? Como se isso fizesse diferença, digo para mim mesma. Gripada ou não, eu também teria pulado da cama. Mas me pergunto se é permitido entrar gente com bacilos de gripe naquela seção.

Num impulso, entro na sala de espera e digo:

— Dagmar?

Ela olha imediatamente, como se esperasse ver um médico, o rosto cheio de lágrimas, os olhos inchados.

— Sim? — Ela me olha como quem não entende.

— Sou Sabine Kroese. Sou uma velha conhecida de Bart e o encontrei sábado à noite na reunião da escola. O que aconteceu? — pergunto com um tom suave, empático.

Dagmar não parece interessada em mim. Começa a falar imediatamente:

— Ele foi atropelado na minha rua. Praticamente na frente da minha porta — diz com amargura. — O motorista nem parou! O sacana continuou a dirigir, pode acreditar?

— Você viu como aconteceu? — pergunto, chocada.

— Ouvi uma batida e depois vi um carro correndo pela rua afora. Saí imediatamente e fiquei com Bart até a ambulância chegar. Eles estão fazendo uma ressonância magnética. — Dagmar me olha com um pouco mais de atenção. — Quem é mesmo você?

— Sabine. Sabine Kroese. Conheço Bart da escola — repito.

Ela faz que sim vagamente, de novo mergulhada nos pensamentos sombrios.

O que devo fazer agora? Ficar também ali, na sala de espera? Em pensamento, nos vejo sendo chamadas daqui a pouco por um médico que entra na sala perguntando:

"A ex-mulher do senhor de Ruijter? Ah, e a senhora é a nova namorada? Pois é, só uma pessoa pode entrar na terapia de cuidados intensivos." Então ele nos examina, uma de cada vez, com um olhar que diz que nós devemos resolver quem vai primeiro ver Bart.

Olho para o bebê. Uma criança bonita. Parece-se com Bart. De repente fico com um enorme ciúme de Dagmar. Pode ser que esteja divorciada de Bart, mas através daquela criança tão meiga ficará ligada a ele a vida toda, ela vai preencher o futuro dos dois. Ela o quer de volta naturalmente, isso posso ver, então temos algo em comum. Também estou disposta a lutar por ele. Mas não aqui no hospital.

Murmuro um "até logo", mas Dagmar está voltada para o bebê, que faz ruídos queixosos.

Saio do hospital, o sol bate no meu rosto. Caminho devagar para o ponto de ônibus. Não tenho tanta pressa, não preciso tomar um táxi. Dagmar me deu o que pensar, e esperar o ônibus por um quarto de hora será conveniente. É possível que Olaf tenha algo a ver com o acidente de Bart? Ele nos viu juntos e eu tenho certeza de que foi ele que nos seguiu até a casa de Bart. Devo, por isso, chegar à conclusão de que ele o atropelou? Não, mas não me parece improvável.

Ligo o celular que havia desligado quando entrei no hospital. Quatro mensagens perdidas. Ouço a mensagem de voz.

— *Sabine, tenho que falar com você. Telefone.*

— *Onde você está? Tenho que lhe dizer uma coisa. É urgente.*

— *Com certeza você está em Den Helder. Com aquele idiota. Ele não está aí, Sabine. Ele nunca vai estar disponível para você.*

— *Ligue de volta, porra!*

No momento em que vou apagar as mensagens de Olaf, mudo de ideia. De repente, sei o que tenho que fazer. O ônibus está chegando, eu subo. O trajeto dura uma eternidade e faz calor. Aperto o botão vermelho, vou para a saída. O ônibus para no ponto, numa rua ao lado da delegacia de polícia, e eu desço.

40

Por alguma razão, eu e o delegado Hartog não conseguimos estabelecer uma comunicação espontânea. Ele me ouve polidamente, mas não tenho a impressão de que esteja me levando a sério. Estou sentada na frente dele na mesma sala da visita anterior e repito a história da perda de memória e de como ela está voltando aos poucos. Hartog me olha como se eu fosse o produto de uma experiência apavorante. Conto-lhe sobre a minha relação com Olaf de Oischot e que também namorou Isabel Hartman. Relato o que ouvi de Eline e descrevo a minha experiência com ele.

— O senhor sabe, ele não suporta rejeição — digo. — Ele foi violento com Eline Haverkamp quando ela quis romper, ele me persegue pela mesma razão e também me agrediu. Acho que num acesso de raiva assassinou Isabel quando ela lhe deu o fora.

Hartog ouve pacientemente, batendo com a ponta da caneta no tampo da escrivaninha.

— Durante sua visita anterior, a senhora manifestou suspeita em relação ao Sr. Groesbeek — ele me lembra.

— E agora tem Olaf van Oirschot — digo. — Pode ser um deles. Mas também pode ser uma pessoa totalmente estranha que arrastou Isabel da bicicleta. Não estou dizendo que sei quem é o assassino, Sr. Hartog, só quero lhe contar aquilo que sei. Para ser franca, não me surpreenderia se fosse Olaf. Eu acho que ele também atropelou o meu novo namorado, Bart de Ruijter. O senhor sabe, o acidente de ontem.

Com um pouco mais de interesse, Hartog me fita.

— Não havia testemunhas no acidente — diz ele.

— Não, mas Olaf tinha um motivo para atropelar Bart — digo me inclinando para a frente para manter a sua atenção porque ele está se afasta para trás como quem nada pode fazer com a minha informação.

Sem grandes expectativas, pego o meu telefone e faço-o ouvir as mensagens de Olaf. Ele ouve com atenção, mas não vejo sua expressão facial mudar.

— Lamento que a senhorita tenha problemas com seu ex-namorado — diz gentilmente —, mas não vejo nada que indique que ele seja responsável pelo acidente do Sr. de Ruijter.

— Ele sabe que Bart não está em casa! — grito. — Como poderia saber? Porque foi ele que fez Bart parar no hospital!

— Talvez ele tenha falado por falar — sugere Hartog, ainda gentilmente. — Ouça, Srta. Kroese, compreendo sua inquietude muito bem e confesso que acho o comportamento do Sr. van Oirschot um pouco estranho. Mas não é o suficiente para detê-lo, entende? A senhorita aparece com algumas suspeitas vagas e espera que eu parta para ação, não é? Mas não posso fazer nada com base nisso. Acho que o melhor é resolver seus problemas com o seu ex-namorado e conversarem como duas pessoas de bom-senso.

— Ainda não terminei — digo brevemente. Resignado, Hartog pousa os braços na mesa.

— O que mais gostaria de desabafar?

Eu lhe conto sobre a minha visita à mãe de Isabel, da agenda que ela me mostrou e, com certa alegria, vejo o seu interesse aumentar.

— Isabel tinha um encontro no dia em que desapareceu — digo. — O senhor sabia disto?

Hartog tem uma cópia da página da agenda na sua pasta e a lê.

— Com DE — diz.

— Não, com Olaf van Oirschot. DE é Dunas Escuras e o dez não é dez, mas IO: Isabel Olaf. Eles namoravam e Isabel queria romper com Olaf naquele dia. Se isso aconteceu ou não, eu não sei, mas ela desapareceu logo depois.

Hartog pega a agenda, olha na página do dia 8 de maio e consulta o arquivo sobre Isabel.

— IO — diz. Eu me inclino para trás, não sem alguma satisfação.

— Olaf tinha um motivo e a oportunidade. Ele terminou o exame de matemática por volta das 14h30. Às 14h10, Isabel e eu saímos do pátio da escola de bicicleta, a caminho das Dunas Escuras.

— Segundo as testemunhas de Olaf van Oirschot, ele foi para casa logo após o exame. A sua mãe confirmou — declara Hartog checando o arquivo.

Dou de ombros displicentemente.

— Isabel Hartman foi assassinada naquele dia e segundo Eline Haverkamp ele podia ser violento se as coisas não caminhassem conforme queria.

— Assassinada? Como tem certeza de que Isabel foi assassinada? — pergunta Hartog com um olhar incisivo.

— Porque eu vi o seu corpo. Durante anos não pude me lembrar, mas recentemente a imagem do seu rosto voltou. Ela foi assassinada, Sr. Hartog.

Para minha irritação, Hartog não parece ter ficado impressionado.

— E durante todo este tempo a senhorita tinha se esquecido disso — sugere, ridicularizando a palavra *esquecido*. — E agora, subitamente, a senhorita se lembra. Tem alguma ideia de como isso é possível?

Eu o encaro sem piscar.

— Não sei como é possível. Talvez porque agora eu esteja mais forte e possa encarar a verdade.

— A verdade — diz Hartog. — E segundo a sua opinião a verdade é que Isabel foi assassinada?

— Sim, eu a vi deitada. Há pouco tempo me lembrei, eu a vi tal como se tudo tivesse acontecido agora. Vi o seu rosto, seus olhos fixos, os grãos de areia no seu cabelo... — digo tremendo.

— Não entendo como posso ter esquecido.

— Eu também não, Srta. Kroese. — Hartog me fita com franqueza.

— De acordo com a minha psicóloga isto se chama repressão — digo.

— Ela suspeitava de que eu reprimia qualquer coisa do passado.

Hartog guarda a cópia da agenda de Isabel na sua pasta e me olha com atenção.

— A senhorita está fazendo tratamento psicológico?

Olho-o com surpresa. Não estou a fim de entrar no assunto.

— Estive em tratamento, sim. Mas não foi por muito tempo e agora estou bem.

Cruzo a perna e tento dar uma impressão de calma e equilíbrio. Hartog me olha inquisitivamente.

— Não sei qual é a importância disso — acrescento. — Não sou louca. A existência da repressão é geralmente conhecida na psicologia. Não sei por que o senhor não fica contente em saber que a minha memória voltou e que eu estou ajudando na investigação.

— Estou muito contente, sim, Srta. Kroese. — Hartog fecha a pasta, se encosta na cadeira e junta os dedos como um médico estudando um caso complicado. — Vamos resumir tudo: a senhorita foi a única testemunha do assassinato de Isabel Hartman. Durante nove anos não se lembrava de nada e agora tudo está voltando. Estou certo?

— Sim. — Meu olhar não se desvia do dele.

— Decifrou esse DE IO e descobriu que Isabel ia se encontrar com Olaf. Também viu quem assassinou Isabel?

— Não. Tudo o que me lembro é que eu a vi deitada no bosque. Estava morta.

Enquanto digo isso, percebo como uma outra pessoa, principalmente um investigador, poderá interpretar minha declaração. Hartog me fita com as sobrancelhas franzidas e de repente a sala fica muito abafada.

— Não viu o assassino?

— Não.

— Pode se lembrar se havia outra pessoa no lugar, além da senhorita?

Hesito. No meu sonho vi um homem indo na direção dela, mas como confiar nos sonhos? Não foi bem uma lembrança, mas mesmo assim me parece importante. Talvez Hartog pare de me olhar de maneira tão desconfiada se eu lhe contar sobre o sujeito.

— Vi uma silhueta entre as árvores. Um homem — digo.

— Fazendo o quê? Foi embora, estava parado lá, ou foi ao encontro dela? — pergunta Hartog em tom de rotina policial. Eu esperava que ele fosse ficar muito animado com a novidade, que de qualquer maneira deve significar um avanço na investigação, mas a sua voz não parece muito convincente.

— Antes ele estava parado, mas depois caminhou na direção dela.

— Ela lhe deu uma impressão de estar com medo? — pergunta Hartog.

— Não — digo. — Ela sorria para ele.

Hartog olha para a pasta e brinca com sua caneta.

— É — diz, e silencia por longo tempo. — A questão é até que ponto as suas lembranças são confiáveis, Srta. Kroese. Lembranças podem perder a cor e o sabor no decorrer dos anos.

— Vocês poderiam escavar — sugiro.

— Escavar? Onde?

— Nas Dunas Escuras, naturalmente. É um pouco difícil dizer onde, mas eu posso desenhar um mapa.

Hartog me olha com interesse renovado agora que posso mostrar com detalhes o lugar.

— Então desenhe — aprova ele, e me entrega uma folha de papel.

Enquanto ele toma café, eu desenho as trilhas das Dunas Escuras que conheço como a palma da minha mão. Conheço até os caminhos mais remotos, mas se não tivesse ido lá recentemente não saberia indicar tão facilmente. Com um sentimento de satisfação devolvo o papel. Na realidade, eu espero que Hartog vá correndo dar o mapa para uma equipe de busca e investigação. Em vez disso, ele olha ligeiramente para o meu trabalho com um jeito reprovador, o que faz minha irritação aumentar. O que este homem tem? Será que acha que sou uma adolescente fantasiosa querendo atenção?

Qualquer coisa no meu olhar mostra meus pensamentos, pois Hartog me encara com seriedade.

— Sabe, Srta. Kroese, fiz uma investigação sobre você.

— Sobre mim?

— Sim, e a senhorita não consta nesta pasta — afirma, mostrando a pasta na sua frente. — E eu me pergunto o porquê. A senhorita estava na mesma turma da Isabel.

— Estava — digo com relutância.

— Estiveram na mesma escola primária.

— Sim.

— Mas não foi interrogada depois do desaparecimento dela?

— Não.

— Foi um grande erro nosso. Fico contente que tenha tido a coragem de nos procurar.

Olho-o com desconfiança.

— Averiguei, e estou me expressando com certo cuidado, que a senhorita não tinha um relacionamento muito descontraído com Isabel Hartman — diz Hartog em tom confidencial. O tom de um inspetor que quer se passar como amigo para provocar certas declarações. Não caio nessa.

— Na escola primária éramos boas amigas — conto.

– Mas depois, não. Ela atormentava a sua vida.

Fico calada.

— A senhorita era constantemente molestada e agredida pelo grupo que ela liderava. Deve ter sido um período muito pesado.

— Bem... — começo, mas Hartog me interrompe antes que eu possa iniciar a frase.

— Era tão ruim que tinha pesadelos à noite e nem ousava ir à escola, não é? — diz gentilmente.

Sento-me ereta.

— Um psicólogo não tem que manter a confidencialidade sobre os pacientes? — pergunto, com raiva.

— Não quando se trata de um crime, Srta. Kroese — responde ele com calma. — Ela contou que o seu irmão ia frequentemente à escola para buscá-la e levá-la para casa. Ele também não gostava de Isabel Hartman, não é?

O tom de Hartog permanece gentil, mas o meu calor e abafamento aumenta.

— Pode abrir a janela? — pergunto.

Hartog faz o que peço e abre um pouco a janela. Uma brisa suave entra, e eu olho para a brecha que me transporta para fora, mexo-me na cadeira, levanto meu queixo e digo em voz bem alta:

— Sim, Robin ia me buscar de vez em quando, e daí? Não vejo...

— Deve ter sido um alívio quando a sua algoz desapareceu da sua vida, não foi, Srta. Kroese?

A insinuação de Hartog me deixa subitamente raivosa. Tenho que me conter e encaro-o friamente.

— O que quer dizer com isto? Que eu assassinei Isabel?

— Não quero dizer nada. Apenas constato um fato. Para a senhorita foi uma salvação que a garota tenha desaparecido.

Hartog me olha como se isso fosse óbvio, mas não concordo. Dou de ombros.

Hartog apanha um papel da pasta.

— Aqui está a sua declaração da visita anterior. Disse que se lembrava de ter pedalado atrás de Isabel após as aulas. Ela estava na companhia de uma amiga que dobrou a esquina e então, ela seguiu adiante sozinha. A senhorita a seguiu a uma certa distância. No cruzamento da avenida Jan Verfaille e a rua Seringen a senhorita virou para não ser notada. Por que não queria ser notada?

— Parece-me evidente — digo mal-humorada.

— Tinha tanto medo dela? Mesmo quando estava sozinha, sem apoio do grupo?

— O que o senhor teria feito? Ficado a seu lado para fazer companhia?

— Pergunto-me por que a seguia se não queria contato?

— Não a seguia, eu tinha que ir para o mesmo lado.

— A senhorita sempre ia para casa de bicicleta pelas dunas, Srta. Kroese?

Dou de ombros.

— Nem sempre, só quando o tempo estava bom.

Ficamos calados.

— Então, quando a senhorita dobrou a avenida, foi para evitar Isabel — retoma Hartog.

— Foi — respondo.

— Não a seguia.

— Não.

— No entanto, diz que conhece o local onde ela foi atacada, e ainda mais, diz que viu que ela foi assassinada, e que não foi perto da lanchonete.

— Eu estava passando perto da lanchonete e quando olhei à direita, vi que Isabel entrava no bosque com alguém — digo pacientemente.

— E decidiu segui-los. Por quê?

— Porque eu queria saber com quem Isabel tinha um encontro — respondo menos pacientemente.

— Por quê?

Dou de ombros novamente.

— Porque estava simplesmente curiosa.

Hartog parece aceitar a explicação.

— E viu quem era?

— Sim, devo ter visto, só que não me lembro.

— Era alguém que conhecia? — insiste Hartog.

Penso na pergunta. Era alguém conhecido? Sim, de qualquer maneira, sei que este era o caso. Senão, eu não teria ficado tão assustada. Imediatamente minha mente registra o fato de ter me assustado, algo que tinha sumido da minha memória.

— Srta. Kroese, fiz-lhe uma pergunta — diz Hartog com gentileza.

— Desculpe! — falo, assustada. — Sim, é estranho, sei que conhecia a pessoa, mas se eu conhecia bem ou mal, não sei mais.

Hartog exala um grande suspiro e esfrega a testa.

— Sabe — diz ele. — Depois da minha conversa com a sua psicóloga, descobri que os pensamentos têm vida própria. Pode ser bem possível que Isabel tenha encontrado um conhecido, que tenha parado para bater um papo, que tenha a visto e, em seguida, entrado no bosque com a senhorita.

Minha resposta é um olhar de desprezo.

— E como eu me lembro de que se tratava de um homem?

— Isso eu não sei — diz Hartog calmamente. — Na verdade, a senhorita não se lembra de muita coisa. Alega que conhece o homem, que era um conhecido, mas não sabe quem é. A sua memória é bem seletiva, não acha?

Não respondo.

— Tente pensar na teoria de que foi a senhorita que entrou no bosque com Isabel. Que combinou o encontro com ela na lanchonete porque precisava discutir um assunto. Não lhe parece mais real?

Minhas mãos estão dobradas, meus dedos entrelaçados, o que não deve causar boa impressão, mas eu não consigo soltar as mãos e pousá-las no colo. De uma testemunha que veio prestar uma declaração, de repete me transformo em suspeita. O jeito descontraído de Hartog contradiz totalmente com o seu olhar penetrante e persistente.

Vejo um fio solto na manga da minha suéter e quando consigo recuperar a coragem, encaro-o.

— Ouça bem, Sr. Hartog — digo, com a voz ligeiramente trêmula. — Não sei aonde quer chegar, mas eu não tinha combinado nenhum encontro com a Isabel na lanchonete, e não entrei no bosque com ela. Foi como eu lhe contei. Por que eu viria até aqui e contar tudo o que contei se foi verdade o que o senhor está insinuando?

É um bom argumento, vejo na cara de Hartog e, com mais autoconfiança, sento-me ereta.

— Sugiro que o senhor vá escavar no tal lugar e, se Isabel for encontrada, o senhor pode me falar sobre o que é repressão e o funcionamento da memória. Se, ao mesmo tempo, prender Olaf van Oirschot, já terá o suspeito nas mãos. Creio que não custa nada bater um papo com ele e verificar se o seu carro está danificado.

— Talvez não — diz Hartog.

Ele escreve qualquer coisa numa caderneta de notas que eu, por mais esforço que faça, não consigo ler.

— O senhor entra em contato comigo? — pergunto me levantando.

Hartog pousa a sua caneta.

— Pode crer, Srta. Kroese, que, se eu tiver perguntas, será a primeira para quem telefonarei.

O tom irônico da sua voz me desagrada muito.

41

IRRITADA, CAMINHO PARA A PARADA DE ÔNIBUS. ESTOU HABI-tuada a olhares cautelosos e inquisitivos quando, num deslize, digo que estive fazendo tratamento psicológico, só que agora sou considerada uma criminosa a sangue-frio. Estou tão confusa que nem sei o que fazer. Ir para casa, ao hospital, ficar aqui? Para onde posso ir? Enquanto a polícia não agir por conta da informação que dei, não posso ir a lugar nenhum.

Deixo o ônibus me levar até ao centro e me dirijo à minha pizzaria predileta na rua Konings. Há muita gente e várias mesas estão reservadas. Satisfaço-me com uma mesinha num canto onde possa me esconder. Peço qualquer coisa para comer e enquanto passo manteiga de ervas no pão, penso no que fazer. Posso me hospedar num hotel, assim fico perto de Bart. Será que Olaf vai se dar ao trabalho de ligar para todos os hotéis em Den Helder? Posso dar um nome falso, mas ele pode me encontrar fazendo a minha descrição para os outros.

Não exagere, Sabine, digo para mim em pensamento. Naturalmente, ele não há de fazer isso. Ele fica aprontando, e você foge apavorada. O hotel em Den Helder é uma boa ideia. De qualquer modo, quero ficar perto de Bart, não tem nada a ver com o medo que tenho de Olaf. Amanhã de tarde posso passar pela casa de Robin, e talvez dormir lá.

Ligo para Robin, ele demora a atender. Antes que caia na secretária eletrônica, ouço-o dizer apressadamente:

— Aqui é Robin Kroese.

— Oi, sou eu. Posso dormir na sua casa amanhã? — vou direto ao assunto.

— Oi, minha irmã! — responde ele alegremente. — Claro que pode. Por quê? Algum problema?

— Amanhã eu conto — respondo.

— O que está acontecendo? — pergunta preocupado.

— É uma longa história, prefiro não falar agora, estou numa pizzaria em Den Helder. Diga-me, Olaf esteve na sua casa? Telefonou?

— Esteve, sim, ele anda à sua procura.

— O que ele disse?

— Perguntou se eu sabia onde você estava e pediu que eu ligasse se tivesse notícias. Vocês discutiram?

— Sim, mas por favor, não telefone para ele e, sobretudo, não diga que amanhã vou à sua casa.

— Por que não?

— Amanhã eu explico, Robin.

— Está bem, minha irmã.

Ele desliga. Olho em volta das mesas. Posso confiar em Robin ou será que, mesmo com boas intenções, vai tentar nos conciliar? Dou um suspiro.

A lasanha ao forno chega fumegando no meu nariz, mas estou pensando em ligar para o hospital. Imediatamente pego no telefone e digito o número. Peço à recepcionista para me transferir para a seção de Bart. Uma outra recepcionista atende e em seguida, um médico ou uma enfermeira, não sei bem. Não me interessa, desde que me contem como ele está. Aterrada, descubro que Bart foi operado. A ressonância magnética acusou um coágulo no cérebro e ele teve que ser operado com urgência. Felizmente, a operação correu bem. Ele ainda está na sala de recuperação, mas à noite poderá receber visitas. Se sou parente dele? Não? Então é melhor vir amanhã. A mulher do senhor de Ruijter e os pais estão com ele, já tem gente demais.

"Ex-mulher!", eu quis gritar no telefone. Ela é sua ex-mulher, portanto tem poucos, ou quase tantos direitos quanto eu.

Mas tenho que me conformar. Nem gostaria de visitá-lo, com os parentes em volta da sua cama. Amanhã de manhã está ótimo, assim talvez o tenha só para mim. Envio-lhe um torpedo, no caso de ele checar suas mensagens mais tarde.

Queimo a língua com a lasanha, peço sorvete, café, e chamo um táxi para ir ao hotel Zeeduin na avenida Kijkduinlaan. Estou cansada, e só quero duas coisas: um banho quente e ver um pouco de TV antes de dormir.

É isso exatamente o que faço, mas durmo mal na cama estranha do hotel.

O colchão é macio demais, o edredom, muito grosso e tem um cheiro esquisito. Não gosto de dormir em camas estranhas. Quando era criança detestava me hospedar na casa de alguém. Adorava quando meus primos vinham para minha casa, mas preferia não ficar na casa deles.

Acordo às 8 da manhã com a campainha irritante do despertador do celular. Ainda dormindo, me sento e desligo-o. Telefono para o trabalho rezando para que Zinzy atenda, mas é Margot quem fala. Digo-lhe sumariamente que preciso tirar um dia livre para resolver uns problemas.

— De novo? Isso não pode continuar, Sabine — diz ela secamente.

— Por que não? — explico. — Tenho direito a muitos dias de folga, talvez tire tudo de uma vez, você não tem nada com isso.

Sem esperar por comentários, desligo. Ao contrário de algumas semanas atrás, esqueci totalmente do meu trabalho. Faz parte de um mundo em segundo plano nos meus pensamentos, não preenche um papel significativo.

Arrasto-me para a cama de novo para cochilar, mas sem esperar, caio de novo no sono. São quase 9h30 quando, com olhos semicerrados observo o relógio, acordada pelo raio de luz que entra pelas cortinas grossas. Balanço as pernas ao longo da cama e pego o meu celular. Para minha alegria, há um torpedo de Bart, mas minha alegria se torna aborrecimento quando leio a mensagem:

Estou com saudades. Pode vir hoje à noite? Dagmar vem de amanhã de manhã com Kim.

— Que ótimo! — digo, com raiva. — E o que fico fazendo durante o tempo todo?

Perdida nos pensamentos, olho para fora, para o céu azul límpido. Olaf estará no escritório? Talvez sim, não sei porque tiraria um dia livre. A não ser que ainda esteja me esperando em casa.

Ligo para meu número fixo, mas ninguém atende. Depois, ligo para o escritório, para o departamento de informática e Olaf atende. Desligo imediatamente, contente que ele não tenha bina. Pelo menos, acho que não. Em todo caso, os ramais da secretaria não têm.

Tomo um rápido banho de chuveiro, visto-me e constato, aborrecida, que a minha suéter não está com um cheiro agradável. De qualquer maneira, vou para casa logo depois do café da manhã. Não tenho mais nada para fazer em Den Helder. Hoje à noite, vou de carro ao hospital.

Apanho minha bolsa, vou até o restaurante e escolho uma mesa perto da janela. Uma vista para as dunas e um céu azul transparente, numa terça-feira como qualquer outra, quem diria! Em outras circunstâncias eu até aproveitaria o dia e talvez fosse à praia.

Escolho o que vou comer, mas no exato momento em que estou quebrando a casca do ovo cozido, o telefone toca. Felizmente, não há muita gente aqui, a maior parte das mesas está vazia.

— Sabine Kroese — digo.

— Aqui é Rolf Hartog, do Serviço de Investigação de Den Helder. Queria comunicar que verificamos a sua história.

— É? — digo, sem respirar.

— Cedo de manhã a minha equipe fez uma investigação nas Dunas Escuras — relata Hartog.

O sangue bombeia tão forte o meu coração que chego a ficar tonta. Apoio a cabeça com minha mão e com a outra mão trêmula, tento encostar o celular no ouvido.

— Gostaria de conversar com a senhorita.

— Por quê? O que aconteceu?

— É como senhorita alegou — diz Hartog com voz baixa e grave. — Escavamos no lugar que nos assinalou.

O meu coração bate com violência.

— E então? — pergunto, tensa.

— De fato, nós encontramos os restos mortais de Isabel Hartman. Não estava enterrada muito fundo. Ela foi estrangulada.

Dentro de meia hora estou novamente na delegacia. Apressadamente, apanhei minhas coisas e enfiei um sanduíche na boca.

Agora Hartog me traz um café quente e me observa enquanto ponho o leite na xícara.

A porta se abre e entra uma mulher de uniforme.

— Sou a detetive Fabienne Luiting — diz, me estendendo a mão. Apresento-me e ela se senta à mesa, do lado esquerdo.

Minha garganta está seca e fechada; dou pequenos goles no café para me recompor.

— O choque é muito grande? — pergunta Hartog com empatia.

Faço que sim.

— Sempre havia a possibilidade de ter se enganado com relação às suas lembranças — diz ele.

— É — concordo sem expressão na voz. — Pobre Isabel. Ela era uma cobra, mas não merecia isso.

— Ela era mesmo uma cobra? — pergunta Fabienne Luiting.

Não tenho vontade de falar com ela e me dirijo a Rolf Hartog.

— Já avisaram os pais?

— Ainda não. Primeiro queremos fazer um exame odontológico para saber se é mesmo Isabel — explica ele.

— Então ela foi estrangulada — digo.

— Sim.

— Como podem saber?

— Constataram uma contusão na laringe que só ocorre em caso de estrangulamento.

— Nossa!

— Sabia que Isabel tinha sido estrangulada?

— Não, claro que não. Como poderia saber?

Hartog e Fabienne Luiting me encaram. Há tanta ameaça no ar que me sinto pouco à vontade.

— Porque a senhorita também sabia onde podíamos encontrá-la. É evidente que estava no local do crime pouco antes de Isabel ter sido assassinada, viu-a antes de ser sepultada. Quer dizer que sabe quem foi o autor.

— Pode ser, isto é, deveria saber, mas não sei. Acho que foi Olaf, mas não me lembro de tê-lo visto lá. Não tenho a menor ideia de quem esteve por lá.

Percebo que os dois trocam olhares, a expressão dura na boca de Hartog, o olhar distante de Fabienne.

— Pergunto-me por que não sabe — diz Hartog acendendo um cigarro. Eu também gostaria de fumar, mas não ouso pedir, receosa de que eles pensem que se trate de um sinal de nervosismo.

— Simplesmente esqueci — explico. Voltamos para o mesmo assunto: memória e repressão. Não consigo explicar melhor do que já o fiz.

— Por que acha que se esqueceu?

Hartog sopra a fumaça para trás a fim de não me incomodar. Prefiro que sopre no meu rosto, para não me ver tão bem. Seus olhos azuis brilhantes me deixam nervosa, como se eu fosse uma suspeita. É o que sinto quando estou perto da polícia. Se dirigem atrás de mim na estrada, sempre espero que me façam parar quando, na realidade, eles só querem seguir na mesma direção. É o uniforme, o olhar inquisitivo, desconfiado que caracteriza qualquer policial. Preciso me impor antes que fiquem com uma impressão errônea.

— Vão prender Olaf ou não? — pergunto com impaciência.

— Precisamos fazer algumas perguntas para ele. Pode nos dar o endereço? — pergunta Fabienne.

— Com todo o prazer. — Escrevo o endereço de Olaf na caderneta que me apresentam. — Por favor, prendam-no, pois assim posso trabalhar amanhã.

— Onde você trabalha?

Escrevo o endereço na caderneta também.

— Olaf também trabalha lá — informo. — No departamento de Informática. Está trabalhando hoje, atendeu o telefone.

— Talvez — diz Hartog. — Vai ser complicado provar. — Tira um cartão do bolso. — Este é o meu celular. Telefone se acontecer alguma coisa.

Olho o cartão e na mesma hora decoro o número.

— Se eu me lembrar do autor do crime, trata-se de uma prova? — pergunto.

— Após nove anos? Receio que não, mas, se soubermos que pegamos o homem certo, logo obteremos a prova — responde Hartog.

— Ou uma confissão — diz Fabienne. — De qualquer modo, deve ter sido uma pessoa forte. Isabel era uma menina robusta, não alguém que se deixasse estrangular com facilidade — declara olhando para as minhas mãos, e eu vejo a pergunta em seus olhos. Não, Fabienne, eu não poderia estrangular alguém, sem mais nem menos. Isabel era uma cabeça maior que eu e muito forte. De forma alguma uma colegial insegura como eu seria páreo para ela.

Eles permitem que eu vá embora, me estendem a mão, mas os sorrisos não são sinceros.

— Nós telefonaremos — diz Fabienne.

A viagem de trem de volta a Amsterdã é longa. Durante uma hora fico olhando pela janela os campos, as vacas, as plataformas e as estradas de ferro. Salto na estação Sloterdijk e pego o bonde elétrico para Bos em Lommer. Estou de novo na minha rua, abro a porta, subo e entro em casa.

O meu apartamento está uma zorra. Estarrecida, olho à minha volta: gavetas reviradas, armários vazios, tudo atirado no assoalho. Na cozinha, os mantimentos dos potes foram jogados no chão, os talheres arremessados na pia, a prateleira com latinhas onde eu guardava coisinhas esvaziada. A cozinha cheira à cerveja despejada no chão, formando uma poça. Por todo lado há cacos de vidro e panos de cozinha rasgados.

Vou precisar de horas para arrumar tudo, mas não me incomodo. Estou agitada demais para ficar sentada. Com o rádio em alto volume, começo a luta. Já que tudo está de pernas para o ar, aproveito para jogar coisas fora. Pego um rolo de saco de lixo e jogo fora tudo que posso me livrar. Logo, logo já tenho três sacos cheios no corredor.

A cada notícia presto atenção, mas ainda não ouvi nada a respeito do corpo de Isabel. Fabienne telefona e, quando reconheço o número, meu coração começa a bater furiosamente.

— Aqui é Fabienne Luiting. Levamos Olaf van Oirschot para um interrogatório. Achei que gostaria de saber.

Respiro profundamente.

— Sim, obrigada — digo —, muito obrigada.

O telefone toca e eu saio correndo para atender.

— Sabine, você ainda vem hoje à noite? — pergunta Robin, impaciente.

— Robin, desculpe, esqueci completamente. Houve um problema.

— Ah, que ótimo!

— Desculpe, desculpe! Encontraram Isabel.

Faz-se um silêncio total. Demora tanto tempo que eu sou a primeira a falar:

— A polícia me telefonou, queriam falar comigo.

— Onde a encontraram? — A voz de Robin soa estranha.

— Nas Dunas Escuras.

— Naquele lugar de que você se lembrava?

— Sim.

Novamente o silêncio.

— E agora? — pergunta ele.

— Olaf foi preso.

— É mesmo? É verdade? Mas isso é um absurdo!

— Não é assim tão absurdo. Ele tinha um encontro com Isabel no dia em que ela desapareceu, lá nas Dunas Escuras. Não sei se ele foi ou não, acho que sim. E creio que ela deve ter lhe dado um fora.

— É verdade — diz Robin, de repente mais alerta. — Quando fomos fazer os exames na sala de ginástica, ele me disse que tinha um encontro com ela. Parecia estar planejando ir.

Uma lembrança vem à tona. Olaf me dizendo que tinha ido embora enquanto Robin ainda fazia a prova.

— Está vendo? Ela terminou e ele teve um surto.

— E então assassinou-a no bosque, enterrou-a, pegou a chave da bicicleta dela e levou a bicicleta para a lanchonete — supõe Robin.

— É.

— Não acredito nem um pouco nisso. Por que iria assassiná-la? Porque ela terminou com ele? Não é um motivo forte.

— Para você talvez não seja. Mas e para os caras que não toleram ser rejeitados?

Ficamos calados por um momento.

— Bem, a gente nunca vai saber o que aconteceu — diz Robin finalmente. — E por que devemos nos esforçar para isso? Deixe a polícia cuidar do caso. Falando francamente, não creio nem um pouco que Olaf seja o assassino.

— Por que não?

— Por que o conheço. É meu amigo há anos.

— Foi seu amigo, você quer dizer. Até que ponto se conhece alguém de verdade? Em quase todos os crimes o autor é um conhecido das vítimas. Especialmente em crimes sexuais. O vizinho simpático de quem ninguém suspeitava, o amigo da família que subitamente não pode se conter mais, e por aí vai.

— Aqui não se trata de crime sexual.

— Não se sabe.

— Ouça, Sabine, se Olaf tem algo a ver com a morte de Isabel, e digo com ênfase, se for o caso, vai ser muito complicado provar. Não acho que a polícia o detenha por muito tempo.

— Creio que vão detê-lo até ele confessar — digo decidida, mas nesse meio-tempo o meu coração bate inquieto. E se Olaf não confessar? — Tenho que desligar — digo ao meu irmão. — Amanhã eu ligo, está bem?

— Então você não vem mais? — pergunta Robin.

— Não, você se importa?

— Não, de jeito nenhum. Não se preocupe!

Ele me envia um beijo por telefone e desliga. Imediatamente digito o celular de Hartog. Não atende. Impaciente, bato com os pés no chão, até uma voz neutra me dizer que eu posso deixar uma mensagem no correio de voz.

— Bom dia, Sr. Hartog, é Sabine Kroese — digo. — Gostaria de saber como foi o interrogatório. Na verdade, estou querendo saber se já posso dormir tranquila, ou se vocês soltaram Olaf. O senhor poderia me dizer?

Desligo e de repente me sinto exausta. Ainda queria passar pelo hospital, mas não sei se terei energia para dirigir até Den Helder. Ainda por cima, o meu carro está em frente à casa de Jeanine.

Levo o telefone para a varanda ensolarada e me sento na cadeira de vime. Ligo para Bart e ele logo atende.

— Bart, é Sabine — digo.

— Quando você vem? — pergunta, sem rodeios.

Sorrio, culpada.

— Queria ir hoje à noite, mas acho que não poderei. Agora estou em Amsterdã e me sinto tão cansada! Vou cedo para a cama.

— Ah — diz ele, desapontado. Tão desapontado que eu quase mudo de ideia. Será que não dá para ir voando a Den Helder? Esfrego os dedos na testa latejante onde se anuncia uma forte dor de cabeça, e sei que é melhor não ir.

— Sinto muito mesmo — falo. — Não acho seguro dirigir agora.

— Então, não deve fazer isto — diz, compreensivo.

— Sinto muito, Bart — repito em tom de arrependimento. — Hoje foi um dia esquisito.

— Conte tudo.

— Mais tarde — digo. — Não quero mais amolar você com isso. Procure ficar melhor, para a gente passar um dia juntos. Como se sente agora?

— Muito bem — fala, ainda que sua voz soe cansada e fraca.

— E Dagmar? — pergunto.

— O que é que tem Dagmar? — Bart indaga por sua vez.

— Eu a vi na sala de espera do hospital, estava bastante chateada. Francamente, ela me deu a impressão de querer você de volta.

Olho para a grade da varanda e mal posso ouvir a resposta de Bart. Daqui a pouco ele vai dizer que na realidade também se arrepende do divórcio. Sinto-me incrivelmente aliviada quando ele, num tom firme, diz que não a quer de volta, ainda mais agora que me encontrou.

— Tem certeza de que não pode vir? — pergunta, como uma criança que não se conforma com um desapontamento. — Ah, deixa para lá. Você tem razão, se está muito cansada, não venha. Sua voz parece cansada, o que andou fazendo?

— Uma história enorme.

Não pretendo deixar Bart inquieto e contar que Olaf está atrás de mim.

— Tenho todo o tempo do mundo — diz Bart, e seu tom de quem espera me previne que ele está chateado com o meu jeito desanimado.

Por isso, falo logo:

— Isabel foi encontrada.

A notícia teve o efeito esperado.

— O quê? — exclama ele.

— Nas Dunas Escuras, exatamente como sempre foi nos meus sonhos — continuo. — Aconselhei a polícia a escavar lá e hoje de manhã me ligaram. Eles a encontraram. Passei o dia na delegacia. — Exagero um pouco, mas assim ele entende que estou mesmo cansada.

— Que merda! — diz Bart, impressionado. — Eles já sabem como ela morreu?

— Foi estrangulada.

Fez-se um grande silêncio.

— E agora? — pergunta Bart.

— É só esperar. Estão investigando — digo vagamente.

— Quando souber mais, me liga — pede ele, e eu prometo fazê-lo. Após uma série de sons de beijinhos e de juras de "eu te amo", desligamos.

No meio da noite, a campainha da minha porta de entrada soa alto. Levo um susto tão grande que me sento ereta e olho em volta, atônita. Com a mão no despertador, totalmente confusa, procuro ver se estou bem acordada ou se o ruído vem dos meus sonhos.

Olho para o despertador cujos números digitais me mostram claramente que são 5 horas da manhã. Cinco horas!

Corro para a janela da sala e espio através da cortina, mas não vejo nenhum Peugeot preto. Mesmo assim, desconfiada, vou até à porta, abro o cadeado, entro no vestíbulo, desço as escadas escuras que levam à porta de entrada do prédio. Pelo olho mágico espio o visitante inesperado.

Olaf.

Meu coração começa a bater com muita força. Como se ele tivesse o poder de olhar através das portas, eu me abaixo. Ele aperta de novo a campainha, mas agora ouço o ruído de uma chave na porta. Merda, ele tem a chave da porta de entrada! Por que, então, apertou a campainha antes? Para me amedrontar? Subo as escadas correndo, tropeço no corredor, e corro cegamente para a minha porta. Estranho é que não ouço Olaf fazer mais nenhum ruído. Não dá um pio, seus passos não fazem barulho na escada, não ouço sua respiração, e no entanto, subitamente ele está atrás de mim. Ele agarra o meu braço, põe a mão na minha boca e, antes que eu possa gritar, me empurra para dentro.

Olaf fecha a porta suavemente e se vira. O seu rosto, bem na frente do meu, está cheio de ódio. Faço um ruído abafado contra a mão dele. Olaf tira a mão e eu quero gritar, avisar alguém, fazer barulho, mas todo ânimo e energia fogem do meu corpo como a gasolina de um tanque vazando. Amedrontada, dou um passo para trás, para a sala.

— Então você acha que eu sou o assassino? — grita Olaf com voz rouca. — Você fez com que me prendessem, fossem me buscar no trabalho como um criminoso. Sabe quanto tempo me seguraram na delegacia? A noite toda. A noite toda! Porra, Sabine, você sabe como é lá dentro, um buraco fedorento? Sabe o que significa ser encarado como não valesse um escarro?

Arrasto-me para trás, em busca do telefone, mas duvido que possa realmente tocar o objeto. No escuro, Olaf vem passo a passo na minha direção.

— Não, você não sabe — continua ele. — Não pensou nem um segundo o que é ter que sair algemado do escritório e ser observado por todo o departamento, porra!

Encolho-me perante a explosão de raiva na sua voz. Uma arma, preciso de uma arma. Algo para me defender. Passo a mão pela cornija da lareira e encontro uma caixinha de joias de metal, com as beiradas pontudas.

— Por quê, Sabine? Por que está fazendo isso comigo?

Mais dois passos e ele agarra o meu pulso. Eu abafo um grito mais pela caixa que caiu no chão do que pelo seu gesto.

— Por quê? — Olaf berra no meu rosto.

Eu me encolho, mas ele ainda está me segurando e me encosta com força na cornija da lareira. A raiva se mistura ao medo. Empurro-o e me afasto uns passos.

— E por que não? — berro de volta. — Você não queria perdão? Não tinha algo terrível na consciência? Por que me contou aquilo? O que eu deveria fazer com aquela informação?

Faz-se um silêncio sinistro. É terrível não ver o rosto dele no escuro.

— Renée — diz, com a voz baixa e grave. — Estava falando de Renée.

— Renée? — repito, meio abobada.

311

— Queria te ajudar. Aquela idiota merecia uma lição. E ajudei, não foi? Com ela longe do escritório, tudo ficou melhor, não?

O seu tom suplicante me desagrada ainda mais que a sua raiva. Afasto-me e dirijo-me à porta da frente.

— Você fez isso por mim? — pergunto com a voz tremendo.

Olaf me olha, mal-humorado.

— E Isabel? Também foi por mim? — sondo, com um olhar atento para o lado. Se eu pular rapidamente, estou salva.

— Não, sua vadia, claro que não! Eu disse que não tinha nada a ver com isso — grita ele. — Por que não acredita no que lhe digo? Por que não confia em mim?

No momento em que, por um segundo, ele se afasta de mim, corro para a porta. Escancaro-a, ponho um pé no corredor, mas sou puxada pelos cabelos. Perco o equilíbrio e caio de costas no assoalho. Antes que possa me levantar, Olaf já bateu a porta e se senta em cima de mim, com as pernas para fora prendendo o meu corpo. Envolve minha garganta com as mãos sem fazer pressão. Só posso olhar para ele, sem acreditar no que ele irá fazer. Olaf se inclina sobre mim.

— Então a sua versão do que se passou é assim — diz com voz rouca. — Que eu a assassinei porque ela meu deu um fora. É verdade, ela terminou. Sim, estávamos no bosque. Sim, fiquei furioso e ela foi embora correndo. Mas eu não a segui. Não a matei.

No escuro ele é só um vulto, com uma voz que não reconheço. Um vulto que com suas mãos aumenta a pressão na minha garganta.

— Sempre dói quando alguém que a gente ama não gosta mais de você. Eu te amo, sabe. Ou amava, devo dizer. Por que me olha tão amedrontada? Ainda pensa que eu seria capaz de fazer aquilo? Talvez até fosse. Talvez você tenha razão e eu esteja mentindo para valer. Vamos ver como é, Sabine. Vamos ver juntos qual é o meu limite.

Este sussurro rouco dispara um alarme no meu corpo. Saio do aturdimento onde eu flutuava e luto para me soltar. Minhas mãos estão livres e tento me afastar dele. Olaf ri baixinho. Faz movimentos suaves que pressionam a minha laringe causando muita dor. Com olhos arregalados, as minhas mãos ainda seguram as dele e eu o encaro.

— Por favor — murmuro.

— É tão simples — murmura ele de volta. — Tão fácil e rápido. No máximo, um minuto. Será que Isabel tentou resistir? Não sei, não estava lá, como poderia saber? Mas você estava, querida Sabine. Diga, quanto tempo levou? Você viu. Por que não conta à polícia aquilo que viu bem, como era a aparência do verdadeiro assassino? Por que a sua memória se recusa a divulgar esta informação? Você nunca se perguntou?

Os seus polegares pressionam minha laringe para dentro. Não é tanto a falta de oxigênio que faz do estrangulamento uma tortura, mas a dor na traqueia.

No auge da dor alguma coisa estoura na minha cabeça, algo há muito tempo escondido vem à tona. A mente caminha meio segundo atrás dos fatos. Sinto pelo formigamento da pele, pelas batidas rápidas do meu coração, que compreendi. Que todas as peças da minha mente aturdida se encaixaram.

Só algum tempo depois é que me dou conta realmente. Aliviada, abro os olhos e os fixo em Olaf. Ele dá um sorriso cruel. Avanço com minhas unhas e arranho o seu rosto. Chuto, esmurro com meus punhos as suas costas e, quando isso não adianta, tento furar os seus olhos com meus dedos. Ele põe os joelhos nos meus braços, de forma que fico indefesa. Mas ele não me aperta mais. Suas mãos seguram minha garganta com firmeza, deixando entrar ar suficiente para eu manter a lucidez. Ouço sua respiração ofegante, sinto o cheiro de suor seco e de fumaça de cigarro.

— Não fui eu — diz ele, com o rosto próximo do meu. — Nós dois sabemos que não fui eu, não é verdade, Sabine?

Consigo emitir um ruído. A pressão na garganta diminui.

— Então, Sabine, seja honesta consigo mesma. Não faz sentido ficar brincando de esconder. Você não sabia disso o tempo todo?

Consigo fazer sinal que sim, e de repente sinto mais espaço, a garganta mais aliviada.

— Eles não podem provar nada. — Olaf abaixou o rosto. Primeiro sinto sua respiração, depois sua boca úmida na minha. — Não há provas após nove anos. Pode ter sido qualquer pessoa. Tudo que temos são as suas lembranças. Você se lembra, Sabine? Que me viu ir para o bosque com Isabel?

— Sim — sussurro, seus lábios ainda contra os meus.

— Eu também vi você, ainda que você não soubesse. Não naquele momento. Só depois da briga, quando eu fui embora zangado. Vi você se escondendo atrás de uma árvore, muito desajeitada, com a bicicleta. Diga, Sabine, Isabel ainda estava viva?

— Sim — murmuro.

— Então você me viu assassinando Isabel? Diga!

— Não, não foi você — murmuro.

— Havia uma outra pessoa, não é? — A voz de Olaf emite o ruído de um silvo de uma serpente que a qualquer momento pode dar o bote.

— Sim — digo com um soluço.

Ele se senta e me olha longamente.

— Então você sabe quem foi?

— Sei.

Ele sorri e me solta. Tira os joelhos dos meus braços, segura a minha mão e me levanta. Como uma boneca de pano, me encosta na porta.

— É fantástico o funcionamento da memória — diz Olaf. — Achei que poderia dar uma ajuda.

Ele se vira e sai porta afora. Tenho a certeza, como se ele mesmo tivesse comunicado, de que nunca mais o verei. Vou para a cama tropeçando, deixo-me cair num canto e choro como nunca havia chorado antes.

42

— Receio que não tenhamos nenhuma prova contra o Sr. van Oirschot — diz Rolf Hartog. — No dia 8 de maio ele só terminou o seu exame de matemática às 14h30. A mãe confirmou que logo depois ele chegou em casa. Isso quer dizer que nunca poderia ter encontrado Isabel nas Dunas Escuras por volta dessa hora.

Estou de roupão sentada no sofá, com uma xícara de chá fumegante numa das mãos e o telefone na outra. São 9 horas e o sol matinal zomba do medo e da agitação que se passaram aqui.

— Por isso estou telefonando — digo, ainda rouca, com dor de garganta. — Eu me enganei. Olaf van Oirschot não tem nada a ver com a morte de Isabel.

Um silêncio aturdido se faz outro lado da linha.

— Hein? — diz Hartog. — Como pode, assim de repente?

— Hoje de manhã voltaram as últimas peças do quebra-cabeças. Subitamente me lembrei como foi. Sei quem assassinou Isabel.

Silêncio.

— Foi um desconhecido. Estava de joelhos a seu lado, cavando como um possesso. Isabel estava morta. Eu a vi com a cabeça para trás, os olhos arregalados e a boca escancarada. Por um momento, o homem levantou a cabeça como se sentisse que alguém o espiava, mas não me viu. Naquele momento, eu vi o seu rosto muito bem. Fiquei com medo que me descobrisse e saí correndo.

O silêncio persiste. Ouço o ruído de papéis e vejo Hartog na minha frente fazendo anotações.

— Poderia reconhecer o rosto se eu lhe mostrar algumas fotos? — pergunta.

— Creio que sim — respondo.

Tiro licença do trabalho por tempo indeterminado, explico sumariamente a Zinzy o que está acontecendo e, em seguida, ligo para Robin. Está no escritório, mas se oferece para vir imediatamente quando lhe conto por que telefono. Em meia hora está na minha sala.

— Sabine! — pergunta olhando, assustado, para as marcas da minha garganta. — Quem foi o canalha que aprontou isso? Foi...

— Olaf.

Eu me instalo novamente no canto do sofá e levanto o roupão para desviar o seu olhar horrorizado para outra coisa.

— Vou matar esse cretino! — grita Robin. — Você o denunciou, não é?

— Não, e não pretendo fazê-lo. Olaf não assassinou Isabel, Robin. Tenho certeza.

— Talvez não tenha assassinado Isabel, mas quase fez isso com você! Por que não faz uma denúncia? Não entendo! Daqui a pouco este doido volta.

— Ele não vai voltar. Não estava planejando me matar. Estava furioso, muito furioso! Eu também estaria se alguém me acusasse injustamente de assassinato e eu tivesse que passar a noite na delegacia. De uma certa forma, ele até me ajudou — explico, esfregando a garganta suavemente.

— Como? — fala ele bruscamente, cheio de raiva e confusão.

— A última recordação definitiva surgiu como um raio. Como se eu fosse capaz de passar pelo que Isabel passou... — Eu tremo e mordo meus lábios para dominar minhas emoções. — É terrível morrer assim — murmuro. — Terrível.

Robin está sentado no sofá ao meu lado e põe o braço em torno do meu ombro.

— É, acredito que seja — diz gravemente. — E por isso tenho dificuldade em deixar o canalha à solta. Ele pode ter ficado com ódio, mas isso não é motivo para avançar para a garganta de alguém. Vamos juntos à polícia?

Balanço a cabeça, cansada.

— É verdade, Sabine, acho que tem essa obrigação para com você mesma. Veja só! — Robin empurra suavemente as minhas mãos e o meu roupão cai nos ombros.

— Deixe para lá — digo. — Por favor, Robin, deixe para lá. Muito mais importante é o fato de que agora eu sei quem assassinou Isabel.

Ele me olha com uma expressão meio assustada.

— Então você sabe? É isso que quer dizer com a última recordação definitiva?

— É claro.

Ele tem que processar a informação, olha para a frente e a seguir me olha como se perguntasse algo.

— Quem...

— Um desconhecido — interrompo-o. — Uma pessoa totalmente desconhecida. No entanto, não era bem assim. Conheço aquela cara, mas não sei de onde.

Robin me olha em silêncio.

— Era um homem bastante jovem — digo. — Cabelo loiro, rosto pequeno, linhas do nariz à boca... Já vi sua cara antes, mas não sei onde e fico pensado nisso o tempo todo.

Robin continua me encarando.

— E agora? — pergunta afinal.

— Hoje à tarde vou à delegacia em Den Helder. Hartog quer me mostrar algumas fotos para ver se reconheço alguém.

— Ah é?

Nós dois ficamos em silêncio.

— Quer café? — pergunto

— Quero sim, pode fazer.

Vou para a cozinha fazer café, deixo a máquina preparar a bebida, volto para o sofá e olho para o meu irmão. Robin se levantou. Está de frente para a janela, de costas para mim.

— No que está pensando? — pergunto, mas ele não se vira.

— Em Isabel. No seu assassino — fala.

— É — digo baixinho. — Também penso muito nisso. No seu assassino. O que leva uma pessoa a tirar a vida de outra? Como se vive depois disso? Como pode se viver encobrindo isso?

Robin fica calado.

— A gente lê os jornais, as notícias de busca, ouve os apelos dos pais nos programas da TV. Como é possível ficar tão frio perante isso? Não sentirá remorsos, ou só está com medo de ser descoberto?

— É — diz Robin. Ele se volta e me lança um olhar inquisitivo. — Você acabou de dizer que a última recordação voltou.

— Sim...

Estudo minhas unhas para não ter que olhar para meu irmão.

— E que hoje à tarde vai denunciar o autor do crime.

— Sim — continuo a evitar o olhar de Robin.

— Tem certeza de que quer fazer isso?

Alguma coisa na sua voz me dá vontade de correr e me jogar nos braços do meu irmão. Mas não faço isto. Continuo sentada no sofá com os joelhos levantados, e mal posso olhar para ele, muito menos tocá-lo.

— Tenho que fazer isso — digo em voz baixa.

— Por quê? Tem tanta certeza do que sabe? Quero dizer, a sua memória deixou de funcionar bem durante este tempo todo, você mesma dizia que sempre sonhava com o que tinha acontecido com Isabel. Então, quem pode afirmar que a lembrança de agora não seja um sonho?

Robin anda de lá para cá pela sala, com uma das mãos num bolso e gesticulando com a outra como um advogado num tribunal.

— Não acredito que seja um sonho — digo. — Mas a polícia fala o mesmo que você. Não tenho a impressão de que levem muito a sério o que conto. Eles é que decidem. Só falo daquilo que me lembro. O que eles fazem com isto é problema deles.

Cautelosamente, olho para ele e vejo uma expressão de grande preocupação no seu rosto.

— Quer que eu vá com você? — pergunta, se oferecendo.

— Não, não é necessário — respondo decidida.

— Tem certeza?

— Eu sei me virar.

— Sim — diz Robin. — De uma forma ou de outra, você sempre se vira.

Inesperadamente, ele vem ao meu encontro e me abraça. Fico surpresa. Somos muito chegados, mas não somos de abraços e carinhos.

— Eu te amo, minha irmã. — Ele me beija no rosto.

— Eu sei disso — digo sorrindo. No entanto, estou longe de me sentir alegre.

É final de junho, mas parece que o verão terminou. Uma hora depois, ando para o carro com as chaves na mão. Uma ventania súbita e forte trouxe o frio prematuramente ao país. Aproveito a oportunidade para usar um xale combinando com uma jaqueta; assim escondo as marcas no meu pescoço.

Dirijo de volta a Den Helder. Desta vez Rolf Hartog está à minha espera. Sou recebida com efusão, café, biscoitos de mel, ele pergunta como estou, e então entra no assunto. Na mesma salinha da entrevista anterior, ele coloca pastas cheias de fotos na minha frente.

— Examine-as com calma, sem pressa.

Abro uma pasta e olho para os rostos desconhecidos; todos têm a mesma expressão de prisioneiros.

— Todos eles foram condenados? — pergunto enquanto folheio.

— Sim — replica Hartog.

— Então ele não está necessariamente aqui — digo.

— Não, mas, se o assassino de Isabel não era nenhum conhecido dela, é bem possível que tenha sido condenado por um delito semelhante.

Hartog põe uma caneca de café na minha frente. De costas para mim, ele está parado na frente da janela fumando um cigarro.

Eu ajo como se ele não estivesse ali e examino cada página calmamente. Homens morenos, loiros, mulheres, velhos e jovens, feios e bonitos, todos passam, sem me chamar atenção. Quando já estou desanimando, paro e inspiro ruidosamente.

Hartog se vira imediatamente e me olha direto nos olhos.

— Este homem — digo, e aponto para a foto no canto à direita. — É este. Loiro, rosto fino...

Hartog apaga o cigarro no cinzeiro e vem para perto de mim. Olha para a foto que aponto. Não há nada escrito ao lado.

— Tem certeza? — pergunta.

Faço que sim. É este o rosto que vi. As linhas profundas do nariz até os cantos da boca... Sim, tenho certeza. É ele.

Hartog olha longamente para a foto, pensativamente.

— Sjaak van Vliet — murmura.

Balanço a cabeça.

— Ele deve ter ficado rondando por lá. Provavelmente também foi testemunha da briga entre Olaf e Isabel, e seguiu Isabel quando ela entrou no bosque.

— Olaf van Oirschot foi atrás dela? — pergunta Hartog.

Sacudo a cabeça.

— Ele se aproximou dela, gritou, mas depois se virou e foi embora. Eu me lembro de ter jogado a bicicleta no mato quando ele passou raspando por mim.

— E então a senhorita seguiu Isabel.

— Joguei a minha bicicleta no chão e fui atrás dela.

— Por quê?

— Estava preocupada, não parece lógico?

Hartog faz uma cara de quem tem outra opinião.

— Não sei — diz ele. — O que é lógico? Vocês não eram tão boas amigas assim?

— Mas antes tínhamos sido.

Hartog fica quieto e olha para a foto de Sjaak van Vliet.

— Ele é conhecido da polícia? — pergunto.

Hartog diz que sim.

— Também do público em geral. A sua foto foi exposta. A senhorita até o mencionou quando veio aqui na primeira vez e falou sobre o assassinato de Rosalie Moosdijk. A foto foi mostrada muitas vezes. A senhorita deve ter visto.

Não posso negar.

— Delitos sexuais, estupros... Sim, temos uma boa lista com os delitos que cometeu. Há alguns anos foi preso pelo assassinato de Rosalie Moosdijk, dois anos depois do desaparecimento de Isabel, mas ele sempre negou o seu envolvimento no caso.

Concordo de novo.

— O que não compreendo é como a senhorita não o reconheceu quando viu a sua foto na TV — comenta Hartog com as sobrancelhas franzidas.

— Ele me pareceu uma pessoa conhecida — digo. — Mas pensei que era por causa da atenção da mídia. Não tinha ideia de tê-lo visto.

Hartog põe a foto na mesa e me encara durante algum tempo. Eu o encaro de volta recusando-me a romper o silêncio. Esta é uma batalha que tem que ser enfrentada sem palavras e eu sei que consigo lutar, que posso reprimir o nervoso que me invade, e resistir ao olhar inquisitivo de Hartog.

Ele é o primeiro a ceder. Com um suspiro se recosta na cadeira e esfrega a testa, com ar de cansaço.

— Vamos investigar — diz. — É pena que Van Vliet não esteja vivo. Morreu há dois anos na prisão Bijlmer, mas você deve saber disso. Van Vliet não é o único suspeito que temos. Olaf van Oirschot tem um álibi, mas há outros candidatos. Gente que também conheceu Isabel bem. O problema é que nestes casos podemos suspeitar, e até ter certeza, de todos, mas no final o que interessa é a prova. — Inesperadamente, ele se inclina para a frente e eu reprimo a vontade de me afastar para trás. — No que me diz respeito, este caso não está cem por cento encerrado, mesmo que todas as dicas indiquem Van Vliet, Srta. Kroese. Não vou desistir.

Sem piscar os olhos, eu o fito.

— Como o senhor mesmo diz, Sr. Hartog, tudo gira em torno da prova.

Durante muitos dias, a imprensa divulga com destaque uma notícia. Todos os jornais importantes mostram as mesmas manchetes:

ASSASSINATO DE ISABEL HARTMAN POSSIVELMENTE SOLUCIONADO: VAN VLIET O PROVÁVEL AUTOR.

ASSASSINO ENCONTRADO APÓS NOVE ANOS!

Os jornais deixam de lado como o mistério foi solucionado. Alguns dizem que, inesperadamente, uma testemunha se lembrou de fatos que levaram à reabertura do caso. A conclusão foi que Sjaak van Vliet, um frequentador das dunas e do bosque de Den Helder, foi visto pela testemunha cavando um buraco para enterrar o corpo da menina de 15 anos, Isabel Hartman. Previamente, a testemunha, por razões que a polícia não quis revelar, não pôde fazer qualquer declaração. Sjaak van Vliet suicidou-se na prisão há dois anos, quando cumpria a prisão perpétua pelo assassinato de Rosalie Moosdijk.

Leio todos os jornais, recorto os artigos e depois de ler tudo tantas vezes que os conheço de cor, ponho-os na churrasqueira na minha varanda e acendo um fósforo. Dentro de um minuto não há nada mais do que pedacinhos de papel enrolados, escurecidos que se desmancham ao tocar.

Terminou.

43

Não penduraram guirlandas, mas todos cumprimentam e beijam Renée. Do meu escritório, com as mãos pousadas no colo, observo a cena. A agitação em torno de Renée diminui, e há um silêncio quando todos se dirigem aos respectivos locais de trabalho e nossos olhos se encontram. Eu não me levanto.

— Olá, Renée — digo. — Espero que esteja melhor.

— Obrigada. — Seu olhar desliza do meu rosto para a escrivaninha onde estou.

— Como está vendo, voltei ao meu antigo lugar. Como sou o braço direito de Walter, não seria prático sentar-me lá no canto.

— O braço direito de Walter? — repete ela.

Sorrindo, faço que sim.

— Na prática e no papel; foi necessário, já que você ficou tanto tempo fora. Atualmente, você continua como chefe do Secretariado.

Mas abaixo de mim. Nem preciso falar com clareza para ela entender a mensagem. Renée leva algum tempo para recuperar a fala.

— Pensei que você ia para a seção de Recursos Humanos.

— Walter fez uma sugestão melhor — respondo.

— Ah, é?

Amavelmente, faço novamente que sim e volto ao trabalho. Ela fica parada no meio do escritório, abre a boca para dizer qualquer coisa, mas fecha-a de novo. Então ela se volta e se senta na sua mesa atrás. Muito longe da minha.

Zinzy está sentada bem na minha frente, e me fita com os olhos brilhando.

— Bem que você está gostando disto, não é? — sussurra ela.

— Na verdade, não — digo. — Sei muito bem como ela se sente

Zinzy levanta as sobrancelhas e continua a me olhar.

— Tudo bem, mas talvez eu, por minha vez, esteja gostando um pouco — admite Zinzy, sorrindo desdenhosamente. — Não consigo entender por que você está indo embora — diz, sacudindo a cabeça. — Agora que está tudo como você quer, pede demissão! E sem ter outro emprego.

— Não preciso de outro emprego — afirmo. — Gosto da ideia de não fazer nada por algum tempo. Para viajar e viver das minhas economias, aproveitar ao máximo cada dia.

— Já vendeu o seu apartamento?

— Sim, semana que vem saio de lá.

— E o que vai fazer?

— Não tenho ideia. Acho que primeiro vou de carro até o sul da Espanha, para ver os meus pais. Sabe quantos graus está fazendo lá? Mais de 30.

— Que delícia — suspira Zinzy.

— E depois, talvez algum tempo em Londres, com Robin. Depois disso eu vejo. Sempre quis fazer uma viagem ao redor do mundo.

— Quem não quer! — exclama Zinzy. — Se eu tivesse dinheiro...

Eu rio.

— Como se eu tivesse! Vou ganhar dinheiro de qualquer forma. Se necessário, lavando pratos num restaurante. Não me importo.

Zinzy me olha cheia de admiração, um olhar que me enche de orgulho.

— E você vai mesmo fazer isto! Todo mundo sonha em largar tudo e partir, mas você está fazendo isto. Fantástico, Sabine. Vou organizar uma festa de despedida para você.

— Não, não faça isto. Eu ainda não falei com ninguém que vou embora.

— Ninguém?

— Só a Walter, é claro. E prefiro que fique assim. — Olho rapidamente para Renée. — Prefiro ainda deixar algumas pessoas pensando que jamais vou largar este escritório.

Epílogo

ESCREVI UMA CARTA para Bart explicando que estou confusa e que não quero vê-lo durante algum tempo. Talvez até nunca mais, embora ainda não tenha certeza. Agora eu sei por que eu terminei da outra vez, e por que não me permiti mais o conforto de ter amizade e felicidade.

Se pudesse mudar o passado, certamente o faria. Fui eu que causei a morte de Isabel. Eu me voltei contra ela no momento em que ela mais precisou de mim. Como posso me permitir ser feliz, continuar a viver com a responsabilidade da sua morte? Tenho que me despedir dela, dizer-lhe o quanto me arrependo. Não posso fazer isto no cemitério onde está enterrada, tenho que ir ao lugar onde aquilo aconteceu.

Uma semana antes de partir para a Espanha, vou a Den Helder, para as Dunas Escuras. Estaciono o carro na frente da lanchonete ao lado do bosque e caminho para o local, pelo mato, embaixo do arame farpado.

A menina caminha como uma sombra atrás de mim. Está chorando.

— Por que você está fazendo isto? Qual é o sentido? O caso foi encerrado! De que mais quer se lembrar?

— De nada — digo e vou entrando pela moita. — Já sei de tudo.

— Esqueça novamente! — suplica a menina. — Você já fez isto antes e não foi uma má decisão.

— Não posso fazer isto pela segunda vez — digo.

— Mas por que está voltando? O que está fazendo aqui?

Chegamos à clareira e paramos em frente aos arbustos.

— Venho me despedir — digo suavemente. — Dizer que estou arrependida.

A menina olha para outro lado.

— Eu não estou arrependida.

Viro-me e encaro-a.

— Mas eu estou — digo suavemente. — E você também. Não era a sua intenção. Você está com ódio, e o ódio reprimido é uma arma perigosa.

Ela afasta o olhar.

— Você não precisa ser tão forte.

Ela se volta para mim e vejo lágrimas nos seus olhos.

— Não foi a minha intenção. — A sua voz está rouca. — Aconteceu, não pretendia mesmo fazer aquilo. Aconteceu, não era mesmo a minha intenção.

Olho para o lugar onde Isabel fugiu, alterada com a raiva de Olaf. Quando viu que ele não a seguia, começou o seu ataque epilético, e ela foi para a clareira protegida pelas árvores, onde não se machucaria e estaria escondida de olhares curiosos.

Segui-a, perdi-a de vista, errei o caminho algumas vezes. Por que eu a segui? Não posso esclarecer direito, talvez porque sempre esperasse que um dia seríamos amigas de novo. Que em um momento em que estivéssemos a sós, sem a pressão do grupo, eu encontraria a antiga Isabel. Esta foi a razão pela qual me enfiei pelo mato e continuei procurando quando a perdi de vista.

Eu já estava chegando à clareira quando a vi deitada e logo percebi o que acontecia. Ela tinha sofrido um ataque epilético. Não deve ter durado muito, mas devia ter sido uma crise forte. O seu rosto estava pálido e ela se encostava exausta num tronco de árvore.

Fiquei parada entre as árvores, sem me mexer, com a vaga esperança de que as sombras escondessem a minha presença. Mas, como se sentisse a minha proximidade, ela se virou para o lado. Diretamente para o meu rosto. Olhamos uma para a outra, num espaço de tempo e silêncio no qual tudo que tinha se passado entre nós, desapareceu. Só se ouvia o murmúrio do vento no topo das árvores, a areia quente, e a força dos nossos pensamentos e sentimentos.

Uma de nós tinha que tomar a iniciativa para romper o silêncio. Não podíamos ficar nos fitando o tempo todo. Eu estava a ponto de dizer qualquer coisa, quando a voz de Isabel me alcançou, suave e cansada:

— Será que não você ainda não se deu um basta?

Olhei-a, sem entender.

— Um basta em quê?

— Em ficar me seguindo e me salvando.

Eu não soube o que responder.

— Vi você andando para o bosque — disse finalmente.

Ela fez um gesto de desânimo com a mão, fechou os olhos e descansou a cabeça no tronco de árvore em que se apoiava. Era óbvio que o ataque tinha feito as suas forças fluírem, tal como a resina do tronco de árvore em que se apoiava.

— Como você está?

Dei uns passos na direção dela, entrando na pequena clareira arenosa que nos separava.

Isabel abriu os olhos e balançou a cabeça.

— Você não muda, não é? — perguntou com cansaço na voz.

Indecisa, olhei à minha volta, sem ideia do que ela queria dizer. Fiquei lá parada, com os braços ao longo do corpo.

— Olhe só para você — disse Isabel. — Qual é o seu limite, Sabine?

— Por que você não me deixa em paz? — supliquei. — Não precisamos ser amigas, mas você poderia me deixar em paz, não?

Isabel não reagiu. Será que a minha referência à nossa antiga amizade a fez recordar o passado? Das hospedagens e das férias que passamos juntas?

— Como vai o seu pai? — perguntou ela.

Eu a olhei, desconfiada:

— Como se fizesse alguma diferença para você.

Ela deu de ombros.

— O seu pai é legal. Aliás, o seu irmão também é. — Qualquer coisa na sua voz fez a minha pele se arrepiar. Olhei-a inquisitivamente.

— Terminei com Olaf. E com Bart. Mas acho que Robin está atraído por mim.

O tom irritado da sua voz mudou para desprezo. Dentro de mim veio uma agitação que não pude mais reprimir, como água fervendo borbulhando na superfície.

Os meus olhos se estreitaram, o ódio tomou conta de mim como um animal selvagem. Doeu. Foi a dor de me dar conta de que Isabel estava certa. Robin era leal e doido por mim, mas ele também era um rapaz. Eu o tinha visto olhar para Isabel quando pensava que ninguém o observava. Ela queria conquistá-lo e o faria.

Um arrepio veio do meu coração para o resto do corpo. Isabel riu quando viu o meu rosto. Ela tentou se levantar, mas os seus músculos já postos a duras provas falharam e ela caiu. Eu não corri para atendê-la, como quis fazer há pouco.

— Vai levar algum tempo para você se acostumar com ele esperando por mim no pátio da escola, em vez de você — disse ela maldosamente.

Eu corri para a frente. Rapidamente cheguei tão perto que ela nem teve tempo de se afastar.

Com manchas escuras diante dos olhos, eu a agarrei pelo pescoço com as duas mãos e apertei. Não havia medo nos seus olhos, só surpresa, mas isto logo mudou.

Ela não podia oferecer resistência enquanto eu apertava e apertava. Não era preciso muito esforço. Ela lutava, mas eu era mais forte. Ela abriu os olhos bem abertos, com uma expressão de quem implora, como a expressão do meu olhar durante todos estes anos.

Se o ataque epilético não tivesse sido forte, ela não estaria tão fraca e sem oferecer resistência. Continuei apertando.

Após algum tempo, o corpo dela parou de ter convulsões e os seus olhos me fitavam de maneira estranha.

As manchas desapareceram. Aterrorizada, larguei a garganta de Isabel e olhei seu rosto, minhas mãos, que foram capazes de fazer isto. Quanto tempo fiquei lá, com as mãos levantadas, não sei. Num certo momento, me dei conta do que havia feito e comecei a tremer. Não podia ser verdade. Eu não tinha feito aquilo. Fora uma outra Sabine, uma pessoa que eu não conhecia, alguém que tomara conta de mim e sufocara Isabel. Não fui eu. Eu não era assim.

A outra pessoa dentro de mim assumiu a liderança. Vi-a procurar pelos arredores e voltar com uma peça de plástico pesada, uma placa danificada de avisos que estava na moita. Usou-a como pá para cavar um buraco bem fundo entre os arbustos de frutinhas silvestres. Surpresa, vi-a tirar a chavezinha da bicicleta do bolso da calça de Isabel, puxar e arrastar o seu corpo para o buraco. Ela também jogou lá dentro a bolsa e o casaco que estavam na árvore e cobriu tudo com areia.

Fui tropeçando para a minha bicicleta, anestesiada pelo que tinha se passado, mas a Sabine Dois estava pensando de maneira ponderada e prática. Na lanchonete, ela destravou a bicicleta de Isabel e, ao mesmo tempo que pedalava na sua, com a outra mão carregou-a para a Estação. Se deixasse a chave na fechadura, a bicicleta não ficaria lá muito tempo.

Depois ela me abandonou, e eu tive que pedalar sozinha para casa. O caminho por Lange Vliet demorou uma eternidade. Quanto mais rápido eu ia, mais o rosto de Isabel me perseguia. Os pensamentos voavam pela minha mente, o meu corpo todo tremia de incredulidade. Este é talvez o cerne da questão: eu me recusava a acreditar que tinha sido capaz de fazer algo tão horrendo.

Durante muito tempo isso funcionou. Como é possível, não sei, mas após alguns dias eu passei mesmo a crer que jamais teria sido capaz de fazer algo semelhante.

Eu me viro devagar e volto para o caminho de pedestres entre as árvores. Sozinha. A menina foi embora para sempre. Não preciso mais dela. Nós duas confrontamos aquilo que estava na superfície e que permanecera oculto. Não creio que eu possa escondê-la uma segunda vez, na Espanha, na Inglaterra, nem mesmo do outro lado do mundo.

Mas vou tentar.

Este livro foi composto na tipologia Minion, em corpo
11/14, e impresso em papel off-white no Sistema Cameron
da Divisão Gráfica da Distribuidora Record.